伏羲密码

第2季

贺宝栋 著

江苏凤凰文艺出版社
JIANGSU PHOENIX LITERATURE AND ART PUBLISHING, LTD

图书在版编目（CIP）数据

伏羲密码．第2季／贺宝栋著．-- 南京：江苏凤凰文艺出版社，2018.5
ISBN 978-7-5594-1800-5

Ⅰ．①伏… Ⅱ．①贺… Ⅲ．①长篇小说－中国－当代 Ⅳ．① I247.5
中国版本图书馆 CIP 数据核字 (2018) 第 056525 号

书　　名	伏羲密码．第2季
作　　者	贺宝栋
责任编辑	丁小卉　姚　丽
选题策划	涂继文
出版发行	江苏凤凰文艺出版社
集团地址	南京市湖南路1号A楼，邮编：210009
集团网址	http://www.ppm.cn
出版社地址	南京市中央路165号，邮编：210009
出版社网址	http://www.jswenyi.com
印　　刷	三河市金元印装有限公司
开　　本	710×1000毫米 1/16
字　　数	260千字
印　　张	18
版　　次	2018年8月第1版，2018年8月第1次印刷
标准书号	ISBN 978-7-5594-1800-5
定　　价	39.80元

目录

阿来听到我们的对话，回头跟我俩说道："既然看不到任何生物出没，那就只有一个可能！"

"什么可能？"我和杰克几乎是同时问道。

"在这片森林里，有能够克制一切生物生存的东西！"阿来继续看着周围，冷冷地说道。

阿来的话无疑打破了之前我们所有轻松的气氛。老爷庙的经历告诉我，我对阿来这张乌鸦嘴有着一种天生的恐惧感，因为他看待事情的角度跟常人不一样，总会第一个发现隐藏在暗处的风险，而且屡试不爽。

现在他冷不丁说了这么一句话，瞬时间，我的心里就一紧，下意识地对周围的一切警惕起来。

宇宙万物相生相克的道理我不是不懂，但如阿来所说，这片树林之所以没有任何动物生存的迹象，是因为有另外一种东西跟这里所有的动物产生了相克现象，那这种东西会是什么？

也不知道跑了多久，我非但没有看到所谓的“脸”，却看到此时的黑色烟雾已经完全布满了整片森林，周围的一些树木已经看不清具体的样子了，只能看到一些隐隐约约的树干的轮廓，我浑身上下都充斥着一种无法形容的乏力感，头晕耳鸣的症状也明显严重了不少，我可能是吸入了这种黑色烟雾太久，已经中毒了。

身体不受支配了一样，我逐渐放慢了脚步，强烈的窒息感开始侵蚀我的大脑，摇晃着身体就要倒下去。

“请问，这是尊什么样的神？”阿来听完族长的话后问道，蓝色的眼珠子里出现了一些难以察觉的异样神色。

“哎哟，这位领导，你听我讲噢，这可是我们中国人的战神！”族长说话的表情看上去非常自豪，“在我们这个地方，管这尊神叫蚩尤大帝，大神保佑着我们，就连当年那小丿国鬼子，都不敢祸害我们这个地方呦，周围那些山民，可是被鬼子害得叫苦呦……”

我在一旁听着族长叫这尊神为蚩尤大帝，就感觉好笑，所谓的蚩尤大帝，不就是传说中的蚩尤么，在中国的神话体系中，蚩尤可不算是什么光彩的人物，相传最后还被黄帝给杀了，怎么到了这地方，竟被封为神了呢？

第四章　审讯 /058

我尝试性地问阿来，能不能对这种“信息”是什么做出一些猜测，因为我觉得如果阿来的推测成立的话，那我真的无法想象这种信息的原型是什么。这是一种非常可怕的感觉。

阿来看了看我，欲言又止，似有隐情，过了那么一会儿，他才对我说道：“或许我能猜到一些，但我又不是很确定，所以不到万不得已，我不能说！但是我可以告诉你的是，这些信息跟‘伏羲’这个概念有关系，也跟你在老爷庙水底看到的一些东西有关系。”

第五章　复活 /080

电光火石之间，就在佐佑的柴刀几乎就要触碰到我头顶的这一刻，我忽然感觉自己的脚底被什么东西给使劲儿绊了一下，紧接着我的双脚出现了悬空，就地摔在了竹筏上。

我因为摔了这一跤，佐佑的柴刀劈了个空，但他并没有停止攻击的动作，而是单手撑在竹筏上一用力，整个身体又弹起来，然后他的整个身体越过我的身体劈向了阿来。

第六章　对决 /095

阿来的手段不是一般人能琢磨透的，佐佑为了躲避竹片弹到自己脸上，只能选择回避，但阿来早就算计好了佐佑的动作，在刀锋发生偏移的一刹那，竹片正好打在了柴刀的刀面上，一声清脆的竹片瞬间撞击刀面的声音响起之后，佐佑被这股力量一下子打翻进了地下河里。

看着这些几乎在一瞬间发生的刀光剑影，我有些眼花缭乱，赶紧大叫：“都不许使阴招，都给我明着干……”

但我的话在两个人打红眼睛的情况下根本就是放屁，没有人听我的。阿来看到佐佑落水，突然阴笑起来，然后紧跟着纵深入水，一头扎进了河里。我心说不好，阿来在老爷庙水域长大，水中的战斗力绝对是一流的，佐佑就算再厉害，也不可能在水中干得过阿来。

第七章　面具人 /112

这个被包裹在巨石里面的蚩尤神像在七彩光线的映射下，显得活灵活现，特别是那影子全身呈现出的紫铜色皮肤和面部三只半睁半闭的眼睛，让我感觉这不像是一尊雕像，而是一个活的东西被封在了巨石里面。

我被眼前的景象吸引了，看着五颜六色的光晕犹如进入了幻境，不断在想石头里面的东西到底是什么，是蚩尤的后代吗？还是说那个东西干脆就是蚩尤本身？

第八章　天坑觅迹 /130

大蝙蝠托住我之后，翻着额头两边的那双人一样的眼睛看了我一眼，还连续咳嗽了两声，像极了在笑。我连说感谢蝙蝠大侠救命之恩，赶紧带我去找阿来和佐佑。蝙蝠竟然听懂了我的话，点了点头开始载着我往天坑底部飞去。

第九章　石头 /147

我大叫一声小心，猛然把白狐往旁边一推，就见白狐一下子摔倒在地。我心里不由感觉事情不妙，白狐摔倒的地方是火势比较旺的地方，如果躲避不及可能要毁容……正想着上去赶紧把白狐拉起来，却又看到那条打空了的藤蔓竟然再次扭动了起来，犹如一条手腕粗细的火龙一般迅速冲向了白狐，竟然把白狐一下子给卷了起来。

第十章　河底 /163

我扭头往下看去，赫然发现，在距离我们下方十几米的井道内，有一个十分巨大而又十分耀眼的圆球状物体悬浮在那里，犹如一个直径十几米的巨卵。

巨卵的表面，不断散发出一阵又一阵的奇异蓝光，而且这种光线就像是一种可见的光粒子一样，散发出来之后在井道内形成了一种接近混沌状的另外一种物质，也就是我们在井口时候看到的那种全部由光斑聚集而成的物质。根据我的猜测，之所以到了底井道里面之后我们的身体能够出现悬浮状态，应该就是这种物质的原因，这根“鄱阳胎”的性质十分类似，只是这种物质要比“鄱阳胎”更高级一些，原因是我发现在这里面人是可以呼吸的，这说明这种空间内含有氧气。

第十一章　白氏家族的秘密 /179

白狐马上对佐佑说道：“我父亲一定告诉过你，白氏家族供奉的祖先是秦国大将白起战神，乃花忍组织的创立者，花忍者世代遵循的祖训是抹杀一切异人，我的父亲白战鹰是白氏花忍第七十七代传人，我白童舒是第七十八代传人。这些信息只有白家的人知晓，而且只有传人才有资格知道，我能说出这些，足以证明我就是白战鹰的女儿，请问佐先生您还有什么疑惑的吗？”

第十二章　鳞片 /196

我摇头表示不知。但毫无疑问的是，我们遇到了一种特别的机关，而且这种机关跟以往遇到的那种靠某种技巧存在的机关有着明显的区别。

我跟他们几个陈述了我的猜测，杂毛就说道："先不管这个局到底是不是机关，你们研究了半天，到底能不能看出来这些鳞片是什么？"

"应该是巨型蛇类生物身上的鳞片。"我回道，"困住我们的，可能是一条或者几条身体直径达到两米的蛇，这种生物的身体塞满了这个地方，而我们就在这种生物躯干之间的缝隙当中。"

第十三章　他们走了 /216

我又往后退了几步，就看清楚了整个被雕刻出来的痕迹是什么了，那竟然是一个长着蛇的身体和人的躯干的人面蛇身图腾，虽然这是一种被弱化的象形雕刻，但是那条弯弯曲曲的蛇尾巴，我还是一眼就分辨了出来。

第十四章 找到问题 /235

此刻杂毛站在石柱后面的阴影里，脖子几乎扭到肩膀，那是因为他的脖子早就断了。

他的一条手臂没有了，只剩下一条，我看到他的脸上似乎长出了一些鳞片状的东西，鳞片青黑色，贴在他的脸上。貌似他的手臂上也有，准确地说，除了他的衣服底下部分我没有看到鳞片，暴露在空气外面的皮肤，都覆盖了一层鳞片。

第十五章 苍天有眼 /252

想着这些，我忽然发现，自己之前没有在意过的很多事情，仔细想起来竟然都是那么的不可思议，我的人生轨迹，好像早就被囚禁在了一个可控的范围内。在我之前的人生经历中，我有无数次机会可以选择另外一种职业和另外一种活法，但貌似每当我决定改变一些事情的时候，总会伴随着发生另外一些事情，我走到今天，就如同走方程式一样，给我的现实条件，只能让我按照那个轨迹走到今天，这是令人心寒的。

尾声 /268

第一章 斑斓雪山

从老爷庙回到云南之后，我请了一个月的长假，在这一个月当中，我经历了比当时在老爷庙水底更加不堪折磨的一段时期。

之所以会出现这种局面，我想大概有这么两方面的原因。

第一个原因是，我无法理解老爷庙水域坠机这么重大的事件，为什么在现实中一点痕迹都没有，这并不符合常理。也就是这一点，使得我对自己身边的一切人和事物都产生了一种非常不信任的感觉。而这种感觉，又恰恰是非常恐怖的，因为你发现原本非常熟悉和适应的世界，突然都失真了。

第二个原因是，当我沉浸在这种深度崩溃的状态下的时候，我开始无法辨识老爷庙水底的经历到底是不是真实发生过。如果那些离奇恐怖的经历都是真的，那这件事情也实在是太过于诡异了完全打破了我原有的世界观。更重要的是，当我稀里糊涂从鬼门关走了一遭之后，我发现自己除了带出来无数的谜团，剩下的都是一些难以释怀的事情，比如为了给我争取时间而丧命群魔的前勘探队员卫国雄，还有那些身份与善恶都无法辨别的既熟悉又陌生的人。

我也想过，或许那一切只是我做的一个梦，或者干脆就是我意淫出来的。

可是这样想了之后，发现也不对，如果真是这样，那说明我已经是得了严重的精神病了，而且已经到了无可救药的地步，这同样是让我难以接受的。

直到有一天，一个意想不到的人突然出现在我的家门口，并告诉了我一些事情之后，才把我从这种难以言喻的痛苦状态中拉了出来。

但同时，他的到来，也引发了另外的一些事情。

这个人是阿来，他曾经多次救过我的命，如果没有他，我想我一定会死在老爷庙水底。

刚开始看到他的时候，我是极度抗拒的，如果看过之前故事的人，一定不难理解我为什么会这样说，其中最直接的一个原因就是，我并不认为他是属于我们这个世界的人。

他找到我之后，告诉我的第一件事情就是，当时我在老爷庙水域遇见的探险队首领白狐，她在斑斓雪山腹地出事了。

在这件事情的基础上，我和阿来之间进行了信息交换，他告诉了我许多关于特遣队和白狐个人的一些事情，然后我把佐佑寄给我的信件和照片交给阿来去分析，最后我们得出了一些十分让人震惊的结论。不过在这个过程中，阿来利用这些信息和结论做成了一个巨大的诱饵，使得我在一种情绪失控的情况下，不知不觉中上了他的钩，完全是在一种盲目的状态下答应了他一起开赴西南的请求。

当天下午六点多，接近傍晚的时候，我和阿来就从我所在的城市出发，坐上了开往西南的火车。

不知道阿来怎么想的，接近二十个小时的车程，他居然买了两张硬座，我拿到火车票之后，差一点就扭头跑掉。

我问他，你们不都是公家报销么，干吗这么抠门儿？

阿来神回复：报销是个什么东西。

后面基本上是一路无话，我总感觉自己上当了，屁股底下坐着硬座，心里一百万个不情愿，心说这是去送死，还不买两张卧铺。想想真可悲，但作为一个纯爷们儿，我又不好意思在逞能之后接着反悔，因此多种复杂的心情在心里纠缠，搞得我很是郁闷。

期间阿来多次尝试跟我搭话，我都不愿意去接。我一直在想，等我们到了西南，怎么才能够有充足的理由，即证明自己是怀揣着爷们儿一样的心态跟着他来西南的，而又可以不跟着他进入斑斓雪山冒险。半睡半醒之间，我倒也想出了一些方案，比如拉肚子、发高烧、半路崴了脚等，不过得等我们到了西南之后我才能实施这些计划。

火车在第二天的中午才抵达西南省份的首府，阿来把我从座位上叫醒，说我们到了。

我擦了擦嘴里流出来的口水，就开始捂着肚子说可能是昨晚吃火车上的快餐吃坏肚子了，感觉浑身乏力，还想拉稀。

“该来的总会来，其实你心里很清楚。”阿来好像看穿了我的心思，还跟我说了这么一句在我看来非常有哲理性的话，然后又继续跟我说道，“很快你会看到另外一个人，我想你到时候会高兴一些。”

带着疑惑，我不知道阿来这话是什么意思，白狐和杂毛不是在斑斓雪山消失了么，他们的人除了这两位和阿来，我还认识谁？总不会是老王吧？

肯定不是……在不知不觉中，我再次陷入了阿来带给我的问题当中，想了半天也没想出个所以然，觉得阿来肯定又在忽悠我。

可是没想到，我和阿来刚出乘客通道，在通道外面一些接站的人群当中，忽然听到了一连串非常别扭的呼声。

我几乎是一下子就反应过来这是谁的声音了，能把汉语说得很流利，却又感觉非常绕口的人，在我认识的人当中，那肯定就只有美国佬杰克了！

杰克首先看到了我和阿来，他显得非常兴奋，要不是有安保人员在出客口拦着，估计他都要冲进来了。我听到他在前面不断大叫着：“大圣，我们又见面了，你还好吗？”

杰克的出现让我感到非常意外，这孙子给我留下的信里不是说要回美国当牧师，而且还再也不会来中国了么，怎么才这么几天的工夫，他又回来了？而且看现在的情形，他应该是早就到了这里，这会儿是来接我和阿来的。

我冲杰克打了个招呼后，一边走一边问阿来："这是怎么回事？那老外杰克怎么来了？"

阿来回答道："杰克军人出身，有实战经验，大小姐通过一些途径把他从美国挖了过来，现在他是我的第二梯队成员。"

我心说这不可能，就杰克那点儿胆量，他还会敢加入白狐的队伍？就问阿来他们是用什么手段把老外忽悠来的。

阿来微微一笑，跟我说道："等会儿你自己问他。"

出站之后，杰克对着我就是一个熊抱，而且一边抱一边对我说："大圣，我又回来了，能见到你真是太高兴了！"

我挣脱开他的拥抱，对杰克的出现表示不解，就问他："你不是说再也不来中国了？你是不是吃错药了，竟然加入他们。"

杰克对我做了一个鬼脸，说道："他们知道我是一个伟大的旅行家，请我来当他们的旅行顾问，我想这份工作适合我，而且我也喜欢你们这些中国朋友！不过你放心，他们跟我解释了，上次的事情都是意外，以后会保证我们旅行愉快……"

我看到杰克如此兴奋，也不好意思跟他说实话，为了维护两国人民的友谊，我暂时忍住了告诉他接下来可能还得继续玩命的事情。

我一边回应杰克的热情，一边我又小声跟身边的阿来说道："你们这么做有些不讲究，破坏两国民间友好关系。"

阿来做了一个无奈的表情，好像是在说跟他无关。

出站之后，我们上了杰克租来的一辆大型SUV，我看到车里有一些旅行帐篷，还有一些旅行背包，显然杰克是把这次的西南之行当成自驾游了。

能够在中国开车自驾游，杰克显得很高兴，他告诉我，他在前天就到了，根据他与阿来的协议，他会在这里等着阿来。在这两天里，杰克基本把这城里的小吃街给突击了个遍，他最喜欢夜晚街头的大排档还有那火辣的妹子。但他这次来西南的主要目的，是为了能够看看西南原产地的大熊猫，他在美国有一个大侄子，非常期待他跟大熊猫的合影。

看着杰克兴致勃勃地说了一大堆，我心里越发不是滋味，可是我不知道该如何打破杰克的这种心情。杰克是个很单纯的人，他并没有问我为什么我也会来西南，他一直认为我也是来旅游了。

直到越野车进入了自治州之后，沿途看到异乡的民族风情和远处那些高耸入云的山峰，我一直紧缩的心情才得到一丝的缓解。我告诉自己，是福不是祸，是祸躲不过，大不到时候我叫着杰克跑路，当下还是走一步看一步。

经过了大概四个小时后，我们顺利到达了斑斓雪山附近的小景县，因为我实在是太累了，就提议我们这一天先在县城住一晚，明天再进山，我们哥三个也好叙叙旧。

阿来想了想，竟然同意了。当天晚上，我们三个人找了一家火锅店，胡吃海喝了起来。阿来在吃饭之前，我看到他依然带着一个装有浅蓝色液体的玻璃瓶，他先是喝了几口这种液体，然后才开始和我们一起吃涮肉。

我问他瓶子里装的是什么，在老爷庙的时候我就感觉很纳闷，他喝的到底是什么玩意儿。

阿来收起了瓶子没说话，看来是不想告诉我。随后，他叫来了服务员，要了几瓶白酒。

我很诧异地问他："你能喝这个？"

"谁知道还有没有下一次……"他顿了顿，好像想起了什么，"最后一次跟你们一起出来旅游了，喝点吧！"

杰克被一桌子的羊肉片馋得直流口水，压根儿没在意我们俩在说什么，我问阿来："你这话什么意思？"

"你有没有想过，我跟你们并不一样。"阿来说道。

我还是没有明白阿来的话，再想问下去，就见他端起了酒杯，打断我的话对我和杰克说道："虽然我觉得所有人都挺无辜的，但我又挺羡慕你们的……干了！"

还没弄明白阿来的这一番话到底是什么意思，阿来首先一口喝掉了整整一杯酒。

我和杰克被阿来感染，相继也是一杯浓烈甘醇的白酒入肚，再加上火辣辣的涮羊肉，呛得我几乎说不出话来，不过这种感觉非常舒服，之前我很少有过这样痛快喝酒的经历。

杰克酒量很大，但顶不住一圈接着一圈的杯底光，很快舌头就开始打卷，聊完了他有多么爱中国这个国家，又跟我们聊起了他第一次去伊拉克战场，第一次跟外军交战的情景，还不小心还说漏了嘴，爆料了自己的窘事。

这孙子看上去人高马大，但胆子特别小，第一次上战场，竟然被四周的枪声给吓得尿了一裤裆。

一通风卷残云之后，我们三个一共吃了十多盘子羊肉片，喝了四五斤白酒，后来怎么结的账又是怎么回的旅馆，我全部断片了。

偏远山区酒店老板的热情和一杯接着一杯的白酒，很快就让我忘记了我来西南的目的，反而觉得这今朝有酒今朝醉的感觉也蛮爽的，就是接下来让我去死，都觉得这辈子值了。

期间阿来喝多了，好像跟我说了很多话，其中一些话让还让我心里产生了一些波动，但实在是喝高了，他说了什么我很快就接着忘记了。但我知道，这些话对我来说肯定非常重要。

第二天醒来的时候，已经是中午十二点，我从床上爬起来，感觉头疼欲裂。我心想果然是酒多伤身，可也奈何不了那种醉人心情的情境。

两个小之后，杰克再次拉着我和阿来上路了，昨晚一顿酒肉，今天三个人的气氛明显好了许多，杰克也开始主动跟阿来说话，之前杰克总是回避阿来那双蓝得奇特的眼珠子。

一路辗转，我们很快就进了山。杰克根据阿来的指示，把车开向了斑斓雪山的西北方向，大概又过了三四个小时，我就发现前面的路已经不可能开进一辆七座越野车，因此我们三个人一人背上一个旅行包，开始徒步往山里走。

阿来拿着一张地图，上面用圆珠笔标记了一些记号，他对我和杰克说："地图上面的这四个点，就是我们的目的地，后面全是山路，可能会比较辛苦，你们两个一定要跟上我，千万不要落单。"

杰克啊哈了一声，说道："这跟我服役时的野外求生训练相比简直弱爆了，你就放心吧！"

阿来又看了看我，我心想总不能再装肚子疼吧，那样岂不是显得我特别怂？于是就非常不情愿地点了点头，心里盘算着这进山也不久，也没遇到什么危险，此时认熊恐怕连杰克都会笑话我，等真正遇到危险的时候，杰克肯定会第一个提出要返回，到时候我反而有了退出的理由。

看着阿来的地图，我忽然想起了一个问题，那四个标记，会不会就是阿来所说的第一梯队 GPS 信号源消失的位置。

难道阿来要带着我和杰克去这个四个地方？这不是明知山有虎偏向虎山行的愚蠢行为吗？那四个地方，肯定发生过一些我们所想不到的事情，否则怎么会有成批次的 GPS 信号源同时消失的事情发生。

想着我就出了一身白毛汗，阿来果然是个疯子。

沿着地图上标记的路线，我们很快就深入了大山里面的丛林。

最开始的时候，还能看到一些山林间的小道，看样子平时偶尔还会有人在这些山里活动，可是随着我们不断地深入，就发现脚底能走的路越来越窄，随着山势的升高，最后干脆一条道路都找不到了，我们开始沿着一些比较宽阔的树隙在山林中摸索穿行。

我们在林子里七拐八拐，走了几个小时之后，树林中的光线开始暗下来。我四周看了看，发现我们已经走入了原始森林范围，树木浓密的枝叶开始遮天蔽日，抬头很难看到天空。

我感觉体力开始急速下降，喝了几口功能饮料，提议大家停下来休息一会儿。

杰克说道：“大圣说得对，我们又不是行军打仗，没有必要这样赶路，应该停下来亲近一下大自然。”

阿来说道：“那就休息五分钟，之后继续上路，我们的目的地距离这里不远了，到了那里再好好休息也不迟。”

我心说你就扯吧，你能忽悠了老外却忽悠不了我，到了那里，还指不定会发生什么样的事情。

当我意识到阿来是在寻找 GPS 信号源消失的地方的时候，就做好了充足的心理准备，白狐第的一梯队肯定是出了非常严重的事情。

往小了说，我们可能会在信号源消失的地方看到一些尸体，往大了说，我们到了那里也可能会发生一些难以想象的事情。

在我和杰克坐下来休息的时候，阿来一直观察着周围，过了那么几分钟之后，我忽然就意识到情况似乎有些不对劲。

从周围的地形来看，此时我们应该在一道地势相对平缓的山谷里面，因为这里的植物种类特别多，相比其他地方植被也比较茂盛，在斑斓雪山这种高海拔山脉当中，只有在山谷里面，才有可能存下大量的水分，从而使得植被长的这么茂盛。

但问题就出在这里。

按道理来说，这里是原始森林，应该有很多野生动物才对，可是停下来之后我才发现，好像自从我们进了这个山谷，就再也没有看见过任何动物活动的身影，连声鸟叫都没有，还不如刚进山的那会儿，我们还会经常看到一些稀奇古怪的鸟类生物，还有一些小型动物，偶尔还能看到几只猴子在我们头顶窜来窜去。

反而是进了原始森林后，到了应该有大型野兽出没的地方，却不见动物活动的迹象，这真是一件怪事。

杰克以前在丛林训练过，他比我更早地发现了这个问题，这时候他问我：“大圣，你不觉得这个地方怪怪的吗？”

“怪，怪极了！”我回道，“连只鸟都没有。”

杰克继续对我说道：“我来之前查过了，这个地方叫斑斓雪山，有着非常多的珍贵野生动物，但是我已经很长时间没有看到活的东西了，这并不符合常理，谁能告诉我这是为什么？”

阿来听到我们的对话，回头跟我俩说道：“既然看不到任何生物出没，那就只有一个可能！”

“什么可能？”我和杰克几乎是同时问道。

“在这片森林里，有能够克制一切生物生存的东西！”阿来继续看着周围，冷冷地说。

阿来的话无疑打破了我们所有轻松的气氛，老爷庙的经历告诉我，我对阿来这张乌鸦嘴有着一种天生的恐惧感，因为他看待事情的角度跟常人不一样，总会第一个发现隐藏在暗处的风险，而且屡试不爽。

现在他冷不丁说了这么一句话，瞬时间，我的心里就一紧，下意识地对周围的一切警惕起来。

宇宙万物相生相克的道理我不是不懂，但如阿来所说，这片树林之所以没有任何动物生存的迹象，是因为有另外一种东西跟这里所有的动物产生了相克现象，那这种东西会是什么？

我从专业的角度想了半天也没想明白，就算是霸王龙在世，也无法做到让所有动物都销声匿迹。

想歇一会儿的心情顿时一扫而光，我站起身来问身边的杰克：“老外，你不是说以前有过丛林生存的经验吗？那你能不能观察一下这个地方，看看会不会有什么发现？”

杰克满脸茫然地看着我和阿来，搞不清楚为什么我们会如此紧张。但他确实有自己的一套，冲我们俩竖起了中指，然后开始环视四周，过程中还不断扒拉开一些杂草层和灌木层仔细观察。

很快，杰克那边就好像有了什么发现，我听到他喊道："真是太扫兴了，我们并不是这片森林的首入者，这个地方一直有人来过，我们没法给这片森林命名了！"

听到杰克这么一说，我吐了一口气，感觉轻松了不少。经常有人来这里，那说明这个地方应该没有什么危险，没有鸟兽，那也可能是这里的动物作息时间跟外面不一样，恐怕我们是多心了。

但是再看阿来的表情，却跟我截然相反，他皱着眉头说道："这不符合常理，这片树林一定有问题。"

我追问他哪里不符合常理，就听他解释道："如果经常有人类到这片原始森林来，那我肯定能发现人类活动的痕迹，但事实上我并没有发现什么。这就说明，要么老外在胡说八道，要么就是进入这片区域活动的人不是一般人，否则我绝对不会看不出来。"

我一听也对，阿来的能力我并不怀疑，连他都承认自己没有看出任何生物活动的痕迹，那就说明来到这片森林的人除了要对这里非常熟悉之外，还得保持不留下痕迹的能力。

我这样想了想，又发现这本身是一个非常矛盾的问题。

先不去说到底是谁会经常深入这种兔子不拉屎的原始森林深处活动，就单凭阿来的推测，说进入到这里的人可能在有意避免留下活动痕迹这件事，就让人感觉非常难以琢磨。

我看着不远处的杰克，大声问他："杰克，你会不会看错了？你发现的痕迹会不会是某种动物留下的？"

"我以上帝的名义告诉你，我绝对没有看错！"杰克回道，"而且我必须告诉你们，经常在这里出没的人一定是个高手，就像是我们海军陆战队的狙击手一样，潜伏过的地方会做现场还原处理，但无论再怎么处理，懂行的人还是可以通过一些痕迹看出来。比如一个人的身体长时间出现在一个地方，就势必会因为身体的热能，对附近植物造成细微的生长破坏，如果没有经过专业的培训，我肯定不会这样对你们讲……”

杰克好不容易找到了可以炫耀自己的机会，说开了就没个完，前几句我勉强还能听懂，后面出现的一些术语应该是部队专用的，我听了个一知半解。

阿来对我说道：“大小姐看中这个老外还是有道理的，暂时先不要告诉他我们来西南的目的，否则他的这种技能很可能会发挥不出来。”

我对阿来的话没有承认也没有否认，反正我已经领教了这些人做事的风格，那是不达目的誓不罢休，而且我也做好了走一步看一步的准备。

阿来提议此地不能久留，因为这里的环境太诡异了，而且最可怕的是我们完全不知道这片森林中到底会发生什么事情。

我刚要对阿来伸出大拇指表示赞同，却在忽然之间，听到杰克不知道为什么，竟然撕心裂肺地惨叫了一声！

阿来反应迅速，杰克的叫声一发出，他就一下子甩掉了背包，一个箭步朝杰克冲了过去。

我跟在阿来后面，绕过一些灌木层之后，就看到杰克瘫坐在不远处，他盯着一棵距离他只有五六米远的大树的树干，张牙舞爪地比画着，浑身都在哆嗦。

阿来手里握着一把匕首，眼睛死死环视着四周，一步一步慢慢靠近了杰克，最后视线也落在杰克看着的那棵大树。

只在一瞬间，阿来就好像发现了什么，只见他握着匕首的左手猛然往前一甩，匕首就脱离了他的手掌，凌空发出一声响亮的，破空声后，就直直插进了树干里面。

我下意识看向了阿来的匕首方向，却被眼前的景象吓了一大跳，阿来这鬼竟然把匕首插进了倚在树干上的一个人的脸上，二十厘米长的刀身足足插进了那张脸里一半还多，这个人肯定被爆头了。

再看那个被爆头的人，倚在树干上一动不动，显然是死了。不过这个人应该是做了丛林伪装，他的整个身体跟周围的树干几乎一个颜色，不仔细看还真不容易看出那就是一个人。

我心说完了，闹出人命了，阿来果然是个冷血动物，怎么说杀就杀呢……于是忍不住就叫了出来："阿来，你疯了，出人命了！"

阿来没理我，而是走近了那棵大树，看了两眼之后，把匕首一下子拔了出来，然后说了一声："没事！"

我很快就发现自己好像判断错了，因为我看到阿来在从那张脸上拔下匕首之后，那张脸并没有如我想的那样流出鲜血，整个人也依然保持倚在树干上的动作，并没有倒下去，而是像一块木头被狠狠插了一刀……

我脑子一转，突然就明白了，这个被阿来用飞刀干掉的人，就是一个木头人，原来是虚惊一场。

我长出了一口气，来到这个木头人附近，看到了它的全貌。

这个木头人并不是倚在树干上的，而是从树干里长出来的，身高跟我们成年人差不多，四肢健全保持一种立正的动作，特别那张人脸，五官表情一应俱全，冷不丁看上去，就跟电视里面那些穿了吉利服涂了迷彩油伪装起来的特种兵一样，简直是栩栩如生。要不是我提前就有了思想准备，冷不丁看到这个木头人，肯定也会被吓个半死。

不过很奇怪的是，仔细看这个雕像，就会发现这个人形的雕像，还是跟正常的人形有所差别。首先，这个雕像实际上分别有四只手和四条腿，是个畸形人。而且雕像的脑袋看上去有些难以让人形容，圆圆乎乎的，特别大，也没有脖子，直接过渡到了肩膀中央，跟整个身体不成比例，非常不协调。

这种感觉，就像是看到一个长着四只手和四条腿的人肩膀上扛着一头狗熊的脑袋，有点巨灵神的感觉。

阿来拨开缠绕在雕像身上的一些藤蔓和杂草，我看到了这个雕像刻画得最精细的地方，那是一层看上去雕刻手法非常细腻的铠甲，层层叠叠铺满全身，这一点，跟整个雕像的刻画程度也非常不协调。

我说道："这是雕刻的一个超级战士么？摆在这里吓唬野兽？"

阿来回道："这里没有野兽，这应该是一尊神像。"

杰克这时候打岔道："是魔鬼吗？会复活吗？"

阿来叹了口气，对杰克说道："这是个假人，叫活树雕像。这棵树被人动过手脚，有人在树干上用利器雕刻出这种人形雕像，或者是用模型压出了一个人形的痕迹，随着树木逐渐生长和结疤痕迹的不断加深，这个人形痕迹也就长成了现在的样子。"

我扶起杰克，捋了捋他的后背，跟他说道："别这么胆小，那是个假人，没有什么危险。"

杰克那双瞪得跟母牛一样的眼珠子依然充满了惊恐，结结巴巴地对我说道："为什么你们中国总会有这样一些稀奇古怪的东西，我是来欣赏大自然的，我不是冒险奇兵！"

"没事,这是中园林艺术,在一些主题公园经常见到,别大惊小怪了……"我嘴里安慰着杰克，心里却有些自嘲，心说这算什么，后面的路肯定会让你再次崩溃。

阿来对着那个从树干里长出来的木头人看了一会儿，说道："从这个活树雕像的生长痕迹来看，少说也得有上千年的时间了，而且雕刻得如此精细逼真，肯定不是随意而为。我想这里肯定不止这一处雕像，我们分头四处找找，看看是否还有其他这种东西。"

杰克摇头说要找你们找，他要休养一会儿，否则他的血压肯定要报表了。因此我们让他原地休息，然后我跟阿来朝着不同的方向走了出去，继续寻找这种活树雕像。

我走出去了三十多米远，在能看到的范围内观察了几十棵大树，但基本上什么发现也没有。不过我在找这种活树雕像的同时，也很留意脚底下和远处，想看看这个地方到底有没有动物，可是我真的是连一只蚂蚁都没看到，好像这片林子里面，只有我们三个能喘气的活物。

又小心翼翼往前探索了几十米，回头都看不到杰克的身影了，依然没有什么发现之后，我决定放弃这个方向，就想往回走，可是走着走着我就发现事情好像有些不对劲。

我一路走过来，速度非常慢，估摸着距离也就一百米不到，可是怎么当我往回走的时候，在速度明显加快的情况下，这都过了好几分钟了，怎么还没看到杰克？我有些不敢相信地又往前走了一段距离，结果还是没有看到杰克的身影。

我不会是迷路了吧……心里这样想着，就感受到了一股凉意，我告诉自己这不可能啊，这才多少米的距离，就算在丛林里失去了所有的方向感，那我选择的路也不算复杂，不至于连出发点都找不到了。

可能是我刚才的不淡定给我造成了一些心理恐慌，原地转了几圈之后，这时候我发现在这种原始森林里，竟然真的没法辨别方向，无论看着哪个方位，都会发现眼前的场景是既熟悉又陌生，这种感觉像极了恐怖小说里面描写的鬼打墙的情景。

“老外、阿来！你们在哪里？”我停下继续走动，告诉自己只要别动，就不会偏离原来的地方太远，没准喊几声他们就能听见。于是我继续喊道：“你们死哪儿去了，我迷路了，听到就赶紧回话！”

可是我一连喊了好几声，没听到任何的回音。我大骂这俩孙子不地道，这么近的距离，不可能听不到我的喊叫声，难道他们俩在故意整我吗？还是干脆把我给丢下了，不想带我玩了……想着心里不由有些急了，各种不好的预感开始从心里涌了出来。

我再次仔细回想自己走出来的路线和经过的一些树木的走向，可是现实的情况告诉我，无论我再怎么想都是徒劳的，在这种植被生长非常受海拔高度影响的森林里面，主要的一些植被都是一样的，生长姿态也差不多，我根本无法记起我当时经过的一些树木是什么样子。

而且更加令我尴尬的是，我不知道是该沿着某个方向去找他们，还是待在原地不动等着他们来找我。

因为一旦我走错了方位，那就会跟他们越来越远，在这种暗无天日的原始丛林中，迷路就基本上等于是个死。可我要是一直原地不动，那他们也很有可能在找我的时候找偏了，最后我也还是个死。

濒临死亡的经历我算是领教过了，可是没有一次会比现在还尴尬，因为在这片林子里，死亡的本身并不是来自于外部的野兽或者是其他什么危险，而是如果我无法在短时间内走出森林，就会被活活困死。

想了半天，觉得当下我唯一的办法就是继续喊阿来和杰克，树林里这么安静，唯一的障碍物就是周围这些参天大树和一些不算很高的灌木层，只要距离不是远的离谱，我想只要我一直喊下去，排除他们故意装作听不见的情况之外，肯定会听到求救的声音。

我无法记得清自己到底喊了多少次杰克和阿来的名字了，总之到了最后，我感觉嗓子已经开始冒烟，身体也因为气短开始头晕起来。

但我一直没有得到任何的回应，好像他们两个就这样凭空消失了一样。

无奈之下我一屁股坐了下来，盘算着等等看吧，没准他们俩很快就会找到我，同时心里也开始懊恼起来，骂自己脑子被驴踢了，竟然跟着阿来来到这种鬼地方，现在想起来我的想法也太幼稚了，白狐跟我什么关系，连五毛都没有，我有什么必要向她证明我不是一个傻子，做出这样一个决定，我才是傻子。

坐着歇了一会儿，也没看到阿来和杰克找到我这里来，就有些绝望了。

我想着这样下去也不是办法，趁着自己还体力充沛，得赶紧想办法，说不准运气好，还能遇到条山间河流什么的，到时就可以顺着河流一路走出去。

虽然我没有任何的野外生存经历，可野外求生的电视节目却没少看，抱着一种没吃过猪肉但见过猪跑的心态，我决定随便选择一个方向开始出发。

最终我选择顺着一个下坡的方向走去。理论上来讲，只要我一直从高处往低处走，即使我无法遇到河流，那至少我也能够接近山底，这么一分析，觉得事情也没有我想的那么复杂，只是被刚才那种落单的感觉打乱了思维，从而产生了一些非常不好的心理暗示。

披荆斩棘一般，我往前走了那么一会儿，就发现这丛林密布的山野森林果真是寸步难行，深一脚浅一脚且不说，我还得小心探路，生怕一不小心迈空步子，掉进被灌木杂草遮盖住的悬崖峭壁，因此很快我就有了一些力不从心的感觉，就想着停下来歇一会儿。

可是就在我将要卸下背包的这一刻，无意中看了看四周的环境，却发现事情好像有些不对。

这种感觉我该怎么形容呢，之前也没有遇到过这种事情的经历，就好像是孙猴子翻了个十万八千里的跟头之后，结果发现还是在如来佛祖的手掌心，并没有翻出去。

这里的环境对我来说也是差不多，好像不久之前我刚刚经过了这片地方，因为时间不算长，我不可能一点印象都没有，有几棵树的形状非常特别，在我的意识当中，还保存着这几棵树的影子。

怎么走了半天，我又转回来了，我可是一直走的下坡路，怎么可能会回到原来的地方呢？上坡下坡都分不清楚，那可就不是我了，这不符合常理！

我心里一边嘀咕一边再仔细去看这里的环境，结果越看越觉得眼前的环境熟悉。

我强制自己千万不要自我催眠，也许这只是我的一种错觉，千万不要慌。我是一个不信邪的人，不相信那些小说电影里面的老桥段，什么鬼打墙迷魂阵的。

我想都没多想，从背包里抽出一把野外求生用的短刀，开始继续往前走，沿途不断用这把刀在经过的大树身上做记号。

我告诉自己，我是不是在原地打转，只要试试就知道了，而且这次我更加留意自己脚底下的地势变化，一路走一路砍。期间过程不表，大概又走了半个小时左右的时间之后，在我准备到附近的一棵树上做记号的时候，猛然间我就发现，在这棵树上，竟然有一些新鲜的伤口，一看就是用刀刚砍出来的。

不会真中邪了吧，刚才一路过来，我可是一直确认自己走的是下坡，在这种有参照条件的丛林穿越中，我是不可能回到原点的，这到底是怎么回事？

正当我看着树干上的刀口发愣之时，恍惚间手里的短刀一滑，不小心就掉在了地上。我赶紧回神弯腰，把短刀捡了起来。

可就在我重新把刀拿在手里的这一刻，忽然之间，我又想到了什么，不由得再次去看这棵树上的刀口。一看之下，我顿时就吸了一口凉气，又回想了一下自己在树上做记号时的情境，很快我就哎呀了一声，几乎都要被自己的聪明给折服了。

这棵树上的记号，并不是我砍出来的。

我记得很清楚，因为我并无法熟练使用刀具在树干上用力，因此我在做记号的时候，都是先用刀尖在树皮上猛戳一阵，然后再用刀刃切掉一些被戳烂的树皮，因此我做出来的记号，都是很不规则的，也是很粗糙的。

但是我眼前的这个记号，给我的感觉是好像有人在一瞬间用一把锋利的劈柴刀砍掉了一整块树皮，或者一个用刀非常熟练的人，只要方式得当，用我手里这样的短刀也可以在树干上切出这样的刀口，所以，这棵树上的伤口看上去非常规整。

而我一没有这样的工具，二没有这样的能力，因此我更加确认，这个记号，不会是我做出来的。而且根据这处刀口的新鲜程度，我推测是阿来或者杰克，在沿途的树干上做了这样的标记。

至于他们这样做的原因，我想也不外乎两个，要么是跟我一样，在这片林子里迷路了走不出去，要么就是为了给我引路，才做出了这样的举动。

但不管是出于哪个原因，都足以说明了一问题，那就是他们俩或者是其中的一个，不久之前也经过了这个地方，之前我遇到鬼打墙的现象，其实就是一种情急之下产生的恐惧感。

为了证明我的猜测，排除这个记号出现的偶然性因素，我又在附近的树木身上找伤口，看看还能不能找到类似的记号。如果我还是能看到这样的记号，那我只要沿着这些记号走下去，就很有可能遇到阿来和杰克，最不济也能遇到他们当中的一个。

此时天色逐渐暗了下来，森林里的可见视线降低了不少，我心说这森林中的天是说黑就黑，速度也太快了，因此我加快了速度，由近到远，一棵树一棵树地查看。

很快，我就在距离第一个记号不远的地方，看到了第二处记号。

可几乎也就是在同一时间，还没等我来得及高兴，就惊讶地发现，在这棵树上，竟然有两处被刀砍出来的记号！而且更加让我手脚发麻的是，这两个上下紧挨着排列的记号，看上去都非常熟悉，但这两个记号的样子，看着却并不相同。

这排列在上面的这个记号，和我刚才在另一个树上看到那个差不多，刀口整齐利落而且新鲜，可是在它下面的另外一个记号，却让我有些难以接受，一眼就认了出来，这竟然是我自己用刀砍出来的。

也就是说，我不但真的又折回了之前走过的地方，而且在我做出标记的树干上，又出现了另一种记号，还跟我做出的记号发生了重叠——有人重复了我走了两遍的路线，并做了相同的事情。

我又围着几棵树转了转，结果还是发现，在其中很多树上，都有两个记号，特别是我这种耍刀菜鸟以非常笨拙的方式在树干上砍出来的那些标记，简直太容易辨认了。看着这些刀口，我的头一下子就大了，想着如果真是这样，那这件事情里面的逻辑关系可就复杂了。

我记得很清楚，我在砍出这些标记的时候，都是就近选择的一些比较粗壮的大树砍下去的，而且做出记号的位置很容易被看到，所以，我很确定我在做这些记号的时候，还没有这些新的记号出现，也就是说，排列在我的记号上方的记号，是在后来才出现的。

如果这第二种记号是阿来或者杰克留下的，那这件事情就显得很不符合常理，我就在想，如果换作是我，在迷路后看到其他人留下的标记，我会怎么做。

毫无疑问，我当然会选择跟着这些记号走，因为我很清楚，前面的人一定是一边走一边沿路做标记的，只要是一路顺着记号走，就一定可以找到留下标记的人。

问题就是出在这里，为什么阿来或者杰克，会在我做出的标记上面再次刻上记号呢？仔细想了想，这里面就有两种最直观的理由。

第一种理由是，他们也跟我一样，遇到了“鬼打墙”一类的现象，无论怎么走，他们都发现自己总是在重复之前的路线，因此便和我一样，开始沿路用刀在树身上砍出记号。但在我看来，这种做法很明显是多余的，因为我已经做出了具有相同作用的标记，他们也肯定能想到这些标记是我做的，那他们只要沿着我做的标记赶路，就一定可以追上我。所以我认为这种可能性虽然有，但却不大；

第二种理由是，他们也知道是我做的标记，从寻找对方或者是寻找出路的角度来讲，也知道在我的标记上面重复做一次标记是重复的，但他们还是选择了这样做，那么这就有了另外一种可能。我猜测，他们这样做的原因，并不是为了单纯的做什么记号，而是想通过这种行为告诉我，虽然我们失散了，但是我们却都在一条同样的路线上。

不过我想了想这第二种理由，也似乎有些欠妥，因为按照阿来和杰克的能力，沿着某种循环式的路线，追赶我这种菜鸟级别的人，那还是绰绰有余的，那为什么他们没有追上我呢？

这样想着，莫名其妙的，脑海中就再次冒出一个连我自己都感觉非常奇怪的想法。

我心说会不会是这样，我们三个人都在重复着相同的路线，但是无论我们距离多近，都无法看到对方，或许就在刚才，阿来和杰克还刚刚从我身边经过，也在盘查着树干上的记号，也有着跟我相同的疑惑。

尽管这样想有些科幻，但也不是没有理由，从我第一次在树上做标记，到我第一次发现自己做出的这些标记，前后也不过是只有四十分钟左右的时间，而且我行走的速度都快要赶上乌龟了，凭阿来的身手和杰克的经验，他们不至于追不上我。

但转念一想，我又觉得这种想法简直是太疯狂了，因为如果真是这样，那在这片森林中，就等于出现了时空交错。在相同的时间和相同的地点做着相同的事情的几个人互相之间看不见，这不是时空错位是什么？

这是不可能的，不可能有这么玄乎的事情……我这样对自己说着，就想起了第一次看到的那个陌生的记号，那个记号是单独出现在那棵树上的，如果我在那个记号旁边，也做出另外一个记号，那么从时间角度来讲，首先做出记号的人如果再回到这里，就能够发现，我刚刚路过了这里。

我很快找了那棵树，也看了那个记号，三下五除二就用手里的刀砍出一个大大的标记，显得格外扎眼。我心说如果阿来和杰克回到这里，并看到了我新做的这个记号，那肯定会意识到我就在附近出没过，那他们也应该会跟我想的一样，先在附近找找看再说。

因此我在做完记号之后，就直接把刀插在树干上，也没有走远，而是就地坐到了紧挨着的另外一棵树下，倚在树干上休息了起来。这样做的目的是想减少我们之间的时间差，只要我停下不走，那在同样的路线里面，他们总会遇上我。

坐了一会儿，看着天色已经昏暗下来，周围连声鸟叫都没有，也没见到阿来和杰克的人影，就感觉这片森林开始给人一种非常阴森的感觉。

难道自己推测的方向不对，其实人家早就已经顺利走出了林子了吗？这样想着，我又有一种思维错乱的感觉，心里不免又开始慌张了起来。

就在这焦灼之间，我有意无意地看了看身边的那棵树，上面还插着我的短刀，但在短刀的下面，我好像发现这棵树的树皮上似乎出现了一些痕迹，而且这些痕迹是我刚才没有看到过的。

我心里一惊，一下子就跳了起来，心想是不是自己看错了，就赶紧去看这些痕迹。不知道是我之前忽略掉了还是怎么回事，我竟然在这棵树的树皮上，看到了一行用尖锐物体刻出来的字。

第二章 黑色烟雾

遇雾则逃，遇脸则安！

这行字的内容非常简单，字体也不大，书写潦草，用手一摸，树汁还在流淌，一看就是刚被刻出来不久。

我顿了顿，觉得这行字很明显就是写给我看的，否则绝对不会莫名其妙地出现在这里，而且我猜测能刻出这些字的人只能是阿来，看着这些字的潦草程度，说明当时他的心情已经非常急迫。

这是怎么一回事，我一直就在这里蹲着，要是有人在这棵树上刻字，我怎么可能看不见，难道真的是因为这里的时空出现了问题，导致我们即使在同一个地方也互相看不见对方吗？还是阿来已经厉害到可以隐形了？

不对，全都不对！我感觉自己的头都要爆炸了，根本没有头绪去思考这种超现实的问题。

不过好在我脑子转得比较快，迅速调整心态，告诉自己想不通的事情就干脆别想，从现实一点的角度去看待这个问题。这种事情的发生，至少印证了我之前的猜测，那就是阿来一定在附近出没过，而且也一定是我在这棵树上刻出的记号引起了他的注意。或许他现在就站在我旁边，只是出于某种原因，我看不见他。

在这样的思维引导下，我的注意力就再次全部集中在了这行字上，我有种感觉，既然这行字出现了，那就说明当下的重点就在这行字上。

遇雾则逃！遇脸则安……我在心里重复了几遍这两句话之后，发现自己完全看不懂这两句话到底要表达什么意思。

仅从字面意思来看，阿来好像是在说，遇到雾我就得跑路，遇到脸我就安全了，但我并没有遇到什么雾，也不知道他说的脸具体是指什么。

就这样看着这行字，鬼使神差一般，我脑子里突然冒出了一个非常不切实际的想法，我从树上拔下短刀，在这行字下面重新刻出了一句话。

“什么意思？”

刻完了，我就对自己说，要是有人回答我的问题，那我就用这把短刀抹了自己的动脉，因为这也太夸张了，都快赶上拍科幻电影了。想着，我还用刀比画了一下自己的颈动脉，发现这个牛吹得有点大。

可是没想到，在我刻完这句话之后，仅过了那么十几秒钟，我就看到在我刻出来的这句话下面，竟然真的又出现了一些字，我甚至都没来得及看明白这些字是怎么出现的，总之它就在我不经意之间出现在了那里，只是这次的字迹看上去更加潦草了。

顾不上多想，我赶紧去分辨这些新出现的字在说什么，结果就看到了一句让我哭笑不得的话。

“傻蛋，看周围，赶紧跑！”

我先是愣了一下，然后就下意识转身去看四周，结果映入我眼前的场景，让我一下子就明白了那句“遇雾则逃”是什么意思了。

我忽然意识到，之前我感觉到的天色变暗，实际上并不是真的要天黑了，而是不知道从什么时候起，在这片森林里，竟然升起了一种非常稀薄的烟雾。

这种烟雾是黑色的，如果不仔细去看，就很容易给人造成一种天色变暗的假象。而且我判断这些烟雾应该是一点一点变浓的，否则我也不会感觉到森林中的光线会下降得那样明显。

想来也是，按照我们进山的时间计算，具体天黑的时间还早，不可能这么快就太阳落山了。

我不由大骂自己太粗心大意，竟然没有意识到四周早就已经弥漫了这种黑色烟雾，如果这是一些森林瘴气，那我可就完了。

更加令我感到不妙的是，也不知道是不是我的心理作用，这样一想，我就感觉自己的头有些晕了起来，嗓子也开始变得难受，似乎有些上不来气的感觉。

遇雾则逃。可是我往哪里逃，四周全是这种黑雾缭绕，根本没有方向，而且我一直就在这个范围内打圈，就算跑也可能再次回到这个地方。想着我一下就急了，但只是过了那么一瞬间，我又告诉自己，撑死胆大的，饿死胆小的，既然不知道往哪里跑，那往哪里跑都一样了。阿来的话不能不信，他让我跑就自然有他的理由，因此我拎起背包，撒开腿就朝着一个方向飞奔了起来。

在森林中奔跑那简直就是在自虐，一些低矮的藤条不断抽打在我的身上和脸上，我眼泪都被抽出来了，估计此时我都变成了大花脸，可是跟逃命相比，这都是一些可以忽略不计的事情。

黑雾覆盖的范围非常大，无论我怎么跑，却始终能感觉到自己依然被黑色烟雾包围着。而且也能感觉到黑色烟雾的密度和刚才相比又浓厚了不少，我的可视距离现在只剩下十几米远了。

可是就算在这种可视条件下，我依然得保持非常集中的注意力，一方面尽量避免摔跤或者是坠崖，另一方面我还得不停搜索阿来说的那所谓的“脸”，因为按照他的话，我只要遇到“脸”，那就安全了。

也不知道跑了多久，我非但没有看到所谓的“脸”，却看到此时的黑色烟雾已经完全布满了整片森林，周围的一些树木已经看不清具体的样子，只能看到一些隐隐约约的树干的轮廓，我浑身上下都充斥着一种无法形容的乏力感，头晕耳鸣的症状也明显严重了不少，我可能是吸入了这种黑色烟雾太久，已经中毒了。

身体不受支配了一样，我逐渐放慢了脚步，强烈的窒息感开始侵蚀我的大脑，摇晃着身体就要倒下去。

可就在这个时候，不知道是不是出现了死亡之前的幻觉，我眼睛里出现了一些非常奇怪的景象，好像看到不远处有一些白光亮了起来。这些白光就像是一道从天而降的光柱，但因为隔着厚厚的烟雾，显得非常不真实。

我心说坏了，上帝来接我了，难道我这就要死了吗？正迷迷糊糊地想着，忽然之间，我就感觉在光柱和我之间的黑雾当中，似乎有什么东西在里面涌动着，导致了我前面的黑色烟雾发生了一种非常诡异的流动性变化。

仅有的念头告诉我，这种感觉就像是有一只奔跑的野兽，以一种非常快的速度划破黑雾，直直冲我而来。顷刻间，我就看到我眼前的黑色烟雾一下子扭曲了，我下意识往后退，结果身子就有些瘫软一般要往后倒去，也就是在这个节骨眼上，我忽然感觉自己的身体好像被一个人的手臂给揽住了，可奇怪的是，我依然没有看到有任何东西或者是人出现在我身边。

这只手揽住我的腰后，我就开始迷糊了起来，但我并没有昏死过去，能感觉到自己正在被一个人搀扶着，迅速往那道光柱方向移动。

我使劲眨了眨眼，告诉自己千万别睡着，强作镇定后就问了一句：“你是阿来还是杰克，我怎么看不到你的身体，你隐形了吗？”

对方没有回答我，或者是回答了我，但我无法听到，不能排除我受到了这种黑色烟雾的毒害，在视觉和听觉上已经受到了强烈的限制。不过我很明显感觉到抓住我胳膊的那只手在我问完之后捏了我一把，不知道这算不算是一种回应。

过了半分钟不到，我就感觉前面的那道光柱变得很明显了，更确切地说，那是一片看上去相当自然的光线。

靠近了这束光之后，隐隐约约当中，我看到了一个半透明的人形轮廓正架着我不停地往前走，而且这个轮廓变得越来越清晰。当我被带进这些光线范围之后，就脱离了黑色烟雾的包围。

我下意识抬头看了一眼这些光线传来的地方，发现在原本遮挡住大部分太阳光线的茂密的树冠上，好像被人开出了一道口子。现在正好是太阳偏西的时候，一束刺眼的阳光正好通过这个口子斜着照进了我所在的地方，被这光线一刺激，我顿时感觉眼睛火辣辣的，开始不停地往外流眼泪，我赶紧闭上了眼睛。

我的背包被人拿下来放在了地上，然后我被安排倚着背包坐了下来，休息了一会儿，感觉呼吸慢慢顺畅了起来，觉得现在应该是安全了。

这时候，我就听到耳边好像有人在跟我说话，声音断断续续，非常的模糊，感觉自己的耳朵就像是被一层保鲜膜给堵住了。

我说道："我听不清楚你在说什么，如果是阿来和老外，就再捏我一把。"

刚说完，我的脸一下子就被一只手给捏住了，疼得我忍不住喊了出来："我去，想捏死我？"

"哈哈！从心理学上来讲，你有被虐的倾向！大圣，我建议你去看心理医生……"

我的听觉在不知不觉中恢复了不少，听到身前有熟悉的声音调侃我，心放下了一大截。我尝试着睁开眼睛，就看到我前面蹲着两个人，是阿来和杰克，他们俩看着我，跟看猴子一样。

我揉了揉眼睛，擦掉满脸的泪水，又使劲摇晃了几下脑袋，问道："为什么受伤的总是我？"

"那是因为你太笨了！"阿来回道。

"到底是怎么回事？"我感觉自己有很多问题，但脑子还不是特别清醒，不知道应该先问哪一个。

阿来刚要说话，却立刻被一旁的杰克给抢了话头，只听杰克非常夸张地说道："你知道吗，要不是有我，你们俩肯定都死了！"

阿来给我灌了几口水，杰克在一旁说起了这件事情的前因后果。

排除杰克刻意夸张的成分，大概意思是说，在我和阿来往不同的方向寻找那种活树雕像的时候，杰克非常机智地留在原地没动，他是根据自己的丛林行军经验做出的决定。

美国军队的经验是，当一支小规模团队要在丛林中寻找某样东西或者是搜索敌人的时候，首先要设立一个据点，美国人把这种据点叫作搜索辐射点，队伍里的人都是从这个辐射点往不同的方向出发，在前进一段距离之后，又开始往左或者往右行走，在平行线上遇到队伍里的人之后，又以相遇的地点作为小辐射点，开始往回搜索。这样的动作交替多次之后，就会把士兵与士兵之间最初划出的扇面空白区隔成无数块小区域，不但可以不断压缩敌人的活动范围，而且最后所有人还能够在第一个辐射点集合。如果在这个过程中有自己的人出事了，那他们就还可以继续用这种方式以最快的速度找到出事的人。

当然，我们当时只有两个人出去找活树雕像，杰克不可能完全利用这种方式使我们汇合，但他的这种思路是正确的，如果我和阿来没有找到活树雕像，那至少也会以他为据点，原路返回到他所在的地方。

但问题是，就在我和阿来刚走出去不久之后，杰克就发现事情好像有点不对。

他首先是无意中发现森林中的光线似乎出现了一些非常诡异的变化。用杰克的话说，这种变化虽然不算明显，但却很怪，他看到除了自己所在的那个地方光线比较正常之外，不远处的四周，似乎都慢慢变黑了起来。

他之前在原始丛林训练的时候，遇到过类似的事情。

人们在一片森林中经常会遇到瘴气，这种瘴气大多会来自一些沼泽或者具有特殊性质的浅层地表，瘴气会以一种非常快的速度弥漫整片森林，毒杀掉森林里所有的动物和人，至于那些常年被瘴气侵蚀的大树，恐怕早就有了免疫力。

正是鉴于此，杰克认为他所在的地方之所以没有黑色烟雾弥漫过来，是因为那棵长有雕像的大树对这种瘴气有着天生的抵抗力，他似乎意识到了为什么在那棵大树上会有这样的雕像出现。

他知道，如果我和阿来没有发现这个事实的话，那我们俩肯定会中招，因此他开始以那棵大树为基本的参照体，开始在林子中搜索，沿着一些黑色烟雾没有渗入到的路线很快找到了第二棵长着人形雕像的大树，然后是第三棵，第四棵……

杰克通过这种方式，很快就明白了，在这片原始森林中，当瘴气升起的时候，会有一条隐藏在树林里面的安全路线，这条路线的基本特点就是，沿途会不断看到一些活树雕像。

这些活树雕像正是这条安全路线的标记。

然后再来说我和阿来。

当时我跟阿来选择了不同的方位，想找找看还有没有这种活树雕像。阿来这样做的初衷，应该说是跟杰克的思路一样的，他也认为这种活树雕像的出现，肯定不是为了什么园林艺术，而是某种路线的沿途标记。

但阿来比我幸运，他很快就找到了第二棵长有人形雕像的大树，也发现了那些黑色烟雾的活动规律，因此他开始往后走，很快就跟杰克汇合。

之后，阿来让杰克原地等待，并让他想办法在树冠上开出一道口子，太阳光线照射进来形成的光柱，可以在他返回时指引方向。

阿来因为本身眼睛非常特别，在黑暗的环境中视力异于常人，因此他很快就发现了我在一些树上砍出来的记号，知道我一定是迷路了，而且是在原地打圈。

但同时他也发现，一旦进入到这种黑色烟雾中，他的视力和听力就出现了一些变化，比如很多次他都感觉到，我其实就在距离他不远的地方，但他却无法看到我，喊了我的名字，也没有得到回应，因此他也开始在我原来做出记号的树上重新做了标记，目的跟我猜测的一样，就是想告诉我，他已经来找我了，而且就在同样的路线上。

最后，阿来在我不断重复的路线当中，选择了一棵我没有做出记号，但我又一定可以看得见的大树，用刀砍出了我后来看到的那个单独的记号。

也正是这个记号，得以让我停了下来，并最大限度地缩短了我们两个人之间的时间差。

当阿来再次来到他留下记号的这棵树，看到了我插进树里的短刀，断定我肯定是明白了他的意思，因此就用刀快速在那个记号下面写出了那行字。

那句话最初的用意是，告诉我那些黑色烟雾危险，找到那些活树雕像就安全了，希望我看到之后能够得到启发。

只不过他没有想到，我那时候已经中毒了，大脑也无法做出正常的判断能力，也就很难理解他到底在说什么。

不过幸运的是，我一时心血来潮对那句话做出的回应，让他非常确定我已经在那里了，然后也迅速回应了我。

但接下来的过程当中，我们两个的思维出现了偏差。

本来他是想继续在树上刻字的，告诉我一定要找到光柱，按照光柱出现的方位跑，可是没等他来得及做出这样的动作，他就发现黑色烟雾迅速涌动了一下，他根据黑色烟雾的变形情况断定，我已经跑路了，而且跑得非常不合时宜。

在看不见我的情况下，阿来没有再贸然追我，他选择在自己的视力还没有完全丧失的情况下返回杰克的据点，并协助杰克在我们现在头顶的树冠层中开出了这道口子。

大量的自然光线照射进来之后，阿来的视力很快恢复了，同时他发现从自然光线的环境里往黑色烟雾中看的时候，竟然隐隐约约看到我就在不远处的黑色烟雾当中摇摇晃晃。

这也说明，只有两个人同时都在这种黑雾当中的时候，或者说两个人的视力都受到这种黑雾侵蚀的时候，才会出现彼此看不见的情况。

发现我之后，阿来以最快的速度再次进入到黑色烟雾当中，把我给救了出来。

整个过程就是这个样子，我在听完他们俩的陈述之后，不由得长长地出了一口气。

这段经历，虽然发生的时间并不是很长，但其间发生的事情还是非常复杂的，而且阿来和杰克在这件事情当中，做出的一些关键性的判断，都是非常具有决定性的，差一点恐怕都不会是现在这种结果。

特别是杰克更令人刮目相看，我对杰克竖起大拇指，说道："哥们儿，幸亏你没自己跑掉，还记得救我！"

杰克听完了我的夸赞，不知道是不是想起了什么，他一把抓住阿来的胳膊，用英文骂了一句娘之后，问道："蓝眼睛，你们是不是在耍我呢？你们之前不是说这只是一场旅行吗？你们不是说不会遇到危险吗？我要抗议！我要退出！"

"你敢！你拿了我们的钱，估计也花得差不多了，你觉得抗议管用吗？"阿来挣脱了杰克说道，"你要抗议你就去找老板，我可没答应过你什么！"

杰克不敢跟阿来硬碰硬，就用双手捂着脸，大骂自己被欺骗了，并扬言要退出。我一看机会来了，就对杰克说道："我说老外，你当初就不应该再来中国，你太天真了！或许你的选择是正确的，离开这片森林之后，你还是回美国吧，我支持你去做一名牧师。"

杰克快要哭了出来，对我说道："大圣，我已经把他们给我的钱花光了，而且合同里面说得很清楚，我要是中途退出，要付给他们双倍的钱……"

我看了一眼阿来，他已经在整理背包了，只好说道："你们做事就一点都不考虑别人的死活吗？"

阿来回道："生与死，那是命，有些路只能是让有些人来走。"

"谁该走这条路？"我回道，"还不是你们决定的？"

"你想多了！每个人的决定，都是自己做出来的，难道你不是吗？"阿来反问道，“别多想了，天就要黑了，我们得赶紧走出这片林子。”

阿来说完，就自顾自地沿着长有人形雕像的大树走了出去。我无言以对，心说也是，当初是我自己决定要跟着他来西南的，现在发生这样的事情，我不能把责任全部归在他身上，现在也不是退出的最好时机，至少得出了这片森林再说。

离开黑色烟雾的范围之后，我的身体慢慢就恢复了，可见这种毒雾并不是一下子就能致命的，这片树林里面没有鸟兽，可能就是因为它们已经了解了这种毒雾的特性，早就迁徙到了其他地方，但问题是，到底是谁在这片森林中制造了这么多的活树雕像。

很显然，做这件事情的人，肯定需要在任何时候，都要依靠这条安全路线进入这片森林并能够走出这片森林。

一片连鸟兽都不存在的森林，进来之后能干什么呢?

我无法知道这些问题的答案，只感觉这些活树雕像的出现，背后肯定有着什么不为人知的事情，而且能够和这里的毒雾形成另外一种相生相克的关系，想来问题就复杂得多。

我搀扶起杰克，对他说：“别急，等出了这片森林，我们俩想办法溜掉！”

没想到杰克完全不领情，用一种非常诧异的眼神看着我道：“不不不！不能那样做，否则我就失信了，我答应过上帝，我是不会对任何人失信的！”

“傻子！”我没好气地回了他一句，就和他一起跟在阿来后面，沿着安全路线继续往前走。

因为有了之前的发现，这次我们三个人很顺利地避开了毒雾蔓延的区域，一路前行，也没再遇到任何的危险。这些长着人形雕像的树木，在黑色烟雾中划出了一条非常曲折的路线，我并不认识这种看起来并不起眼的大树，但很显然的是，森林中的这种瘴气在蔓延的时候，确实是规避了这种树木生长的范围。

当我走出山谷之后，太阳已经被西边高耸入云的山峰给挡住了，我看了看时间，这时候已经下午五点半，距离天黑也就还有一个多小时。

山谷外面的树木稀疏了不少，而且我也终于听到了一些比较正常的声音，有各种鸟叫声和一些猴子的叫声，感觉非常自然亲切。虽然眼前的环境还是非常恶劣，但至少没有了之前在森林中那种死寂的感觉。

此时我们应该是在斑斓雪山的腹地了，山谷外面也没有看到什么像样的路，只发现了一条非常不起眼且被许多杂草遮掩着的通往山下的小路。这条路一看就不像是人工修筑的，而是那种经过常长年累月的重复踩踏，被踩出的这么一条路。

阿来拿出那份打印出来的彩色卫星地图，找到了我们所在的位置，对我和杰克说道："大小姐他们进山的路线并不一样，那四组消失的 GPS 信号距离我们都很远。他们很有可能是走散了，或者是被人为拆散了，我们不能再从第一组消失的位置找起了，得到最后一组信号消失的地方找。"

"为什么？"我问道，"最后一组信号不是距离我们更远么？"

"正是因为如此，我们才必须尽快赶到那里。"阿来回道，"你看地图上，最后一组信号消失的地方，更加靠近斑斓雪山的主峰。出门之前我查过了，那是片无人区，我们现在所在的位置和那片区域之间，有一个山村，我已经安排我的人提前进入那个村庄了。我刚才计算了一下路线，我们只需要五个小时就能够到达那个山村。"

我一听，心说怪不得我没见到阿来所说的第二梯队，原来是早就进山了，不由佩服阿来的这种做法。他把人员分开，就算是其中一部分出了什么事，那至少还会有另外一部分人保留着继续营救白狐的机会，换了我恐怕也会这么做。

但这样的牛不该由我来吹，摆在眼前的是穷山恶水，我的注意力基本上全部集中在了地图上那个被标记出来的山村上了，而且看那山村的位置，海拔明显比我们现在要低得多，这对我来讲无疑是一件好事，因此就说道："你说的也对，先找到这个山村，跟你的人汇合，休整一下再做打算，我看这个说法比较人性化！”

然后我又对哭丧着脸的杰克说道：“老外，下面有个山村，很快你就能吃上西南的野味了，说不定还能洗个温泉澡……”

杰克估计是伤透了心，丝毫没有反应，只是跟在我和阿来后面，沿着那条羊肠小道极其不情愿地往山下走。

天黑之后，我们行走的速度就慢了许多，期间吃了一些随身携带的食物，休息了那么两三回，直到六个多小时之后，我们才走出了我们所在的这座山的范围，并在两座山的山腰交界处，进入了一条稍微宽一点的山间公路。虽说这是公路，但依我看，这条路顶多能走一辆驴车，大一点的农用三轮也无法在上面正常行驶。

但这并不妨碍我们这种步行的人走路，沿着这条公路又在山里转了一个多小时，当我们拐出一道突出来的山脊之后，终于在满天的繁星之下，看到了离我们脚下不远的半山腰的位置，传来了一些稀稀疏疏的灯光。

杰克看到灯光后又开始变得兴奋起来，把手臂搭在我的肩上，说道：“大圣，你快看那边，真的有个村庄，我以为蓝眼睛又在骗我……”

我拍了拍他的后背，算是一种回应和安慰。

这时候阿来看着那些灯光说道：“这个时间村子里的人基本都已经睡了，那些灯光，是从第二梯队的帐篷里传出来的，我和他们之前约定好了，晚上安营扎寨要点灯。”

我有些不解，便问道：“为什么睡觉还要点灯？”

他回道：“点灯的目的是为了告诉不在队伍里的人，他们所处的环境是否安全，这些灯会按照一定的暗语规则进行摆放。”

“那你看出什么了没有？”我问道，“他们现在安不安全？”

阿来看了看传来灯光的方向，眉头皱了皱，说道：“不对，他们没有按照我说规则进行灯光布置，这些灯光完全是随意摆放的。”

“感情连你也没看出个所以然来。”我有些调侃地回道，心里却在说你装什么啊，扎个帐篷都这么多事，谁听你的，能把灯留着给你引路就不错了。

“过去看看！你们俩聪明点儿，看我眼色行事。”阿来说完就要往灯光的方向走。

阿来走在前面，杰克就在后面跟我讲：“为什么要看他的眼睛，他的眼睛我看着就像魔鬼，我可不敢看！”

我苦笑着摇头，就跟杰克解释了一下阿来的意思。最后杰克若有所思地想了想，好像是明白了，竟然从背包里面抽出了求生刀藏在了自己的袖子里。

为了节约时间，阿来便选择了一条从盘山公路上分支出去的山间小道一路走了过去，很快，我们就到达了第二梯队的营区。

营区设在了这个村子外围，这是一块相对平整的区域，不远处有一些小块的梯田。

隔着夜色，我能看在到十几个帐篷后面，有一些山区典型的用石块磊起来的房子，黑色的茅草屋顶让这些房子看上去特别朴实。

山区的居民都有节约用电的习惯，此时已经接近午夜，基本看不到任何灯光从村子里传出来。

阿来在还没有走近帐篷范围的时候，我注意到他眼睛突然变红了一次，他用那双妖异的眼睛扫视了一遍那个山村，然后很快又恢复了正常。

但他似乎并没有发现什么不妥，最后注意力全部集中在了那些被撑起的帐篷上。

营区的人大部分已经睡下了，走近了之后，我还听到一些平静的鼾声。除了每个帐篷旁边都摆放了一盏节能手提灯浪费电之外，也没感觉到有什么不对劲的地方，因此刚才的那种警惕性瞬间降低了不少，只感觉周身劳累，恨不得也立刻扎起帐篷，赶紧睡他个天昏地暗。

营区守夜的人很快注意到了我们，那是一个看上去只有二十岁出头的年轻人。他看到我们走过来后，就吹了一声口哨，然后很快我就看到从帐篷里钻出好几个人，小跑着过来接应我们。

另外几个人有男有女，年龄段的差距很大，从二十岁到五十岁都有。守夜的小伙子喊了一声“卫老板”之后，就要去摘阿来的背包。

阿来一摆手，说道：“不用了，我自己来。”

小伙子面无表情地应了一声，然后又招呼其他几个人来接应我们和杰克，但同样被阿来给制止住了，他说道：“他们俩跟你们一样，都是白老板的伙计，我想他们能够照顾好自己，你们赶紧睡，明天一早叫你们开会！”

不知道为什么，我总感觉阿来的这种举动非常不和谐。理论上来讲，我们是属于后到的，早到的人出来好心接应我们，那是属于人之常情，阿来为什么这么冷漠？我开始有些不理解他的举动，觉得他是在摆老板的谱，心说你不也是天地一马仔么，猪鼻子插啥大葱啊……

阿来发话之后，那几个人也没说什么，简单寒暄了几句，就又回到了各自的帐篷。那个守夜的小伙子继续坐在一盏节能手提灯旁边打起了瞌睡。

我、阿来和杰克三个人的帐篷都扎在了相同的地方。帐篷安装完成了之后，杰克就先钻进了他的帐篷里面打起了呼噜。

我也困得不行，刚要往帐篷里面钻，却又忽然想起了一个问题，就来到阿来的帐篷里。没想到，我刚要说话，阿来却冲我一摆手，低声说道：“我知道你想问什么，但我现在累了，有什么问题明天再说。”

“你妹！”我回了一句，心里非常不爽，但也懒得再搭理他，就钻回了自己的帐篷里。

我躺进睡袋，感觉这种野外扎营的滋味非常难受，竟然有些睡不着，然后就在心里骂阿来那个孙子。本来我是想问问他，之前他说这个营区的灯光摆放的位置不对，那为什么他不质问一下那些出来接风的人，按照他那么能装高冷的本性，应该骂他们没执行力才对。

这一天下来实在是把我给折腾坏了，听着旁边的帐篷里传来杰克的呼噜声，没过多久，倒也迷糊了起来。

刚闭上眼睛，我就开始做梦，但我实在是太累了，期间梦到了些什么，也接着给忘了，反正脑子不是特别清醒。就在这种半睡半醒的状态当中，也不知道过了多久，蒙胧间，我感觉自己的面前好像有什么东西在晃动。

我刚开始以为是梦魇，就告诉自己别管它，赶紧睡死就行了。可是我越是想让自己睡着，就发现脑子里面越乱，七荤八素的什么画面都往外钻，感觉很是败兴。

后来我想这样也不是办法，完全起不到睡眠的功能，还不如起来到帐篷外面走走，说不定还能找到一点睡眠感。想着，我就睁开了眼睛开始从睡袋里往外爬。

可是就在这个时候，我刚要挣脱睡袋，就忽然感觉哪里不太对劲。

在我旁边，不知道从什么时候起，竟然多了一个人！

难道阿来的队伍里有色狼？刚才我没失身吧……

惊讶之余，我一下子就坐了起来，定眼一看，就看到阿来趴在我身边。我刚要开口大骂你这是什么嗜好，是不是喜欢我很久了，你这个变态……结果又看到阿来迅速对着我做了一个噤声的手势。

我不知道发生了什么，眼睁睁看着阿来慢慢移动到了我耳边，轻声对我说道："你听我说，但一定不要出声！"

我愣愣地点了点头，还没有从刚才的那种情境中走出来。

阿来继续说道："这些提前到的人有问题，后面你按照我说的做，天亮后你就会知道答案。"

我轻声回道："这些人不是都是你安排来的吗，怎么会有问题？"

"我也不知道，没法直接验证，只是一种感觉。"阿来说完，就又在我耳边言语了一阵，告诉了我接下来，需要我去做的事情。

我听完了之后，出了一身冷汗，非常诧异阿来为什么要这样做，但他没有给我问答的机会，就塞给了我一把短刀和两枚一元硬币。把我打发出去后，他一个人躺在我的帐篷里睡起觉来。

虽然我有一万个不情愿，也对于阿来的安排不是特别理解，但我还是照做了。

根据阿来所说的，第一步，我要反手拿着短刀（阿来说这样看起来会比较专业），弯着腰慢慢溜到那些提前到了这里的人所在的帐篷旁边，然后把耳朵贴在帐篷上，不管有没有听到什么，都要在十秒之内离开这个帐篷，然后再到第二个帐篷旁边做出同样的偷听动作；第二步，我在偷听完接近一半的帐篷之后，接近那个守夜的年轻人，找到一个他能看到我，而我却不能看到他的死角，故意整出一点儿动静，例如两枚硬币不小心从我口袋里掉了出来这样的假象。

这两部分的动作完成之后，我就猫着腰以最快的速度赶到了我们到达村庄之前经过的那条盘山公路上，在路边随便找一个地方，用两块石头，分别把两枚硬币一正一反地压在石头底下，这两块石头摆放的位置要隐秘，但又要保证别人能看得见。

当所有的工作都做完了之后，我就再溜回自己的帐篷，继续睡觉。

我喘着粗气重新躺回帐篷里之后，发现阿来已经不在了，也不知道他是回了自己的帐篷，还是去了其他地方。

躺在帐篷里，我此时已经是睡意全无，辗转反侧一阵之后，突然想起了几个问题，心说刚才那一阵折腾，我是不是有点缺心眼了，我拿着刀到人家帐篷外面偷听，还要故意被人家发现，这是什么逻辑？还有阿来为什么不自己去呢，万一我在偷听的时候钻出个老娘们儿，骂我偷窥，那我岂不是清白不保？阿来到底想干什么，既然是搞小动作，那为什么又非得让人家发现？

我被这些问题一直纠缠着，难以入睡，期间我不断竖起耳朵听外面的动静，总感觉会有什么事情发生。可是直到天都逐渐亮了起来，我也没听什么，而且很快我就听到帐篷往外面已经有人起床了，说说笑笑的什么声音都有，好像没有人知道昨晚发生过什么。

但我又明显觉得不对，因为那个守夜的小伙子，肯定是看到我了，但他当时并没有制止我或者是走过去问我在干什么。

这一切就是这么让人难以理解。

又过了不多时，我的帐篷从外面被人揭开了，杰克蓬头垢面地把半截身子探进来，问我有没有洗发水和洁面乳。我心里烦躁不安，没好气地骂了他一句，说你以为这是在天上人间吗？这里是荒山野岭，你实际点，用山泉冲冲就算了。

爬出帐篷之后，我看大部分的帐篷已经被人收了起来，昨晚被我“偷听”的人看到我后，有的还跟我打了招呼，我非常尴尬的回应了一下，就想去找阿来。

但我并没有看到阿来，就问一旁正在用矿泉水洗脸的杰克阿来哪里去了。

杰克对我说道：“他一早就去村子里面了。”

我转身看了看身后的山村，以为阿来是不是去村子里要饭去了，没想到这时候我正好看到阿来和一个看上去有六十来岁的老头子在一起，朝着我们营地走了过来。老头子拉着阿来的手，边走边说着什么，这种场景让我想起了领导干部到基层视察的时候，上镜的农民老伯拉着领导人的手，两行老泪加无数句感谢领导关怀啥的。

阿来和老头子走到营区，招呼了一下所有人，然后我和杰克还有第二梯队的那些人，就到了阿来跟前。

第三章 古村

阿来刚要跟我们所有人讲话，却被一起的老头子抢了先，老头子挨着跟我们握手，用一口西南话跟我们说道：“领导同志们，实在是不好意思啦，让你们在这野外睡了一晚上，都怪我这个做族长的疏忽啦，各位领导同志来视察工作，是我们这些老山民的荣幸啦，各位领导赶紧进村子啦……”

老头子啦啦啦了半天，我听了个大概，然后在阿来的示意下，我们收拾了行李，跟着老头子进了村子。

我们被安置进了村子的一所集体食堂内，当地的山民给我们做了一些简单的早饭，肉丝辣椒酱拌手撕水煮面片儿，每人还配有一碗薄荷鸡蛋卤子，吃起来非常爽。

我和阿来还有杰克坐在同一张饭桌上，一边吃一边观察其他的人，看到他们有说有笑，并没有什么异样。特别是那个守夜的年轻人，一直闷头吃着面，满脸疲惫。

杰克一连吃了三碗之后，打了一个饱嗝，说道：“你们中国人好客，食物也美味，我真是太爱你们了！”

阿来放下碗筷，对我和杰克说道：“吃完了跟我去族长家里一趟，我跟他说我们是相关部门派出来考察的，这么多人同时进村子里，我得过去表示一下！”

说完，阿来就站起来跟其他的人说道：“各位，吃完了就先去族长帮我们腾出来的大院等候，你们收拾一下装备，我去去就来。”

众人打手势吆喝着，说你尽管去，不用管我们，有什么吩咐卫老板就发话。

我们三个刚要出食堂，却看到从另外一张饭桌上站起来一个女人，她跑着跟上我们，说道：“卫老板，我跟着你一块去吧，我懂西南土话，必要的时候给你当翻译。”

这个女人看上去三十来岁出头，短发，穿着一身登山装，脚上套着登山鞋，腰间和登山鞋上，分别挂着一把匕首。虽然她身材矮小，却显得很干练，有点像电影里的洪兴妹。

因为昨晚的情况，我以为阿来会回拒绝她的要求，可是没想到，阿来非常痛快地答应了，说了一句：“谢谢！”

我有些丈二和尚摸不着头脑，悻悻地跟在阿来后面，看着这个女人在前面跟阿来聊得火热朝天，就有些生气，心说流氓都让我当了。但走着走着，不知道俩人聊到了什么，就见阿来忽然停住了，并对身边的女人问道：“鬼妹，我忽然想起了一件事情，谁拿着我们进山的地图？”

“鸡毛拿着。”女人很快回道，“我昨晚还想让他送给卫老板，但是怕打扰你，最后就没过去。”

“不用给我，我还有一份！”阿来说完又继续往前走。

虽然这只是几句再普通不过的对话，但因为我的心情不一样，总是对昨晚的事情耿耿于怀，因此就一直盯着那个女人，结果就在他们俩的对话结束之后，我从女人身上注意到了一种非常不易察觉的细节。

她在回答完阿来的问题的时候，表面看似轻松自然，但她的左手却出现了一种下意识的小动作，在自己腰间的短刀处划动了一下。

我以为这个女人要对阿来发难，刚要开口对阿来说当心，这时候却被杰克的话一下子给打住了，就听到杰克说道：“哈哈，大圣，你为什么一直盯着那个女人的屁股，你是喜欢她吗？在美国，如果你喜欢一个姑娘，就应该直接对她表白……”

杰克说完，我就非常尴尬地看到那女人和阿来同时回头，直直盯着我。

这是什么跟什么，死老外，我用弄死你……我瞪着眼睛白了一眼杰克，然后又对阿来和那女人说道：“误会，全是误会……”

阿来看了我一眼，对我轻微眯了一下眼睛，我虽然没有意识到他在说什么，但也能隐约感觉到自己刚才确实失态了，要不是杰克的阻断，我可能会破坏掉阿来的某些计划。

叫鬼妹的女人原地看了我几眼，面部没有任何表情，完全没有正常女人被盯屁股的那种愤怒，而是转身继续往前走。

这时候，杰克有意无意地用手扫了我的手臂几下，我看向他，他对我做出一个轻微摇头的动作，但很快就恢复他那种对大山充满向往的欠揍表情。我心里一惊，心说难道杰克刚才的行为，是故意的？他也发现了那个女人的动作，看到我一时没收住，就赶紧阻止我？那么现在这是唱的哪出戏，我更加纠结了。

这个村子并不大，但大部分的石头房子都是修建在一处比较平整的半山腰的位置，因此这里的石头房子看上去都非常集中，而规模大概有两三百户人家，在斑斓雪山这种高海拔的山脉中，这种规模的村子已经算是少见的了。

我们在村子里七拐八拐，遇到很多山民，年纪都比较大了，年轻人和小孩基本没看到，估计都走出大山到城里打工去了。一路上看到的那些已经荒废了的宅子证明了我的这个观点，看着还貌似住着人的，不过三分之一。

在穿过一条用碎石块铺起来的小路之后，我看到不远处有一排看上去非常高大的房子。这一排房子所用的石头非常整齐，大概有三间的样子，整座建筑物浑然一体，跟周围的住户家的石宅完全不同，看上去有一种威严感和震慑感。

远远地这么看着，感觉这几间房子跟周围的住户相比显得非常不正常，它实在是太高了，足足高出普通住宅的两倍还多。

我刚开始以为那是族长的家，可是当我们走近了，就发现不是，因为这一排高大的石房并没有院子，只是非常突兀地立在那里，而且在房子前面的空地上，还有一座用整齐的石块垒起来的四边形平台，平台上有石阶。

沿着石阶看过去，在平台的中央位置摆放着一尊大号雕花石鼎，看着非常熟悉，但又很陌生，想了一会儿才发现，这跟我在老爷庙水底看到过的那三尊石鼎非常相似。当时，那三尊大石鼎，摆放在一尊令我现在想起来都有些心有余悸的巨型石雕前面。

眼前的这尊石鼎里面，插着几支手腕粗细的残香，此时还袅袅冒着青烟。望着那阵阵青烟，我感觉有些恍惚，似乎又回到了那个非人的世界。

我们在路过这座石台边上的时候停下了，这时候，我们又在石台的旁边看到了一座已经有些风蚀残缺的石碑，上面刻着三个篆体大字：战神祀。

在这个三个字的下面，似乎还有一些小字，但是石碑常年经历着风吹日晒，已经看不清楚那些字到底是什么了。根据石碑风化的程度，可见这个山村恐怕得有上千年的历史了。

“原来是一个庙。”我看着石碑说道，“战神祀，里面供着战神？”

“什么战神？你们中国的战神是谁？”杰克问道。

我摇头表示不知，就看向阿来和鬼妹。

没想到，阿来也是满脸疑惑，说道：“一般的古村，这种建筑物都是当作祠堂使用，很少见供神的，而且我也不清楚，这里为什么会有战神庙。”

我一看阿来也不知道，那个女人就更不知道了，还是等着一会儿见了族长再问吧。

可怎知，那女人一下子接过了阿来的话，说道：“战神，是指蚩尤大帝。”

“你是怎么知道的？”阿来问道。

“你们不知道吗？这是中国历史中对于蚩尤的定义。”鬼妹反问道。

“那我们就进去看看吧，看看你们中国的战神什么样子！”杰克兴奋地喊道。

“不行！”阿来斩钉截铁地说，然后对我说还是先到族长家做完该做的事情，族长早就已经在家等我们了，耽搁久了会失礼，而且这座战神祀的门紧紧关闭着，我们不能贸然进入，山村里面的人都迷信，我们是外来人，不能犯了忌讳，于是就督促我们就继续赶路。

走出一段距离之后，我回头看了一眼那座战神祀，不知道为什么，总感觉那座石台和那座建筑物，有些怪怪的，给人一种非常诡异的感觉。

在阿来的带领下，我们很快就到了族长家的宅子，跟我想的一样，族长的家真的比普通山民的家更大一些。他家一共有六间石头茅草屋，屋子前还有一个比较像样的小院子，养着几只鸡和两只山羊。

族长看到我们来了，显得相当兴奋，几乎是从屋子里跑着出来的，隔着老远就张开双手等着跟我们握手。

我瞟了一眼阿来，小声说道：“领导，你可把人家给坑大了，你是给人家修路啊还是给人家补贴？”

“闭嘴！”阿来低声回道。

“你就是个骗子！”我不以为然地回道，但满脑子还是那座战神祀，总有一种偷偷溜进去看看的想法。

族长非常热情地跟我们四个人握完了手，然后就把我们请到屋子里。

进了族长家的正屋之后，我们被招待坐在屋子中央的一张八仙桌上。我一看这桌子，纯正的老料金丝楠木，心想着族长真够奢侈的。他要是懂行，把这张桌子和几把椅子卖了，这辈子都可以在城市里住别墅吃鲍鱼。

寒暄了一阵之后，阿来就跟族长聊起了村子里的情况，我没有仔细去听，却被屋子里的一座神龛给吸引住了目光。那座神龛摆放在屋子的北墙根，上面摆放着一尊木雕神像，正是这尊神像，让我有了一种似曾相识的感觉。

这尊神像看上去有三十厘米高，那种山里的老木料配合精雕花纹做出来的东西，别提有多美了。但这还不是我在意的地方，我注意到的是这尊神像的形状。

神像立在那里，下半身有四条腿并排着，上半身两边分别有两只手臂，一共四只手臂摆出了千手观音的姿势，每只手里都拿着不同的兵器，分别是锤、戟、刀、弓。

最后，我把注意力集中在了这座神像的头部，却发现它没有脖子，直接在肩膀上出现了一个圆形的头颅，五官刻画也非常的细致，耳朵在头顶的两边不是特别明显，但两只眼睛却是怒视前方，嘴巴张开，漏出两颗非常夸张的獠牙，看上去就像个狗熊的脑袋，似人非人，似兽非兽。

我看着这尊神像，脑子里忽然就出现了一个炸雷，想起了在原始森林中看到的那些活树雕像，其实就是这种神像的简化版本。

族长估计是看到我在出神，笑呵呵地说："这位领导，你看到的可是我们这里的神呦！我知道你们做领导的不信这个，可是你千万别小看了这尊神啦，几千年了，这尊神可是一直保佑着我们这些大山的儿女呦！"

"请问，这是尊什么样的神？"阿来听完族长的话后问道，蓝色的眼珠子里出现了一些难以察觉的异样神色。

"哎哟，这位领导，你听我讲噢，这可是我们中国人的战神！"族长说话的表情看上去非常自豪，"在我们这个地方，管这尊神叫蚩尤大帝，大神保佑着我们，就连当年那些侵略者都不敢祸害我们这个地方呦，周围那些山民，可是被害得叫苦呦……"

我在一旁听着族长叫这尊神为蚩尤大帝，就感觉好笑，所谓的蚩尤大帝，不就是传说中的蚩尤么，在中国的神话体系中，蚩尤可不算是什么光彩的人物，相传最后还被黄帝给杀了，怎么到了这地方，竟被封为神了呢？

还没等我笑声发作，坐在我对面的鬼妹就若有所思地说："蚩尤族人，嗜战成性，每以九九为群，逢战必胜，仗势铜筋铁骨，善冶兵器，侵中原而败于黄帝，后避边陲而栖，不知其所终也。"

鬼妹说了一大堆文言文，不知道是从哪里抄来的，我听完之后感觉不对，跟我从历史课本中学到的不一样。抛却被神话部分，史书中讲，上古时期，以蚩尤为首的一个部落因为入侵中原而被以黄帝为首的部落打败，后来被杀了。而鬼妹说的这番话，最后却讲蚩尤战败之后跑到了边远地区藏了起来，从此没有了消息，这显然跟我们从小了解到的内容不一样。

就听阿来继续问族长："那族长能不能跟我们讲讲关于这位蚩尤大帝的事迹？"

族长一听阿来对他们的神感兴趣，高兴地站了起来，对我们说道："难得领导同志还这么愿意听我老汉讲这样的事情呦！我带你们去一下我们的战神庙，到了那里就算不用我老汉讲，你们也会知道我们蚩尤大帝的神迹呦！"

我一听族长这是要带我们去战神祀，忍不住一阵欣喜，心说我心里正痒痒呢，我还没好意思开口，你竟然自己要带我们去，还是大山里的同胞实在。

杰克也是高兴得不行，听说可以去看战神，握着族长的手就说道："作为你们领导的顾问，我对你的友好表示感谢！"

"哎哟，外国的领导也是领导嘛，不用这么客气啦！"族长回道，"就是希望你们领导回去之后，也能给我们宣传一下啦，也搞个旅游项目啥的，我听说山外面的旅游都很火啦，我们这里的环境不比外面差的呦！"

我听着族长的话，看向了阿来，意思是说人家这么热情，又是请吃饭，又是带着参观，是把你当成投资领导了，我看你怎么收场。阿来估计也是意识到了这一点，面部肌肉竟然抽动了几下，像是在苦笑，但又不能笑出来，看上去非常尴尬，就模模糊糊地回应着，说如果有机会，一定跟上面的领导汇报。

到了战神祀，族长把我们带进了神祀内部，一进门，我就看到了在这座高大石头房子中央，摆放着一尊三米多高的雕像，外形和族长家里神龛上的那尊如出一辙，只是这一尊是青黑色的石头雕刻的，也没有族长家里的那尊雕刻得精细。

族长重点让我看的，显然并不是这尊神像，而是直接把我们引到了神像左边的一个相通的房间内，指着镶嵌在墙上的一排石刻对我们说道："领导们，你们自己看啦，这些石头上的东西，就是关于战神的神迹，这可是我们的祖先流传下来的呦，看不懂的地方可以问我老汉呦。"

我一看这排石刻的规模，大吃了一惊，只见这是一块长有六七米，宽有至少三米的大块的石碑，上面密密麻麻雕刻着数不清的秦篆，好像是有人把整块刻满汉字的石头从某个地方抠了出来，然后又放到了这座神祀内。

我忍不住问了出来："我说族长，这块石碑早先不是在这里的吧？"

族长对我伸出大拇指，回道："哎哟，我的领导，你真是好眼力呦！这块石碑，可是我们的祖先从村子最早的那个地方搬运到这里来的呦。"

"最早的地方？"阿来听到了话外之音问道，"难道你们的村子最早不在这里？"

"要是说起这个事情来，那可就是两千年前的事情啦，现在恐怕就只有我老汉能说出个道道来呦，那个时候，我们的祖先还生活在那个地方……"族长指着一个方位，说起了关于他们村子的历史。

族长可能是担心我们听不懂，因此说的话非常啰唆和重复，就算这样，很多的方言我也只能听个大概。我对他说的这段历史非常感兴趣，因此在听完他的陈述之后，我在脑海中迅速整理出了这么一段关于这个村子的传说。

两千多年以前，这个山村还不在现在的地方，而是在距离这个地方不远的一片山谷当中。根据族长后来的陈述，我确定了他所指的村子的原址，实际上就在我们穿过的那片山谷范围内。

族长的先人最早从什么时候开始在那片山谷落脚，已经没有人能说得清了，在族长小的时候，他听以前的族长说起过，这个村子的历史，似乎就是从蚩尤战神出现的时候开始的。

最初，这是一个以粗糙狩猎为生的原始型族群，人口稀少，吃了上顿没下顿。直到四千多年前的某一天，在这个族群当中，突然来了一位形象奇特的人，他身高五丈，多手多足，铜头铁臂，身披战甲，自曰“蚩尤”。

蚩尤擅长制造弓箭等兵器，还教会了族群里的人使用兵器按照一定的阵法猎杀大型的野生动物，因此被族人供奉为“战神”。

在蚩尤战神的守护下，族群的生存效率得到了大幅度提高，穿衣吃饭等基本问题从此算是有了保障。在古代，这种自给自足的生存方式得以持续，也算是相对稳定的一种生存状态了，所以，这个族群逐渐失去了和山外产生联系的动力。

当然，这里面还有一个更加重要的原因就是，这位蚩尤战神立下了规定，不允许这个族群和外界发生联系，也不允许族里的人对外透露关于他的存在，如果族群能做到，那么他给出条件就是会守护这个族群五百年。

据说这位蚩尤战神真的在这个族群当中又活了五百年，见证了这个族群的繁衍和发展，直到后来功德圆满，才驾神车升天，不再复返。

族群里的人在蚩尤战神归天之后，便开始按照他在人间的形象进行造像，这也就是我们在森林中看到的那种简化了的蚩尤雕像和我们在村子里看到的更加精细的蚩尤造像出现的原因。

族长在说完这一段传说性质的历史故事之后，后面的事情发生的时间，直接从四千年前跨到了两千年后的秦朝初期。在秦始皇统一六国后不久，大量秦军突然涌进了这个族群的生存范围，打破了这片山谷持续了几千的宁静。

秦军到来之后，搜刮和破坏了族内所有关于蚩尤战神存在过的文献，包括记载着大量关于蚩尤神迹的兽皮和石刻碑文等，而且还开始大量捕杀族群里的人。一个靠狩猎为生的古代族群，奈何不了阵势强大的秦朝军队如猛兽般的进攻，因此族里的人开始病急乱投医，不断有人开始祷告在上古时期曾经守护过族群的蚩尤战神。

传说这类东西，吸引人的地方就在于传说中总是布满传奇，在这里也一样，当族群中的人开始日夜祈祷战神保佑的时候，这位蚩尤战神，竟然真的显灵了。

这倒不是说战神蚩尤真的从天而降协助族群打败了秦军，而是在秦军不断施暴的时候，在族群世代生活的山谷中，突然就冒出了大量的黑色烟雾，在黑色烟雾当中，还响起了轰隆隆的战鼓声和万马奔腾的军队冲杀的声音，不多时，无数身披战甲，胯下骑着威武战马的天兵天将就在黑色烟雾中出现了，并对正在进行残暴活动的秦军展开了报复，很快就把大量的秦军屠杀殆尽。

待秦军被全部消灭之后，当时的人肯定是认为蚩尤战神显灵了，派来了天兵天将打败了秦军，于是便对蚩尤战神的传说更加深信不疑。

但因为山谷中出现了大量的黑色烟雾久久不能散去，族群里的人发现这时候已经不适合继续在这片山谷生存，于是族长就带着族人开始往山谷外面迁徙，最后选择了现在这个山村所在的位置繁衍下来。我们现在所看到的那尊石头神像和这块大型的雕字石碑，就是在那次战争之后，一次偶然的机会，村子里来了一个采石匠，他对这个村子里流传的故事很感兴趣，于是在当地族长的请求下，采石匠帮忙雕刻了这么一尊神像，并在族群原居住地附近，找了一块非常平整的石头，在上面刻出了关于蚩尤战神的一些神奇的事迹。

在听完族长绘声绘色的讲述之后，我自然是能分得清哪些内容是比较真实的，哪些内容是包含了夸张和神话的部分，就比如秦军的溃败，很可能就是因为原始森林中的黑色烟雾所致，到底是不是真的有天兵天将，我更加倾向于当时的族群和秦军都中毒了，因此在特定的环境下产生了一系列的幻觉。幻觉这种东西，往往是伴随着现实中的某种相关联的情境发生的，更何况我受到过这种黑色烟雾的毒害，出现的反应也跟族长描述的大相径庭。

在族群迁徙到山谷外面，形成了一个半封闭的村落之后，随着时间的推移，关于蚩尤战神的传说就变得稀少了起来，就算偶尔出现，那也是历史上哪位族长临死前梦到了蚩尤战神来接自己升天，或者是一些完全不相关的事情的发生，被强搬硬套在了蚩尤显灵的杂谈当中。

再往后，随着生产力的不断改变，这个山村的村民也变得现实了，山地耕种技术传进村子，进山打猎的人越来越少，而关于蚩尤战神的传说，就真的慢慢演变成了一种再也无法主导当地山民生存意识的饭后之谈了。

族长对我们说，他也是从小听老人们讲起了这些故事，石碑上的字，他大部分不认识，只是听说上面刻了一些关于蚩尤战神的传说，并世世代代被供奉着。

我以为，传说就是传说，族长和这里的村民只是历史习惯性地对蚩尤进行着崇拜，而且这位族长似乎也没太拿着自己的神灵当回事，否则他怎么可能会把神灵交代过的事情给忘了？他自己说的故事里面，蚩尤可是禁止这里的族人对外宣说他的神迹的，更何况他还一个劲地在跟我们炫耀这位神灵的历史和真身。要我猜，这个族长八成是想通过编造这样一些非常吸引人的故事，合计着跟阿来合作起来炒旅游，毕竟现在的人在面对生存的时候，跟古人相比，想法要现实得多。

可是，阿来在听完整个故事之后，问了族长另外一个问题，等族长回答完之后，我的这种认定一下子就受到了一些冲击。

阿来问族长："你之前说，外来的人都不敢打你们村子，这怎么讲？"

鬼妹似乎也对这个问题很感兴趣，在一边督促着族长赶紧说。于是族长就像打了兴奋剂，拍着大腿说阿来是个好领导，既然对里的故事如此感兴趣，那他也相信阿来一定可以给当地带来投资，于是再次说起了当地关于蚩尤战神最后一个传说。

族长说道："其实也不是我亲身经历的啦，但是我们村子里的上一任族长，是亲身经历的，那肯定假不了。你们听我说哟，那是一九四二年的时候啦，那个时候咱们国家不是在抵抗侵略者吗，有一支政府的军队不知道要执行什么任务，就进入了我们村子原来的地方，当时还从我们村子里找了一个人引路，都是国家大事，我们这些山民也要为国出力啦！可是谁想哟，这件事情被侵略者知道啦，就派了好几架飞机到林子上面转啊，在发现了军队之后，就哗啦哗啦投下了好多炸弹！"

“这分明就是挨打了，族长你怎么说人不敢打你们呢？”我有些不解地问道。

“这位领导别急嘛，听我老汉说呦。”族长似乎不满我打断他的话，冲我摆了摆手，继续说道，“刚开始我们以为我们的军队肯定被炸没了，飞机走后，当时的族长就派了人去林子里找尸体啦，可是没想到呦，领导你们猜猜山民发现了啥子？”

“什么？”阿来随着族长的话问道。

“一个大鬼脸！”族长在说到这里的时候，表情都扭曲了，“我的娘唉，那飞机，在树林里炸出好大好大一个鬼脸，光是两个眼睛就有一个小湖湾那么大，有人在林子里看到过那两只眼睛，黑洞洞的，深不见底呦！这也是我们的蚩尤战神显灵啦，从此侵略者就没有在我们这里出现过，飞机都不敢来啦！以前村子是没有名字的，就是因为我们祖先生活过的地方炸出那么一个大鬼脸，所以我们这个村子才叫鬼头甸子……”

我对族长关于近代的这一段传说产生了一种莫名的信任感，因为这件事情发生的时间已经非常靠近现代，而且如果这是真实发生的事情，那村子里岁数比较大的老人，应该还亲身经历过，我们要是想求证，那应该不算什么难以实现的事情。

正想继续问族长一些更加详细的内容，却在这个时候被阿来打断了，他对族长说道：“老族长，首先我非常相信您说的所有，我也很愿意帮助你们这个地方发展，但是今天我们还有更重要的事情，咱们就先聊到这里，我这里有一些钱，你拿着。”说完，阿来就从兜里掏出一叠人民币，塞给了族长。

族长也没客气，把钱放进自己的口袋里说道：“领导关心我们，我作为族长也实在是感谢呦！既然领导们还有其他工作要做，那我老汉就不多耽搁你们时间啦，这样吧，我回头让村子里的人多准备点野味，晚上再好好招待各位领导……”

我正听得心里痒痒，阿来这莫名其妙的一棒子打断了我的好奇心，我有点难以理解，但在族长面前我也不好质问他什么，因此就跟着他出了战神祀，告别了族长。

阿来带着我们三个人开始往族长给我们安排的落脚大院方向走去，一路上杰克拽着我们给他讲关于战神的事情，就因为族长在说的时候他一句也没听懂。

我纠缠不过杰克，就跟他说了很多，但杰克听了一会儿，对我说道："不如我们美国的雷神厉害！"

"都不是一个系列的，你怎么还对比上了？"我问道。

"不！"杰克边走边对我说道，"我的意思是，雷神的锤子，很厉害！"

杰克刚说完，没等我继续跟他调侃，却看到他手里不知道什么时候起竟然多了一块手掌大小的石头，冷不丁就对着走在我们前面的鬼妹甩了出去，而且不偏不倚地砸在了鬼妹的后脑勺上。

鬼妹在被石头击中之后，一个趔趄就趴在了地上，然后阿来在一旁冷冷看着倒下去鬼妹，无动于衷。

我被杰克的举动给完全震惊了，也不知道他为什么这样做，而且看样子好像俩人早有预谋，赶紧问道："你们这是干什么？怎么对一个女人动手？"

杰克对着我耸耸肩，竟然也是满脸惊讶，"what，大圣你不知道？"

"我知道什么？"我回道，"告诉你们到底要干什么，说出来不保证不打你们！"

阿来没有回答我的话，而是对杰克说道："会审讯吗？"

杰克打出一个"OK"的手势，说道："交给我吧，我保证她什么都会讲。"

"那你们俩负责这个人，我去处理其他的事情。"阿来说完就径自走了。

杰克走上前去，把鬼妹扛起来，然后迈过我们旁边一座荒宅的断墙，并对我说："赶紧跟我来，不要被人发现。"

我心里开始怦怦直跳，在想杰克到底要干什么，看鬼妹的样子，应该伤得不轻，失去了反抗能力，他总不会是要……想着，又觉得不太可能，阿来应该不会允许杰克做出这样的事情，难道跟昨晚发生的事情有关系？

鬼妹被杰克带进了一间相对封闭的石头房间内，里面除了一些破旧的木头家具和一些大片的蜘蛛网，也没看到其他的东西，看样子这做宅子已经荒废很久了。

杰克把鬼妹放到地上，又从口袋里掏出一捆绳子，非常熟练地把鬼妹捆了个结实。

我又问杰克这到底是怎么回事。

杰克就告诉我，昨天晚上，阿来先是去了他的帐篷，并让他偷偷溜到公路上藏了起来，他在看到我藏完那两枚硬币又离开之后，就是这个叫鬼妹的女人，很快就找到了我放硬币的地方，而且还把那两枚硬币拿走了。回到帐篷之后，杰克发现阿来给自己留了纸条，说如果今天有人跟着阿来，那杰克在收到阿来信号之后，就趁着对方不备搞一次偷袭，然后审一下这个人。

“你要审什么？”我问道，不明白阿来为什么会对自己的人做出这样的事情。

“我也不知道，蓝眼睛只是让我审她。”杰克满脸无辜地回道。

这时候，鬼妹慢慢苏醒了过来，看到我们两个之后，表情非常阴沉。这是我第一次近距离去看她的脸，感觉这张脸看上去非常不舒服。但我在这种情况下，一时间也不知道到底哪里不对，只是过了一会儿我才反应过来，这张脸看着有点假。

“你们为什么这样对我？我要见卫老板！”鬼妹上来就对我们说道。

杰克走到鬼妹身边，围着她转了两圈，就说道：“先自我介绍一下，我叫杰克，美国人，是蓝眼睛和这位齐天大圣的兄弟！”

“少跟老娘废话，有什么手段你就使出来！”鬼妹恶狠狠地说道。

杰克一改之前那种胆小滑头的状态，而是用非常轻蔑的语气说道：“我最初服役于游骑兵部队，后来又到了海军陆战队，在伊拉克战场打了两年仗，还需要我审你吗？”

“不必了！”鬼妹回道，“我还真是小看了你们三个人！”

这是什么剧情？我完全懵了，对这样的故事情节感到有些吃惊。原以为杰克会对鬼妹做点什么，例如疯狂折磨一番之后她才会妥协。可是没想到，杰克只是做了一个自我介绍，事情貌似就结束了，实在是难以置信。

杰克看了我一眼，对我做了一个鬼脸，然后继续问鬼妹：“你叫什么？”

“徐海瑞。”鬼妹回道。

“你是哪里人？”杰克问道。

“你自己不会看吗？”鬼妹回道，“问点有用的吧，别怪我没告诉你，我们的人很快就会找到这里，就凭那个蓝眼睛怪物，你们觉得他能给你们争取多少时间？”

“这个你不用管，你只需要回答我的问题就行了。”杰克回道，“那就按照你说的，我们换个问题，我们的人呢？”

“一共两拨人，全都被我们杀掉了。”

“你们替换了他们？”

“你既然知道了，就没必要再问了。”

“你们的目的是什么？或者说，是谁派你们来的？”

鬼妹盯着杰克，冷笑道：“你一个外国人，竟然也敢管这种闲事！”

杰克貌似是失去了做为审讯者的兴趣，有点发狂地说道：“我再最后问你一遍，谁派你们来的，来这里干什么？”

说完，我就看到杰克一下子从鬼妹的腰间抽出了她的匕首，并在鬼妹的脸上划了一刀。

我一看这事情明显不对，对一个娘们儿动私刑，这未免也太残忍了吧，于是急得在一旁大叫：“杰克，你疯了！好好一张脸，就这么被你给毁了！”

这时候，我在鬼妹的脸上发现一个奇怪的现象，只见被杰克划出来的伤口至少得有一厘米那么深，可是诡异的是，这道伤口并没有出现我想的那种血涌如注的景象，反而一滴血也没有流出来。再看鬼妹的表情，她竟然没有表现出任何的痛苦，反而是在看到我和杰克惊愕不已的同时，阴森森地笑了起来。

山中野宅中听到这样的笑声，我的汗毛都竖起来了。

这是怎么一回事，这么深的伤口不流血，那只有一个情况才是这样的，就是我们眼前的这个女人要么不是人，要么就是一个死人！我下意识就往后挪了挪身体，生怕这个可怕的女人挣脱了绳子对我们发难。如此诡异的气氛，我不敢保证杰克的绳子会一直有效。

杰克也被这意想不到的情况给吓傻了，他先是看了看我，发现我在出神，又吞了几口唾沫之后，才恢复了刚才那种审讯者的姿态，嘴里骂了一句。

我以为他会问为什么她的脸不流血，没想到的是，杰克的思维跟我完全不一样，只见他手起刀落，竟然在鬼妹的脸上又划了一刀，而且这一刀所用的力度显然比刚才的更大。

此时我也管不了杰克这样做是不是过于残忍了，因为我依然看到鬼妹的脸上没有渗出一丁点儿的血色，这种感觉，就好像用刀子在一个充气娃娃的脸上割了几下子一样。我大叫起来：“你到底是人是鬼？”

鬼妹把裂开两道口子的脸转向了我，说道：“我一直没弄明白你是谁，你跟他们都不一样，你出现在这里跟你自身的表现格格不入，我劝你还是去你该去的地方吧，这不是你的战争！”

“我想知道你到底谁？”我听不懂她在说什么，但我想了一个问题，就继续问道，“在你们杀的人里面，有没有一个长头发的女人？”

其实在问的时候，我也没指望她会告诉我什么，脸都开花了，眉头都不皱一下，绝对是块硬骨头。可是没想到，在我问完之后，鬼妹却思索了一会儿，继而说道：“你是说那个姓白的女人？她死了，我亲手杀死的！怎么，她是你的情人吧？”

听到鬼妹的回答，我并没有相信，也没有马上说什么，而是直接进入了一种思考。我第一次发现我是如此的淡定，有演潜伏的特质。

鬼妹现在处于整个局面的劣势，她除了能够回避一些问题之外，并没有反击我们的筹码，而当我问到他关于白狐的踪迹时，她感觉自己在这场博弈中抓住了我的弱点，但很明显心理素质又不过关，因此她表现得过于急躁，直接对我进行出击，想以此来激怒我。但正是因为她过于想着进行反击，这反而让她那种得意的神色过于夸张和明显，在我的问题想要获得的答案诉求范围内，她这么做只能是一种画蛇添足，这足以说明她内心深处实际上是非常焦虑的。

想通了这一点，我第一次不紧不慢地走近了鬼妹，强作微笑地对她说："杀得好，我早就想杀了她了，是她害我来到了这个该死的地方。她死了，我就解脱了！"

我用最真实的谎言对鬼妹的话进行了一次尝试性的反击。果不其然，在听到我的话之后，鬼妹的眼神中掠过一种非常不易察觉的失落，但她立刻又恶狠狠地对我嚷道："你们自己窝里就斗了起来，你们中国人输定了！"

我对鬼妹的这句话感到非常困惑，心说难道她不是中国人？我刚要问她这是什么意思，什么战争不战争的，这充其量也就是一场不成规模的战斗，而且是偷袭。

可是还没等我问，杰克就一下子把我推到了一边，说道："臭婊子你错了，虽然我不知道你们在打什么战争，但我知道的是，你输定了！"

杰克说完，举起匕首，对着鬼妹的心脏位置就刺了进去，其手法干净利落的程度，完全不像是我认识的那个胆小如鼠的杰克，而是像个杀人不眨眼的刽子手。然后，我就看到鬼妹一翻白眼，倒了下去。

杰克从鬼妹的前胸拔出匕首，一股鲜血一下子喷了出来，我有些不敢相信，鬼妹就这么被杰克给杀死了。

"你为什么要杀死她？"我有些不敢相信眼前的事情是杰克干的，"她不是也回答了你一些问题吗？"

杰克试了试鬼妹的呼吸，确定她死透了，才对我说道："她并不是蓝眼睛的人，还有那些人，都是假的，阿来已经去杀掉那些人了。”

“那你也没必要非得杀了她，一个女人还能威胁到我们三个大男人？”我抱怨道。

“齐，你不懂，这个女人只是一直在拖延时间，寻找逃脱的机会，她并没有认真对待我们的问题。”杰克对我说道，“这不是演电影，一旦有机会，她就会杀掉我们两个，我必须这么做，这才是战争。”

我无言以对，但也无法从刚才发生的事情中走出来，我不知道该怎么形容我现在的心情，不管这个女人是谁，我始终无法面对她在我面前死掉。杰克见我精神恍惚，就跟我说了很多关于他服役时候的事情，他问我是否知道那个女人为什么在听完他的军队履历之后马上就妥协了。

我愣愣地摇头。杰克告诉我，美国游骑兵部队是美国特种部队的种子部队，审讯技能是进入这支部队的基础课程，关于这支部队审讯犯人的手段，知道的人肯定不会做出任何的反抗。因为任何的反抗都是多余的，被审讯的人通常只有一个结果，那就是没有任何一个敌人能活着走出游骑兵部队的审讯室。游骑兵认为，干掉敌人远比感化敌人要安全得多，这已经是一种不成文的规则。

杰克一直跟我解释说，他只是干掉了一个敌人，一个杀掉了很多好人的敌人，这在战场上一点都不过分。

可是我依然无法接受他的这种说法，有些泄愤地喊了起来：“这不是战场，你就是一个刽子手，一个杀人恶魔，跟他们一样，都是魔鬼，都是畜生……”

我正歇斯底里地骂着，阿来在这个时候突然钻进了这个房间，我看到他浑身是血，身上有一些伤口，看样子肯定是经历了一场恶战。

他看到我在发狂，一把揪住我的衣领，把我拽到鬼妹旁边，对我说道：“看着！”

阿来说完，就解开了鬼妹上身的衣服，我以为他已经变态到了要虐尸的程度，刚要发疯一般阻止，却在阿来的示意下，看到在鬼妹的前胸口两边，分别有一道非常特别的口子。

在看到这两道口子的一瞬间，我整个人都傻了，一下子意识到了什么，同时，也想起了一个人。

第四章 审讯

阿来继续对我说道："我知道你很难适应这样的场面，但是我必须告诉你，我们两个梯队的人都被这些人抹掉了，大小姐生死不明，如果我们不提前动手，我保证你活不过今天中午。"

我有些哑然，看着鬼妹——或者应该是叫徐海瑞的女人前胸的两道伤口，想起了曾经救过我却又在后来想要置我于死地的老王——J国人中村正源。

他当时把手臂伸进自己前胸的皮肤下，掏出一些莫名其妙的东西，给我留下的印象至今深刻。而我眼前的这个徐海瑞，竟然也跟中村正源一样，前胸的皮肤不知道经过了什么样的处理，竟然形成了一种隐藏在身体里的皮囊。

这到底是些什么人，怎么忍心在自己的身体上做出如此残忍的事情，要把自己的皮肉分开，然后做成一种非常隐秘的口袋，这种事情让人见了简直是浑身发凉。

难道这个徐海瑞，还有昨晚接应我们的第二梯队，都是J国人？他们跟老爷庙的中村正源是一伙的？

我的头一下子就大了起来，似乎能想到一些事情，但一时间又无法梳理心里的一些线索，只感觉这样的经历像是在做梦。

阿来把手小心翼翼地摸进了徐海瑞的身体皮囊下，然后又慢慢把手拿了出来，就见他从里面掏出来一些飞镖，还有一些颜色各异的药丸一样的东西。

杰克也是被这种诡异的场面给吓坏了，这家伙虽然能上战场杀敌，可是却非常害怕一些说不出名堂的东西，就磕磕绊绊地问道：“蓝眼睛，这是些什么人？”

“应该是一些 J 国忍者，又好像不是。”阿来说道。

“什么意思？”我对阿来的回答不是特别能明白。

阿来继续说道：“大小姐从江西回到北京后，找人查过资料了，这种飞镖跟老王使用的差不多，而且也是 J 国忍者组织惯用的飞镖。可是，在整个 J 国的忍者群体历史发展中，并没有任何的派系会在自己的身上制作人肉皮囊，所以他们是不是忍者，我现在也不敢确定。又或者说，这是一个非常类似于忍者组织的群体，只是我们还无法知道他们真实的背景。”

我对 J 国忍者的了解不多，在我的概念里，就是一些非常厉害的武士，因此对阿来的说法也没做过多的思考。但有一个问题一直困扰着我，必须抓紧时间问问，就说道：“我想知道你是如何知道这些人是冒充的，还有就是为什么昨晚要让我做那些事情，这都是你早就预谋好的对不对？”

阿来回道：“我一直觉得你悟性挺高的，没想到总是这么笨！我就跟你解释一下，你也好死心，也算是对你的一种补偿……”

阿来告诉我，昨天晚上，从发现帐篷外的灯光位置摆放不对开始，他就已经怀疑这些人有问题了。但因为这支队伍里的人都是来自不同的领域，也不是阿来招揽的，因此阿来跟他们并不熟悉，说白了阿来只是一个临时的领队而已，真正的领导是白狐。

也正因为这样，所以阿来也不能排除这些人不听从他指挥的因素。为了证实这些人到底有没有问题，昨天晚上阿来就分别安排我和杰克发出了一些动作，还特地让我露出破绽，其目的就是故意让这些人发现我们已经在怀疑他们了。

即使是这样，在阿来的推测下，这些人也可能会有两种不同的反应，一种情况是按兵不动，然后伺机而发；另外一种情况就是他们会很在意我在石头底下放了什么东西，他们也肯定会在我前脚走后，后脚就去检查我放置的硬币。

但无论他们是选择按兵不动，还是按照阿来布置下的局去检查石头底下的东西，都足以说明了一个问题——这些人，就算是第二梯队的成员，那也相当危险。

偷听和藏硬币本身没有任何意义，那些人的反应，才是阿来想要的结果。

我听完了阿来的陈述，接着问道：“那你为什么昨晚不动手？”

“他们也不是傻子，我想昨晚他们肯定都没睡，只要我一动手，你们俩可就遭殃了。”阿来回道。

“那他们为什么没对我们动手？”我又问道，“这似乎说不通。”

阿来叹了一口气，说道：“那是因为他们一直没搞清楚你为什么会在公路上藏起两块钱，我用这个什么也不是的动作，拖延了他们动手的时间。我是因为你受到了刺激，才跟你解释这么多，我希望你不要总是有这么多问题，小孩子都能想得到。”

“最后一个问题！”我双手合十，似乎不搞明白这个问题，我永远不得安生，毕竟在我眼前死了人，我必须给自己一个能说服我走出来的理由。于是我问道：“就根据你的这些猜测，你就杀掉了十几口子人？”

“我不是杀手！”阿来回道，“我知道你看不惯我，但我可以告诉你，是这个女人自己暴露了身份。”

“怎么讲？”我回想了一下，没感觉这个徐海瑞哪里不对，只记得是个比较酷的妹子。

“她知道得太多了……两次从她嘴里说出来的关于对蚩尤的描述，根本就不是我们中国人的东西，这是其一；另外，我问她地图在哪里的时候，也是在试探她，她虽然回答得自然，实际上根本就没有那份地图，要不是我将计就计，恐怕最早发难的就不是我们了，而是她。”

在阿来跟我解释了这么一通之后，我终于有了一点恍然大悟的意思，想起了这个女人在不经意之间那个拔刀的动作。我努力告诉自己，这个女人是坏人，她不死，那死的就是我们。我发现人还真的就是一种自私动物，真正面对生死的时候，对自己死亡的恐惧要远远大过看到别人死亡。不管这对不对，我暂时只能这样告诉自己，死掉的是敌人。

杰克对我们的对话一直都不感兴趣，他作为一个审讯者加刽子手，更在意的是徐海瑞那张不流血的脸是怎么回事，只见他不断观察着尸体脸上的刀口，捏了几把，然后对我们说道：“她的面部神经和血管都已经坏死了，肯定是用药物做过处理，一些被通缉的恐怖分子也会用这种方式改变面部结构，只是这个女人做得更彻底，她的脸可以随便变换容貌，只不过这样做的代价非常大，她必须不断用药物维持自己的面部不会烂掉。”

我听完之后，对徐海瑞的尸体产生了一种非常特殊的恐惧感，这种感觉，绝对是来自于对尸体的恐惧之外。

阿来让杰克在院子里把这个女人的尸体埋了，之后就带着我们去了村子的落脚地。到了一个同样荒废的院落之后，我看到了院子里满地的行李，没有看到那些假冒第二梯队的人的尸体，原以为的尸体遍地血流成河的景象没有出现，不由出了一口气，心想阿来一定是把那些人的尸体处理了。

可是没想到，刚一进了屋子，我就呆住了，差点就被眼前的景象给吓崩溃。

只见屋子里，横七竖八地摆着十几具穿着登山服的尸体，几乎没有一具身体是完整的，我的前方还有一个全身都被绑满绳子的男人趴在地上。

不用多说，这显然是阿来的手段。

这个男人肯定是被阿来绑在这里的，他的四肢全都被折断，嘴巴也被封住了，但还在喘气，应该还活着。

此时这个人已经快要崩溃了，看到我们进来后浑身发抖。

“这是怎么回事？”我忍不住问道。

“这种心理摧残，简直比游骑兵的还恐怖！”杰克也惊叫起来，“我以为直接杀死敌人是最好的方式……”

阿来不紧不慢地说道：“这些人嘴太硬，不上点手段，恐怕他们不服！”

我看着眼前的阿来，感觉他完全不像是一个人，就是一个魔鬼，一个我永远无法看清他的怪物。他这是活生生把这个人给折磨崩溃了，这是身体加心理的双重极端酷刑，一般人可做不出来。

阿来拿掉塞进这个人嘴里的一团破布，脸上露出一丝诡异中带着凶狠的笑容，说道：“嘴还硬吗？”

“杀了我吧，我求你杀了我……”那个人竟然哭了起来。

“你也姓徐吧，那个女人已经说了。”阿来继续说道，“我再问你，我们大小姐哪里去了？说出来，我饶你一命！否则，我就这么把你留在这里，让你看着这些残肢断体，一点一点地熬到死。放心，我走之前，会一颗一颗地敲掉你的牙齿，就算你想咬舌都做不到……”

这个人在听完阿来的话之后，不知道心理防线是不是彻底崩溃，慢慢闭上了眼睛。

过了有半分钟的时间，他才再次睁开眼睛，眼神里出现了一种乞求的神色，看上去非常可怜。

杰克在一旁告诉我说，阿来一看就是专业的审讯者，虽然在技术上过于粗糙，但比部队里的那一套厉害多了。所有的人都被干掉了，唯独留下这么一个怂包，这种人最适合被人拿来当舌头。

我在一旁心说，阿来可不是这方面的专业户，这恐怕是天生的。想来也是，阿来自始至终，给我的印象就是过于诡异，亦正亦邪，他的身世和成长经历我只知道十分之一，甚至都怀疑过他到底是不是卫国雄的儿子，他是怎么成长起来的，这似乎都是一些很难想象的事情。

“不想继续受折磨，就赶紧说，我没那么多耐心。”阿来对这个人说道。

“你说得对，我的中国名字叫徐继海，族谱上的名字叫田中村一郎……还有被你杀掉的人，都姓徐，也都是J国人。”对方表情非常痛苦地说道，“我们一共杀掉了你们两批人，其中一男一女逃脱，不知所踪。我们在截杀掉第二批人的时候，通过审讯，得知了卫老板还没到，要不是你身边出现了这两人，我们早就动手了，你们绝对不会有机会。”

我一听这话，顿时明白了，原来我和杰克跟着阿来进山，竟然还阴差阳错地变成了阿来的烟幕弹，话说得更进一步，我和杰克救了阿来一命。

但我有一个问题，就接着这个徐继海的话问道：“你们来中国做什么？谁派你们来的？”

徐继海看了我一眼，表情有些古怪，好像很诧异我为什么会问这个问题，他回道：“我以为你们都知道了……我们从小出生的中国，不停地接受训练，不停地执行任务。我知道你们肯定会问我们在中国干什么，说实话我也不知道，我们所有人都不知道，只是单纯的执行任务，唯一知道得比我们多的人，恐怕也已经被你们杀了。”

我知道他指的是徐海瑞，就又问他：“你认识中村正源吗？”

他在听到中村正源这四个字的时候，忽然浑身一颤，似乎有什么隐情，又看了看一眼拿着匕首的阿来，踌躇了很久，才说道：“中村正源……徐霸天……他是谁……他不是人类……他不是人类……”

我一看情况不对，就对阿来喊道：“怎么回事？是不是被你整崩溃了？”

阿来俯下身子，一把揪起徐继海的头发，我就看到他的眼神忽然变得呆滞起来，嘴里还不断重复着一些含糊不清的话。阿来把耳朵贴过去听了一会儿，表情变得非常阴沉。

过了一会儿，看到徐继海已经完全失去了知觉，阿来才扔下他，说道：“已经废了。”

我知道阿来最后一定是听到了一些什么，就问他。

阿来回道：“他提到了一个名字——伏羲。”

“伏羲？”我惊愕道，不明白这个人跟伏羲有什么关系，“你能说得具体一些吗？”

“出于你的智商和逻辑推理能力，我应该这样跟你讲……”阿来一边挖苦我，一边说了他的一些推测。

首先这个徐继海说的应该都是真的，因为他已经失去了撒谎的勇气和必要性。这些人，应该都是属于一个非常隐秘的组织，毫无疑问的是，这个组织是由J国人组成的。

虽然我们现在还无法知道这个组织的真实背景和出现的目的，但有一点可以推测，就是这个组织存在于中国应该很长时间了，就像徐继海说的那样，他出生在中国，从小就接受着非常残酷的训练，他们被训练出来之后会被安排执行一些非常隐秘的任务。

作为一个隐秘性质的组织，这个组织隐藏自己的手段非常决绝，那就是直接让自己变成中国人，出生在中国，训练在中国，只要有着相应的管理手段，那这些人就有可能一直隐秘地发展下去而不被发现。

对于这些人的了解，我们暂时只推测出这么多，眼前的问题是这个半死不活的徐继海。让我们感到诧异的是，从他的表现来看，他应该是见到过一些不该见到的东西，而且一定是与中村正源有关系，在他的内心深处，中村正源并不是一个人类，但因为信息量实在有限，我们暂时也只能这么理解。

不过经过分析之后，事情就变得更加诡异起来。

阿来继续告诉我，真正摧毁他所有心理防线的因素，还不是让他看着眼前几个人头无法摆脱，而是在他内心深处，还残存着一些属于中村正源的事情，并且这些事情一定是让他感觉非常恐怖的。但重点是，他无法记得关于中村正源的全部信息，好像被洗脑了，被动地忘掉了一些事情。

其实这也是最让我感到困惑的地方之一，根据我们得到的线索来看，徐继海和中村正源应该是属于同一个组织，而且他们在中国还都姓徐，理论上来讲，他知道中村正源的事情是在情理之内的。可是从他对中村正源这个名字的反应来看，他与中村正源的关系又变得非常难以让人理解，因此被我提问到的时候，他像是又受到了更大的刺激，出现了如此诡异的表现。

阿来的猜测是，徐继海的这种表现，很有可能是接受了一种双重洗脑的经历。

这个组织在培养任务执行者的时候，为了加强对这些人的管控和提高组织的执行力，从而对他们展示过一些非同寻常的信息。这些信息可能是某一样东西，也可能是某种非常机密的文件，更有可能是一些非常具有说服力的恐怖画面。

不管这种信息是什么，它一定要有非常强大的洗脑和催眠能力，只要这些人接触到了这种信息，那他们可能就会以此为自己终生的行为动力，从而实现这些人对于整个组织的绝对服从，哪怕是接受最极端的杀人行动，甚至是被杀。

但反过来说，能够具有这种如此强大能量的信息，肯定也是这个组织生存发展的核心秘密。为了防止组织里面的人被俘后当了舌头，暴露了这种非常机密的信息，因此这个组织在利用这种信息对成员进行首次洗脑之后，又对接受了这种信息的人进行了二次洗脑，抹去了他们对于这种信息的记忆。

只不过，人是一种具有自我催眠能力的特殊动物，有着强大的潜意识能量，即使他们忘掉了这种信息到底是什么，但是潜意识层面已经受到了来自这种信息的冲击。忘掉只是一种浅层的精神活动，事实上，已经发生的事情，是无论如何也忘不掉的。

徐继海当时的精神世界已经垮掉了，这反而让他记起了一些事情。只不过，放弃了所有心理抵抗的徐继海，此时的心理承受能力已经完全丧失，无法一下子承受得住这种信息的突然出现，所以他变得恍惚和疯癫起来。

阿来的这些说法虽然听起来有些天马行空，但我却想不出更加合理的说法，脑子里面乱得很，觉得从截止到现在发生的种种事情来看，这种说法似乎具有一定的依据性，否则很多事情就说不通。

除此之外，接触了这样一个组织之后，我体会到了一种毛骨悚然的感觉。这个组织所表现出来的行为实在是太可怕了，可怕到完全超出了我能想象的范围。

我尝试性地问阿来，能不能对这种“信息”是什么做出一些猜测，因为我觉得如果阿来的推测成立的话，那我真的无法想象这种信息的原型是什么。这是一种非常可怕的感觉。

阿来看了看我，欲言又止，似有隐情，过了那么一会儿，他才对我说道：“或许我能猜到一些，但我又不是很确定，所以不到万不得已，我不能说！但是我可以告诉你的是，这些信息跟‘伏羲’这个概念有关系，也跟你在老爷庙水底看到的一些东西有关系。”

说完之后阿来就不再说话，眼神也变得很空洞，给人一种非常悲凉的感觉。我不止一次看到他的这种表情，非常想知道在他身上发生过什么。每次想起卫国雄跟我说过的一句话，我就感觉浑身发抖——卫国雄说他不该拿着阿来做实验，但至于卫国雄做了什么实验，我从来不敢去想我的猜测到底对不对。

我已经习惯了阿来的这种回答问题的方式，说了等于没说。不过按照阿来的性格，他能够跟我讨论这些，已经很给我面子了，好歹能够让我利用一个概念把好几件事情都联系了起来，这个概念，就是“伏羲”。

尽管我还无法把所有的事情都理顺出来，众多的谜团也始终如影随形般困扰着我，但心里清楚，恐怕我已经走上了一条不归路，只要我还在这条路上，那所有的谜底，一定会随着时间的推移慢慢揭开，只要我的命足够大。

杰克实在是听得不耐烦了，关键是听不懂，就问阿来：“这个人怎么办？”

“按照你的方式处理掉吧，他本来就不属于这个世界。”阿来冷冷地说道，“所有的尸体，全部埋掉，然后点一把火，把这个宅子烧了。”

杰克用匕首划过徐继海的脖子，这次我没有任何的感觉和不适，像是麻木了一样。

这并不是说我的内心世界已经突然变得强大，相反，我对于这种场景的出现，对于阿来和杰克的这种行为产生了一种极度的厌恶感，厌恶到我已经不想再去多想什么了。就算是原来看上去还像个正常人的杰克，我发现我们也不是一路人。

阿来和杰克用荒宅里面遗留的农具在院子里挖了一个大坑，然后把所有的残肢断体都埋了。之后，杰克放了一把火，烧掉了这个宅子。

等到山村里的人赶到的时候，火势已经很大，因为本身这是一个荒废掉的院子，救火的人显得有些漫不经心，大火在烧了两个多小时后，算是自己灭的。

阿来跟族长解释说，我们在去族长家的时候，剩下的人在这个大院里鼓捣已经风化的电线，想给户外灯和手机充电，结果没有处理好，导致电线短路了，并引发了火灾。现在那些人已经出山了，估计也不知道造成了这么严重的后果，阿来作为他们的领导，应该对这件事负责任，于是就又掏出了一些钱，给了族长。

我已经领教了这个族长的市侩，现在的情况是他靠着一座荒山宅院加上一把大火，又狠狠赚了一笔，显得很高兴，压根儿没意识到阿来实际上是在毁尸灭迹，而且嘴里还一个劲儿地感谢领导关怀，连说欢迎领导们常来。

拍着马屁说了一大通之后，族长又问阿来："我说领导们，你们也准备出山啦？"

"不，我和这两位领导准备进入那片森林考察一下。"阿来指着我们来时的那片山谷说道，"我觉得族长说得有道理，有名胜古迹的地方，更容易吸引投资者。"

阿来的这个说法并没有超出我的意料之外。在战神祀，当听到族长说出他们祖先与蚩尤的故事，又看到那一整块刻着秦篆的石碑之后，我就知道，可能阿来的目的地，就是那片原始森林。

我想，族长在听了阿来的话之后，肯定会更加高兴，这显然就是一次领导莅临后的投资考察活动。这个老东西，已经现实到了出卖祖宗和守护神的地步了，没准还会给我们安排一个向导。

可是令我感到意外的是，在阿来说要去那片山谷的时候，族长的脸色一下子就变得铁青，几乎是结巴着对阿来说道："我个老天爷哟，那个地方，领导们万万去不得，那里可是禁地，有神灵把守着，一旦走进去就是个死！特别是那个鬼脸，据说吃过不少人哟！领导们要开发，就开发我们现在住的这个地方好啦，好山好水好风光，你赚我赚大家赚嘛！"

我明白族长的话是什么意思，山谷的原始森林里有毒雾，没有防备的人进去很容易中招，而且走不出来。更何况，这个村子的先人曾经在那里经历了几乎被灭族的危机，恐怕祖训上也有相关的规定，不允许有人再进入那片森林。

不过族长一定不知道，我们三个人就是从那片森林里走出来的，这种事情不是他能想象得到的。他哪里知道我们根本就不是什么领导，除了我比较草根一些之外，阿来和杰克可都是精英级别的人物，说出来我都怕吓死这个老族长。

别看阿来的心思非常缜密，在推论一些奇奇怪怪的事情的时候说得头头是道，可是一旦让他持续讲人话，那可不是他的强项了，估计嘴里能说的词也就这些了。在族长连顺口溜都蹦出来之后，他有些语塞，开始看向我，意思是赶紧江湖救急。

虽然我不想跟着阿来欺骗这个天真无邪的族长，但是话都说到了这个地步，还在人家的地盘又是杀人又是放火，为了不被发现赶紧脱身，我也只好发挥我的长处了。于是我就对族长说道："我说族长，这位领导的意思呢，是在森林的外围转转就行了，你知道这个旅游项目开发嘛，是个大事，领导们肯定得好好考察一番，然后才能回去跟更大的领导汇报工作，只要我们到山谷附近走一趟，那也算是我们见到了你们村子的古迹，都是为了工作，您肯定明白，对不？"

族长在听完我的话之后，愣了半天，然后就好像真明白了一样，拉起我的手，低声跟我说道："老汉我真是糊涂哟，这个过场也是相当重要啦！"

族长把其他的山民打发走了，我们三个人重新整理了装备，然后一直被族长送到村口。

临别时，阿来问族长："你们这里有几条去山谷的路？"

族长说道："路只有一条啦，上了公路，然后翻过那座山，顺着一条上山的小道，就能到山谷的外面啦。但是各位领导一定要记住哟，莫不听我老汉的话，随便进那林子哟！"

阿来点了点头，然后我们三个就转身上路，族长一直目送到我们上了山坡，互相看不见为止。

我们按照来时的路走了接近一半，期间也没有任何交流，杰克几次想跟我说话，都被我的沉默给挡回去了。自从离开鬼头甸子后，之前发生的种种血腥画面就变得犹如一种梦境，说到底我还是不敢相信。杰克最后提出要帮我拿背包，有点想挽回形象的意思。我当然没吃他这一套，看着他那张长满金黄色胡须的脸，忽然想起了一个问题，就问他："我说老外，你不是说你是旅游顾问吗？"

杰克听完我的话先是一怔，然后像是意识到了什么，就三步并作两步，追上了走在最前面的阿来，并对阿来叫道："蓝眼睛，你得给我加钱！我差点忘了，协议里面并没有说明我要参加战斗，这根本就不是旅游，你们这是合同欺诈，我要退出！"

我一听不对，难道杰克才意识到这一点吗？之前的审讯和杀人，是在他不知不觉中干出来的事情？

阿来连脚步都没停，回道："老外，你想多要钱，没问题，找到白老板后，你随便开价。但是我现在必须告诉你，你有着严重的战争后遗症，只要是与战争相关或者类似的事情发生在你身边，你马上就会陷进去。你自己心里肯定也知道，否则你就不会到处旅行了，你只能依靠大量的新生经历去排挤掉你在战场上的记忆。不过我可以答应你，这次的事情完结了之后，我能治好你的战争后遗症。”

杰克骂了几句“该死的”，然后像是默认了阿来的话，随即又说道：“好吧，我必须承认，我是有病……可是，我几乎跑遍了全世界，都没有医生可以治好我的病，难道你能？”

“你的病是心病，只能用心药医。”阿来说道，“如果你能履行完这次合同，我可以使用一种古老的方法治好你的病。你知道，我从来不骗人。”

“好吧，既然这样，那我希望后面的旅途能够愉快，我最害怕的就是死亡，那真的太可怕了……”杰克无奈地回道。

我在一旁听着，好像明白了杰克的举动，为什么每次出现战争或者战斗的场景，他就像变了一个人，原来是因为战争后遗症，了解了这样的情况之后，我看着杰克，之前对他的好感又慢慢回升了一点。为了减少刚才的尴尬，我走到杰克身边拍了拍他的肩膀，对他说道：“心理疾病也并非无药可救，西医不行，说不定中医就成，这个我也可以帮你找找老中医。”

“大圣，谢谢你的理解！”杰克满眼泪水，对我来了一个结结实实的拥抱，然后他又对阿来说道，“蓝眼睛，我必须告诉你一件事情，或许对你有用。”

阿来终于停下了，看着杰克，问道：“什么？”

“族长说谎了。”杰克瞪大了眼睛，有种故作神秘的嫌疑，然后他继续说道，“还记得我在林子林的发现吗？那片林子，是经常有人进去的，那些痕迹绝对逃不过我的眼睛，可是族长却说那里面只要进去就死，这说明他并不是真的了解那片林子。而且，这里都是一些荒山，那片林子的位置也在荒山之中，怎么可能只有一条路？族长应该说，亲爱的领导们，请随便走，荒山之中没有路，脚下的土地就是路……”

杰克刚说外，还没等我反应过来，就看到阿来的表情一下子变了，他一下子甩掉了背包，对我和杰克说道：“糟糕，我们上当了！”

说完，阿来就冲着鬼头甸子的方向跑了出去，而且边跑边喊道：“你们在这里等我，我去去就来……”

不明就里的情况下，我和杰克当然不可能老老实实在原地等阿来，因此也扔下了背包，冲着阿来跑出去的方向追了过去。

阿来奔跑的速度像长了四条腿的猎豹，我和杰克根本追不上，等我们重新赶回鬼头甸子，太阳都已经偏西了，也没有看到阿来的身影。

进入村子后，我立即就嗅到了一种非常奇怪的感觉，感觉有点不太对劲。

今天早上我们进村子的时候，一路不断能看到一些山民，有的还会跟我们打招呼。可是等我们重新折回来，我却发现，我和杰克竟然连一个人也没有看到。

好像这里是一个很久之前就已经荒废掉的山野古村。

我心说不会这么玄乎吧，难道今天跟我们打交道的山民，都是一些孤魂野鬼吗？

不会，绝对不会！带着我们参观战神祀的族长、端着洗衣盆救火的山民，可都是实实在在的人，绝对不会是鬼。这里面，肯定有蹊跷！

我这样告诉着自己，就和杰克商量着先去族长家看看，阿来肯定也是去了族长家，毕竟在这里跟我们接触最多的，还是那个老头子。

可是还没等我们走到族长家，就要路过战神祀的时候，杰克非常眼尖地看到阿来从战神祀里面走了出来。

杰克喊道：“蓝眼睛，为什么那些山民都不见了，发生了什么？”

阿来没有回应我们，往身后的战神祀看了一眼，好像是在说，你们自己进去看吧。

进了战神祀，我再次看到了那尊蚩尤造像，但是这次我的注意力却没在这上面，而是看向了中央神像右边的那间我们之前并没有进去过的房子。此时，这间房子原本锁着的木门已经倒地了，像是被人一脚给踹倒了。

从我现在站的位置往里面看过去，眼前的一幕差点让我背过气去。

杰克咧着嘴大叫起来：“我的上帝啊，他们怎么都死了？”

我有些不敢相信，往前走了几步，来到这间房子的门口，屏住呼吸往里面看了一眼，就看到了满屋子的尸体，年纪大的年纪小的全在这里，堆积如山。

特别是在尸堆的外面，我还看到了张熟悉的面孔。他身上绑着绳子，浑身是血，好像临死之前受到了严刑拷打一样，这个人就是之前跟我们接触了不止一次的族长！

到底发生了什么事情，我们只是走了不到三个小时，全村的人怎么就都死了？那些冒充中国人的J国人，不都被阿来和杰克清除干净了吗？又会是谁在这么短的时间内杀掉整个村子的人？

走出战神祀，我和杰克都在追问阿来，这到底是怎么一回事。这也太诡异了，之前满村子的人都还活蹦乱跳的，还指望阿来带来投资搞旅游，怎么才仅仅是两三个小时的时间，人就死光了呢？

阿来有些失落地回道："我们中计了！跟我们打交道的族长，还有那些山民，都是假的！那死掉的人，才是真正的山民，不过他们已经死了至少两天，这几天跟着我们的族长和山民，可能都是那个组织的人……"

我在一旁听得直冒冷汗，但有一个问题想不明白，就问阿来："那为什么在我们干掉他们十多个人的时候，伪装成山民的J国人不出面阻止？"

"这正是这个组织可怕的地方。"阿来说道，"他们为了自己的目的，可以用最决绝的方式牺牲掉自己的人，想用这种方式瞒天过海。"

"那他们的目的是什么？"我问道。

"其实我早就应该发现这个鬼头甸子充满了阴谋，但我还是小看了这个组织……"阿来看上去有些懊恼，可是已经无济于事。

我从他后面的话中大概理出了在整个鬼头甸子事件中，隐藏最深的那一部分内容。

阿来的意思是，这是一个计中计。

虽然我们先下手干掉了第二梯队的人，可是也因如此，使得博弈双方里面我们这一方，特别是对于核心人物阿来，彻底忽略了这些由另外一些人伪装出来山民是不是存在问题。

这样一个行为隐秘且残忍的组织，一定不是由傻子组成的，他们肯定能想得到，阿来作为领队，一定不是个普通人，而且他们在截杀第一梯队的时候，有两个人成功逃脱，这也足以让这个组织明白，我们这一方里面，有绝对的高手。

因此，单纯的易容伪装恐怕难以在一次实施后奏效，所以这个组织在整场博弈中使用了更加保险的手段，那就是连鬼头甸子的村民一块清理掉。

当阿来和杰克成功干掉了第二梯队的伪装者之后，这个计中计就开始真正奏效，因为我们肯定会认为在这场战斗中赢了，而且为了不让山民发现我们做的事情，一定会尽快脱身，所以就算阿来有着再厉害的觉察力，那也不会怀疑到山民身上。

现在回想起来，当时那些救火的山民没有认真救火，可能并不是因为那是一座荒宅，而是不确定我们是不是把尸体都处理干净了，万一闯进去看到了很多尸体，再装作没看见，岂不是露馅了。

其实不对劲的地方远不止这些，要不是阿来放松了警惕性，肯定也会意识到假族长本身的问题，可惜的是那时候我们已经中了圈套了。

这个组织为了了解鬼头甸子的事情，也为了应付我们的到来，肯定是对山民进行了残酷的审讯，并且他们以此获得了一些信息。但很显然的是，真正的山民对他们是有隐瞒的，或者是一些细节性的东西是没有来得及说的，否则就不会有假族长在不让我们进林子的时候出现的口误。

不过这个组织肯定也没想到，阿来虽然没有听出来，反而被一个对我们的对话向来不感冒的老外听出来了。

我又问阿来："他们不杀我们，而是隐藏在我们背后，到底为了什么？"

阿来回道："假族长表面是不想让我们进森林，但他的话能够产生的实际作用是为了告诉我们，那片森林里面有着非同寻常的东西，目的是想让我们进去。至于他这样做的目的，我还想不通，但我有种感觉，我们还会跟他们见面的。”

这时候杰克忽然就说话了，这让我和阿来都感到很意外，他说道：“虽然我不知道你们在干什么，但道理我能明白。蓝眼睛、你还有那个白狐女士，一直都在被利用，他们在利用你们。每当你们出现在一个地方，他们也会出现，而之所以他们会杀掉你们大部分人，目的就是想削弱你们的整体战斗力，既能够让你们完成一些事情，又不至于无法控制你们。这种情况在现代战争中很常见，美国政府在扶持一个新政权去打代理人战争的时候，就会这样做，既保持他们的存在，又要保证随时能灭了他们，最终实现的只不过是自己的利益。”

“不可能就这么简单……”阿来有些不敢相信地自言自语道。

“看起来简单，实际上是一套很复杂的理论，真正操作起来并不是你想的那么容易。”杰克肯定地说，“不是什么地方都具备灯下黑的条件的。”

我倒是觉得杰克的话有那么一些道理。很多问题，或许根本没阿来想的那么复杂。毕竟这里发生的一切，看起来只是一些小插曲，肯定不是那个组织最终的目的。

杰克是世界上最精锐的特种部队出身，他这种人的内心复杂程度和在一件事中捕捉蛛丝马迹的能力恐怕不比阿来差多少。不同的是，阿来一直靠这些技能做事情，而杰克一直在尝试放弃这些东西。

但是可以肯定的是，这个组织以单人渗透和大规模出动等形式出现，完全是在白狐等人的预料之外的，否则白狐的第一梯队和阿来的第二梯队，就不会遭到团灭了。

从目前的状况来看，我们对于这个组织的了解，还只是停留在表面。

阿来又思考了半天，最后也妥协了，就不再继续讨论这个事情，而是转移了话题说道：“虽然我们中计了，但是那些假山民也一定想不到我们发现了这个问题，我猜他们一定是去找那个鬼脸了，这里所有的线索都指向了那片森林，相信大小姐肯定也去了那里。”

“那接下来我们怎么办？”我问道，“如果按照原来的路线进入森林，那需要重新寻找路线，我们还不知道那个鬼脸的具体方位。山谷那么大，要是一点一点地寻找，那得找到什么时候？万一那个鬼脸的位置不在安全路线范围内，我们岂不是照样什么也做不了？”

阿来从口袋里拿出一份地图，迅速浏览了一遍之后说道：“你们看，要是想进入那片山谷，我们来时的路线并不是最短的，但无疑是最安全的，因为中间有一些山路和一段公路可走；但要是想抄近道，以最快的速度进山谷，就得翻过战神祀后面的那座山，从另外一个方向进入山谷。但是你们看看那座山，实在是太陡峭了，如果没有专业的登山装备，恐怕很难过去。”

我不由自主地看向了阿来说的那座山，发现不注意还真不觉得有什么，倘若真仔细看起来，就发现那座山给人的感觉非常奇怪，它出现在那里，跟周围的山势相比非常不成画面感，因为那是一座孤山，很突兀地立在群山当中，显得很孤独。

“老外,你会选择怎么走？”我想起了杰克的丛林经验非常丰富,就问他。

杰克回道：“其实要进入一座山里面，对于接受过训练的人来讲，任何看似不可能的地方都可以成为道路，主要是看进山的人是什么目的。如果是旅游的人，就算选择最安全的路线，如果是打仗，那就要选择最具有战略价值的道路。”

阿来在听完杰克的话后，眼睛一亮，我问他是不是想到了什么。

“老外说得对，他们会走哪条路，得看他们的目的和这条路的价值！”阿来说着，眼睛的余光就落在了我们面前的战神祀。

我有点恍然大悟，但不知道对不对，就说道：“假族长把我们引到战神祀，现在看来就是一种画蛇添足。真山民的尸体肯定早在战神祀里面了，但他还是冒着被发现的危险带我们到里面参观，其真实的目的可能也是在放烟幕弹，让我们以为这座战神祀也就那回事。”

我之所以会这样说，倒也不是全凭感觉，是阿来的地图给了我启发。

从地图上来看，战神祀与山谷之间，有无数条路可以走，但如果单纯看最近的路线，就得翻过战神祀南面的那座山。有了这个念头，再去看这座战神祀，就不难发现，战神祀、孤山和山谷，竟然在一条直线上，不知道这是巧合还是有意为之。

所以，结合假族长多余的举动，再加上这座战神祀的位置，我脑子里忽然就冒出了一个念头。

在这座战神祀里面，会不会有一条通往山谷的暗道呢？

假族长用最直接也是最有效的方式，非常巧妙地把我们的注意力从战神祀移走，让我们选择另外一条路进山谷，而他们选择利用战神祀里面的暗道走捷径进入山谷，这样我们实际上就成了他们的备胎，即使他们走捷径失败了，那还可以退回来追踪我们。

同时，这也印证了杰克的说法，不把我们赶尽杀绝，而是引爆了一个在一般人看来最不可能出现的烟幕弹，牺牲掉他们那么多人，目的是就让我们残余的三个人为他们所用。退一万步讲，就算我们最后对他们没什么用处，那凭着他们一个村子的人力规模，我们三个也不会对他们造成多大的威胁。

想到这里我不由吸了一口凉气，如果我的猜测正确，那这个组织的智商就不能用多高来形容了，那简直是可怕。想着，我就忍不住说了出来："兄弟们，你们说这座战神祀里面，会不会有另外一条进入山谷的道路？"

"有可能！我也怀疑这座战神祀有问题！"阿来回道。

听到阿来的回应跟我的想法对上号了，我有些小激动，第一次发现自己竟然这么聪明，心说也别总是听你吹胡子瞪眼，老子可是个搞科研的，又对他说道："那还等什么，赶紧进入看看吧，说不定别有洞天。"

阿来点了点头，说道："但是我们必须抽出一个人来，回去拿我们丢掉的装备，所有的食物和工具都在背包里，少了那些东西我们撑不了多久。"

杰克立即举手说道："我力气大，这样重要的工作就交给我吧，我去把旅行包都找回来。"

“你不会是想趁机跑路吧？”我对杰克表现出的积极性有些怀疑。我并不是不相信他，而是将心比心，如果换作是我回去寻找装备，一旦脱离了这里的环境和身边人的束缚，为了安全起见，那我会不会想着溜掉呢？我问了自己好几遍，不敢肯定答案。

“上帝给我作证，我保证一个小时内回来！”杰克说道，“我们是一个组合，以后可以出 CD 唱片……”

“让他去。”阿来回道，“他要是真的想走，就不会拖到现在了。”

我还是有点不放心，又对杰克说道：“杰克，你知道装备对我们来说意味着什么，我希望你别拿着兄弟们的生命开玩笑！”

杰克竖起手掌发誓，说了句相信我，然后就跑远了。看着杰克远去的背景，我心里有一股说不上来的感觉，该怎么形容呢，就是我非常期望他能够拎着三个大旅行包回来，然后骄傲地告诉我和阿来，上帝是对的；但同时，我又希望他最好永远都不要回来了，离开这个是非之地，走得越远越好。

此时话分两头，杰克走后，我和阿来走进战神祀，开始在里面寻找可能存在的机关暗道。

这其实是一个非常枯燥的过程，在一开始的时候，我和阿来把注意力都放在了蚩尤神像上面，觉得神像是整座战神祀的核心部分，如果有机关，那肯定也是藏在神像身上的某个位置，比如说蚩尤手里的兵器、五官和裤裆等比较隐秘又非容易藏东西的地方。

但是找了有半个多小时，神祀里面能找的地方我们都找了，我们竟然一无所获，后面阿来甚至都爬上了神像上面，把蚩尤的眼睛鼻子耳朵嘴抠了个遍，也没发现什么线索。

最后，我们两个坐在石像前休整，我开始怀疑之前的一通推论是不是纯属娱乐，事情会不会根本就不是这样的，而是我们想多了。

我说出了泄气的话，阿来就在一旁提醒我说道：“我倒是觉得事情越是这样，才足以说明我们的推断是正确的。”

“何以见得？”我问道。

“假设我们暂时还是认定这座庙里有通往山谷的暗道，结合真山民被审讯过的痕迹来看，说明那个组织的人了解这座战神祀的过程并不顺利，同时也说明这个暗道应该隐藏得非常隐秘，隐秘到绝对不会让人轻易发现。”阿来假设道，“否则依靠那些人的数量和身手，想在三间大房子里面找一条暗道，也没有必要大费周章。”

我想了想，觉得这种说法非常具有局限性。这条暗道是我们假设出来的，而且这种假设还得在另一种假设同时具备下才有可能真的发生，就是假山民对真山民审讯中，必须包含这里存在暗道这样一条内容。反之，我和阿来的猜测就仅仅只是一种猜测。

但是阿来显然不死心，他又顺着另外一种思路对我说道：“如果换作是你，经常需要通过这么一条暗道进入山谷，那你会怎么设置这类机关？”

“那还用说，当然是既不被人发现，又是一个非常方便的地方，反正我不认为这里的山民会爬到神像头上启动机关。”我回道，不知道阿来为什么这么问。

阿来听完了面无表情，再次环视了神祀内部环境一圈之后，然后把目光投向了神祀的外面那尊大石鼎，并且对我说道：“不被人轻易发现，又要使用起来方便，适合这种机关隐藏条件的地方，还真不是在这座神祀里面。”

我一瞬间明白了阿来的意思，就说道：“不在里面，难道是在外面？”

为了找这条假设出来的暗道，我们已经花费了接近一个小时，此时阿来已经懒得再去猜什么了，直接往神祀外面走去。到了摆放石鼎的石台前，他纵身一跃翻了上去，围着石鼎观察起来。

我在这时候已经放弃了这里存在暗道这种假设了，觉得推测终究还是推测，失准的可能性太大了，也就没有了兴趣跟着阿来继续寻找，不如好好歇着等杰克回来，说不定到时候还得按照原路进山谷。

可是时间才过了一分钟不到，我就听到已经爬进石鼎里面的阿来喊了一声：“搞生物的，过来看看这是什么东西？”

阿来的话让我突然打了一个激灵，觉得有些奇怪。

我几乎猜到他一定是在石鼎里面看到了什么动物，而且这种动物是他不认识的，否则他不会这样喊我。以前听同行说西南大山里面有神兽四不像，数量极少，算是非常稀有的动物，难道阿来看到了四不像？也就这种动物能让阿来不认识了，否则还会有什么呢？

我失去的兴致一下子就回来了，连忙跑向石鼎，在阿来的协助下也翻进了进去。

伏羲密码

第五章 复活

石鼎的底部，有三个碗口粗细的孔洞，三支香火分别插在里面，还没燃烧完。但这些香火冒出来的烟实在是太浓了，我一进来就被呛得直流眼泪。阿来见状，就三下五除二把香火给拔出来扔了。

我擦着眼泪说道：“这样做好么？”

“我什么都不信，我只信无神论。”阿来竟然能说出这样的话，“你别再废话了，赶紧看看这到底是什么东西？”

“你还有这信仰……”我说着赶紧低头去看，结果发现石鼎内部的一侧有一堆还没有完全腐烂的动物骨骼。

我几乎一下子就认出了这具骨架是属于哪一类动物，只不过这具骨架本身展现出来的特点让我有些难以相信。

如果我的学术常识没有错，这应该是一副类似于蝙蝠类生物的骨架，但令人难以置信的是，仅从骨架的规模来看，保守估计这只生物两翼展开的长度也得六米开外。我被自己的发现吓了一跳，心说不可能，中国不可能有体型如此巨大的蝙蝠。同时，我又忍不住俯下身子近距离去看这副骨架。

我在脑海中迅速搜索出一些有关蝙蝠身体结构的数据，然后跟眼前的蝙蝠骨架做了数据对比，最后得出结论，这是一只大蝙蝠无疑。

巨型蝙蝠的标本我在国外见过，但最大的翼展长度也不过两米到三米之间。如果这个世界上有翼展超过六米的蝙蝠，那我只能说这完全是新的物种。特别是在国内，生物界还没有发现过体型如此庞大的蝙蝠，可以直言不讳地讲，对于一个科学家来说，这是一个了不起的发现。

我从来都不是具有丰富职业精神的人，但是看到这样一具大型蝙蝠骨架，还是感到非常兴奋，心说真是造化，没找到机关暗道，却发现了新物种，要是能拍几张照片发给生物所的同事，一经曝光，说不定我和这种蝙蝠就同时在行业内出名了。可遗憾的是，我的手机竟然在这种可以扬名立万的情况下没电了，气得我差点把手机摔了。

阿来看着我一系列的动作，不知道我要干什么，就问道："我说你到底看出来什么没有？"

我回了回神，对他说道："我看着这像是蝙蝠类生物的遗骨，只是它的个头实在是太夸张，自然界还没有发现过，所以我也不敢确定。"

"那如果从基因改造的角度来看，有没有可能把普通的蝙蝠变成这么大？"阿来一副若有所思的样子，好像想到了什么，莫名其妙地问了我这样一个问题。

我想了想，就回道："单纯从理论上来看，有可能。"

"嗯，我明白了！"阿来说道。

我完全不明白阿来的话，一只蝙蝠跟白狐有什么关系，但隐约当中，也似乎想到了什么，只是这些微妙的概念在我脑海中一闪即逝，当我想深入思考的时候，却被阿来接下来的话给打断了。

他问道："老外走了多久了？"

我看了看就要落山的夕阳，回道："估计得有一个半小时了，不会真的跑了吧？"

"现在说什么都为时尚早，再等等看。"阿来说道，"现在天快黑了，我们如果再找不到机关，就得放弃这条线索了。”

阿来的话让我为之一振，不由想起了现在的局面。寻找装备的杰克一直未归，而我和阿来在战神祀也一无所获。如果杰克再不回来，那我们这就等于鸡飞蛋打，再想按照原路回山谷，恐怕阿来会把肠子悔青。

山区的天说黑就黑，阿来把战神祀里里外外又找了两遍之后，太阳就完全被西边高耸入云的山峰给挡住了。光线一下子就暗下来，我一直猫在石鼎里面没有动身，因为实在是不想为了一些才冒出来的想法浪费精力，所以一边在等杰克，一边又在慢慢放弃这种等待。

阿来最后也累得不行，大概也打算放弃，就重新翻进石鼎里面坐下来，背靠在鼎壁上休息。期间我们两个人都没有说话，除了继续等杰克回来，也不知道该说什么。一直等到晚上大概八点钟的时候，我的肚子开始叫起来，忍不住饿，就问阿来我们今晚吃什么。阿来叹了口气，从石鼎里面站起来，望了一眼杰克可能出现的方位，满脸失落，之后他跟我说让我继续在石鼎里等杰克，他去村子里找点吃的，天色这么晚了，无论杰克是否回来，我们都得在这里睡一晚，明天再想办法，但是我不能乱跑，因为他不敢确定那个组织的人会不会再次出现。

我回应他说你尽管放心，这里是方圆五百里最安全的地方，除了天上的鸟，谁也发现不了我，让我走我都不走。

阿来走后，我半躺在石鼎里面，抬头看着天空数星星。不知不觉中，我心里就开始冒出很多这两天发生的事情，我很抗拒那些画面，就想着让自己平静下来不去想太多。但我发现人其实是很难控制住自己的念头的，往往是一个念头刚刚起来，另外一个念头就紧跟着出现，想停下都做不到，导致我心乱如麻。

很快我就进入了一种不知道应该是叫睡眠还是叫恍惚的状态当中，感觉阿来也好像失踪了，去了这么久还没回来，还不如睡过去，醒了发现自己还是躺在家里的席梦思床上，这一切只是一个梦。迷迷糊糊的，我也无法判断真假，耳朵里传来了一些响动。我以为是杰克或者是阿来回来了，就想睁开眼睛看看，可是就在我清醒过来之后，忽然意识到事情有些不对。

如果是杰克回来了，那依他的性格，会老远就开始喊我和阿来的名字；再如果是阿来回来了，那他会直接带着食物翻进石鼎里面，跟我一起吃个星光晚餐。可是，我刚才听到的那些声音，不像是他们俩弄出来的，而是从战神祀里面传出来的。

难道那些假山民又出现了？想着我就是一个激灵，也不敢出声，就小心把头从石鼎里探出去，看向了石鼎前面的庙门。

可是一看之下，我的身子顿时瘫软了下去，赶紧用双手捂住了自己的嘴，并告诉自己，一定要淡定，千万别出声，心说不会又遇到那种事情了吧，那些山民，怎么都活了？

为了确认自己没看花眼，我再次鼓起勇气，把头冒出去，结果还是看到一些晃晃悠悠的人影，正从战神祀里面走了出来。但很明显，这些山民已经不是活人了，他们行走的姿态，简直就跟电影里面的丧尸一样！看到这样的场景，我不由暗骂了起来：阿来和杰克，你们死哪儿去了，就你们会在关键时刻玩失踪吗？这荒山古刹的，再加上成群结队的尸体，这不是要我命吗？

我缩在石鼎里面，也不敢有任何动作，只求这些死而复生的山民别来无恙，我可是到贵地友好考察访问的，你们要是报仇，就去找那些杀掉你们的人。正胡思乱想着，忽然之间，一个身影从另外一侧翻进了石鼎，我下意识就以为是山民的尸体爬了进来，忍不住就要双手合十赶紧求饶。

可是这个身影没给我求饶的机会，上来就掐住了我的脖子，并低声问我：“你是谁？”

尸体还会说话？我被掐得完全不能呼吸，就用手去抓掐住我脖子的手，在接触到这只手的一瞬间，我虽然还是很疑惑，但恐惧感顿时少了一截。这个人手上有温度，就说明这个人是活人。我一边比画一边从嗓子里强挤出几个字，回应道：“没法说……”

那个人见状就松了一下手，但同时一把砍柴刀也架在了我脖子上，他说道：“你敢动一下，我立刻杀了你。”

“你先说你是人是鬼？”我首先问道。

他没有回答我，而是继续问我：“你到底是谁？”

我赶紧回道：“我不是坏人，我是来考察投资的……”

话还没说完，我就感觉自己的脖子一凉，心说完蛋了，这个人下手这么黑，肯定是那个组织的人，这种近似于刑事逼供的方式好像我们也用在了他们的人身上，难道这就是所谓的现世报吗？

但为了让自己的生命多延续一会儿，争取阿来或者是杰克能忽然出现，我赶紧补充道：“不管你们有什么误会，这都不关我的事，我也是被逼迫到这里来的，你最好能听我解释，或许我还能告诉你一些你想知道的事情。”

“这些山民是你杀的？”那人好像完全不在意我说的话，“敢说谎别怪我不客气。”

我不敢怠慢，语气尽量保持真诚，回道：“这位大侠，人真不是我杀的，你觉得我的身手能杀得了这么多人吗？”

“你给自己争取了一些时间。”那人说着就把刀从我脖子处拿开了，继续冷冷地问我，“我最后问你一遍，你是谁，来这里干什么。”

“我叫齐天，齐天大圣的齐，齐天大圣的天，好汉明察秋毫，这些山民的死真的与我无关，我可以把整个事情的来龙去脉都告诉你。”我表面积极回应他，心里却说一旦老子有机会，一定给你丫的一板砖。

没想到的是，当我投诚一般报上自己名字的时候，对面的人突然全身一震，好像是听到了什么令他感到恐惧的事情一样，掐住我脖子的手也瞬间滑落了下去。

难道这个人是个山妖吗？他把我当成齐天大圣孙悟空了？难道他怕我？这个妖怪的本尊是什么东西，是猪吗，怎么会这么笨……既然这样，你就别怪老子不客气了！想着我就再次重复道：“我是齐天大圣，我是齐天大圣……

妖怪，还我师父，吃俺老孙一棒……”一边说我还一边用左手掏耳朵，做了个启动金箍棒的动作。

“齐天兄，你的台词不应景啊！”那个人打断我的话。

我大口大口地喘着粗气，感觉就跟拍电影一样，完全没想到剧情会出现这样的转折。不过这足以让我松了一口气，现在的局面至少说明我暂时安全了。

缓了一会儿，我终于平静下来，然后仔细去看已经坐在我对面这个差点杀掉我的人。

尽管我做好了心理准备，告诉自己无论看到的是人还是妖怪都要淡定，一定要拿出齐天大圣的气势。可是尽管如此，但当我借着月色看清这个人的时候，还是被他吓了一跳。

这个人干瘦如柴，头发披散着遮住了面部，我看不清他的五官，只能透过他面部的头发缝隙看到一双冒着寒光的眼睛。他穿着一身几乎破成马赛克的老式冲锋衣，连身体最隐秘的部位都无法正常遮挡了，活生生一个业务能力超级差的乞丐。

虽然他现在没有再对我发难，但他手里的砍柴刀依然被紧紧握着，做出随时可以砍向我脖子的动作，这说明他现在依然对我保持高度戒备，欲知后事如何，那得看我如何表现了。

于是我先开口问道：“你认识我？”

“是的。”他回道，“但是你未必还认识我。”

“那你又是谁？网友吗？”我完全想不起自己还有一个乞丐朋友。

那人呵呵一笑，说道：“你还是上学时候的样子，胆小怕事，什么时候都忘不了贫嘴。不过也好，如果刚才你是因为嘴贱，恐怕已经死了。”

话到此刻，我脑子里突然一个炸雷，一下子把我轰醒了，分析着刚才发生的事情和我们之间的对话，大概已经猜到了眼前的这个人是谁了，但我又十分不敢相信这是真的，为了试探，我说道：“我收到你的信了。”

“所以你出现在了这里？”那人反问道。

“不是。”我实话实说道，“说来话长。”

“我就知道事情不会这么简单。”那人说着叹了一口气。

“这些年，你还好吗？”我不知道该说什么，但现在我已经非常确认他是谁了，只不过连我自己都有些难以理解我为什么会如此平静，或许是因为我认为他的出现，使得很多疑问很快就会有答案，那是一种释怀。

那个人说道：“你看我的样子，你觉得我过得怎么样？”

我无言以对。的确，他现在的样子，完全超出了我的想象，如果把我们两个同时代的人一同放到城市的马路上，我想他现在就是属于社会上最悲惨的那一类人，而我是一个顶着科学家光环的成功人士。

他继续说道：“我原本没有对你抱多大希望，但是现在我能看到你，我觉得上天还是公平的，至少说明我的推断是正确的。”

“到底发生了什么？”我抓住他戾气已经下降到最低程度的机会问道。

“在我确认你的身份安全之前，我还不能告诉你。”

“我真的是齐天！”我觉得他还是有些不相信我，“我们一起读研究生，住一个寝室，一起打球追姑娘……哦，对了，我曾经把二十枚按钉放在了你的床单下面，扎了你的老二……”

“就算你跟我说再多，我也需要用我自己的方式确认你是不是齐天。”他回道，“只看表面，我已经分不清谁是真的谁是假的了……”

我心说你人变成这个鬼样子，心也变得如此固执了，就问他：“那你想怎么确认？”

“跟我走！”他回道，“我要把这些山民送到他们该去的地方，你跟我一起去。”

说完，他就翻到石鼎外面去了，我一直非常忌惮那些死而复生的山民，不敢贸然出去，就躲在石鼎里面小心看向外面。

事情跟我想的不太一样，我没有看到群尸乱舞的场景，只见那些死掉的山民全部站在了石鼎周围，把石鼎围了个水泄不通，只不过它们一动也不动，似乎没有攻击性。

因此我把大部分注意力放在了那个人身上。我看到他穿过尸群，走到了石鼎旁边的那块石碑前面，然后用双手转动了石碑。当他的这个动作完成之后，我忽然就听到从石鼎下方传来一阵石头摩擦的声音，同时石鼎就开始发生位置的变化，往外平移了出去，原来摆放石鼎的位置出现了一个黑漆漆的洞口，好像还有一条台阶通往下面。

我一下明白了，原来我和阿来苦苦寻找的机关就在我们脚底下，只不过我们的思路完全错了，只在我们认为比较重要的地方寻找，完全没想到开启机关的地方竟然是如此不起眼。这纯粹是一种思维盲点，阿来这种人心思过于缜密，想问题也过于复杂，但在很多事情上，这种复杂的思考问题的方式反而会让他忽略掉最不起眼的事物。

那个人看我站在石鼎里面没有动，就对我说道："你怎么还不下来，想要逃吗？"

我非常不确定眼前这个熟悉的陌生人此时是如何看待我的出现的，就像他防备着我一样，我也必须防备着他，因为我不确定这十多年的时间里，他的身上发生过些什么，变成一个怎样的人，如果他想杀我，那简直太容易了。我也没有再拖延时间，觉得阿来和杰克应该不会出现了。说不定阿已经一个人去了山谷，他让我在这里等他，可能只是一种谎言；说不定他已经想通了，不想再让我跟着他冒险。只是他肯定没有想到，我现在已经陷入了一种连做梦都不可能梦到的局面。

我从石鼎跳出去，径直走了过去，问他："需要我做什么？"

"有人在他们的身体里面埋下了一些东西，使得他们现在处于半死状态，但是没法救活他们了，我只能选择把他们带回他们该去的地方。"他回道，"我在前面带路，你在后面看着他们，有掉队的帮我拽回来。"

"傀儡术？"我想到了老爷庙水底的经历，下意识说道。我觉得应该是这么回事，毕竟杀死山民的人就是那些人，中村正源会用傀儡术控制活人跟死人，那出现在这里的J国人也应该会这种技能。

“看来你已经知道很多了。”他回道，“到了那里，你会知道更多事情。”

那个人说完就沿着洞口里面的石阶走了进去，紧接着是那些山民，摇晃着满身伤痕的身体，跟在那个人后面，排着队进了洞里。它们的动作很慢，有一些断了腿的尸体无法正常上台阶，我只好把这样的尸体搬到石阶上面，然后协助它们走进洞口。

一具具尸体从我身边走过，看着这些尸体惨不忍睹的样子，我几乎能想到他们生前承受了多大的折磨，那个组织的人在对待这些山民的时候，手段肯定极其残忍。我心里升起一股恨意，想到这都是一些普通无辜的山民，如果我早就知道那个组织干出了这样的事情，那我可能就不会因为阿来和杰克做出的事情当场发飙。

他们两个人是对的，本质上这就是一场特殊的战争。

这样的念头出现之后，抵消了我对尸体本身的恐惧，觉得帮助这些山民也算积德了。

这时候，我看到又有一具尸体在石阶前面停了下来，我回神走过去，习惯性地抱住尸体往台阶上搬动。可是这一次，我发现这具尸体非常不配合我的动作，连续搬了好几次它都是站在原地没动。

我不禁有些恼火，心说老子都这么卑躬屈膝地帮助你了，你怎么还不领情呢，还真我把当搬尸工了？

可是一看这具尸体的情况又发现不太对，因为它的双腿是完好的，没有被折断的痕迹，理论上来讲是不需要我帮忙上台阶的，然后我就下意识去看尸体的脸。

谁知我刚一看到这张脸，立刻就呆住了，一声“草泥马”几乎就要脱口而出，只是还没等我说出来，嘴巴就被这具“尸体”的手给捂住。

又来这一出！我暗骂，原来是阿来不知道何时出现在尸群当中，他穿着一身山民的衣服，混在尸群中间，不仔细去看，我还真就以为他是这些死去的山民中间的一员。

他对着我摇了摇头，意思是别说话，然后慢慢松开了捂住我嘴巴的手。

此时天色已经蒙蒙发亮，过不了多久，就连东边那些连成片的大山也无法抵挡太阳的升起。

杰克还是没有出现，他已经逃掉，似乎成了现实。看着东方那一抹镶着金边的云彩，我有些感慨，注定是看不到今天的太阳了。

接下来的事情，有种无间道的感觉，阿来继续混进尸群，然后走下了石阶，而这件事情，那个人恐怕一直没有察觉到。我能猜到阿来的用意，简单来说就是敌我未分的情况下，这样做算是留一手。至于走在前面的那个人，我好像一直没有做好面对他的准备，甚至连他的名字都没有勇气喊出来。

想着他曾经给我留下的记忆，又想到这段原本不属于我的经历，就是从他给我寄了那封信之后开始的，就总有一种非常不真实的感觉，尽管我知道，很多我之前并不承认的事情，现在已经开始发生了。

我在最后一具尸体下到洞口之后，也跟着走了进去，来到了一条人工开凿出来的暗道之中。

这条暗道在挖掘的时候，应该是对地形做出了相应的选择，并不是我想的那样是一条笔直的通道，而是呈现出一种弯弯曲曲的状态，可能目的是为了避开大量难以开挖的岩石，散落在通道里面的大量泥土也说明了这一点。

我对这种藏在地下的空间有着天生的恐惧，总觉得会遇到一些说不清道不明的事情，但好在这条暗道跟我想的不一样，里面除了有一些在不同时期做出的通道加固装置外，每隔一段距离，洞壁上还有一些古朴的青铜容器，里面有助燃物，就像是一些古代的油灯。我们沿着通道走了十几分钟后，人工修建的痕迹在一条地下暗河出现的地方戛然而止，整个空间豁然开朗起来。

地下河很宽，大概有三四十米的样子，水流因为地势原因显得很湍急。河流具体的走向我已经无法分辨了，在通道里面左拐右转一通之后，我失去了全部方向感，只能看到这个地方应该只是这条地下河的其中一段，因为无论是河水流过来的方向还是流走的方向，都因为山体空间里的一些大块岩石挡路而出现了转折。

尸群在到了河边之后全部停了下来，我偷偷看了看阿来是否还在里面，结果因为尸体的数量实在是太多，我又不能一个一个地去找，因此并没有看到阿来的身影，只不过我知道他肯定在里面，正悄无声息地盯着事态的发展。

可能因为我注意力的散乱引起了那个人的注意，他在前面对我说道："不用担心，这些尸体没有攻击性，和我一起把尸体弄到筏子上去，后面还有一段水路要走。"

这时候我才注意到，在他站着的位置，有一个用木墩和木板搭建起来的简易码头，在码头下面的河道中，还有一些和码头齐平的木桩，木桩上面拴着绳子，绳子的另外一头拴着竹筏。看样子，这个地方经常会有人来，而且来到这里的人会借助这些竹筏沿着河流去另外的地方。

在那个人不断往岸边拖动竹筏的过程中，我看到有一些木桩上的绳子和绳子另一头的竹筏已经不见了，估计是被那些假山民给征用了。

不过我很奇怪，按道理来说，那个人应该是对这个地方很熟悉的，如果那个组织的人来到过这里，那他肯定知道，可是为什么他并不在意这件事情，而是如此关系这些山民的尸体，难道他已经变成一个恋尸狂了吗？想了想，他在我的印象中是个疯子，这种事情不见得就不会发生。

我应和了他一声，然后问道："我怎么帮你？"

"从他们的脖子里面抠出那些虫子。"他回道。

"你是说他们的脖子后面也被人埋了虫子？"我有些惊悚地问道。

"你不是知道么，那还问什么？"他回道，"你放心，我已经破解了虫子的毒性，没有危险。"

"我只是觉得有些恶心。"说完我就开始走到第一具尸体身后，扒开尸体脖子后面的伤口，强忍住呕吐的感觉，从皮肉里抠出来一条黑色的虫子。

这种虫子有点像蚕，但比蚕要小一些，而且这种虫子是黑色的，要多恶心有多恶心，我把虫子抠出来之后立刻就扔掉了，觉得我这个老同学太不仁不义了，这么多年未见，一见面就差点弄死我，而且还让我干如此恶心人的事情，你在信里说的可是在求我救你命，等老子找到你的破绽，我要是救你，我就不叫齐天大圣。

当我把尸体里面的虫子拿出来之后，这些尸体就恢复了正常的死亡状态，身体一软就倒了下去。然后那个人就把尸体一具一具地搬运到竹筏上。他把很多竹筏都用绳子串联在了一起，每个竹筏上放五到六具尸体，很快我就看到在地下河的水面上，一块范围之内，水面全部被这些尸体占据了。这种场面，简直比看着成群的尸体站着还要令人恐惧。

在这些尸体快要处理完的时候，我看到阿来站在一具尸体后面正小心翼翼往后方退去，看样子是担心被那个人发现。事已至此，我灵机一动，就对着阿来把头一偏，意思是说你赶紧倒下，我又办法。

阿来趁着那个人不注意，看了看周围，好像发现没有什么可以藏身的地方，做了一个无奈的表情，身子一偏倒了下去。

这时候我对那个正在摆放尸体的人说道：“我说老友，剩下的我来弄，你还是前面开路，我来都跟你来了，也不差帮你多干点活了。”

“好，谢谢。”那个人很痛快地答应了，然后走到了排在下游的第一个竹筏上，又对我说道，“动作快点。”

我一边答应一边搬动剩下的几具尸体，发现搬尸体可真是个体力活，跟我想的完全不一样，都说死沉死沉，这回我算是领教了，就是人死了格外的沉重。我废了好大劲才把其中一具尸体搬上竹筏，本来按照我的体力是需要休息一会儿的，可是我又担心阿来混在尸群中的事情暴露，于是就逼着自己赶紧去搬运第二具尸体。

当我搬到阿来的时候，我看着他似笑非笑的表情，就想把他扔到水里，心说要不是因为你，我可能会在这种鸟不拉屎的地方做这种鬼都不愿意干的事情吗？可是想归想，毕竟我不能真的把他扔进水里，现在不是报复他的时候。

等我把所有的尸体都搬完之后，那个人解开所有拴住竹筏的绳子，然后所有的竹筏就开始在水流的作用下开始往下游走去。

所有的竹筏都被一根绳子串联在一起，那个人很熟练地用篙子划水，我什么也没做，只是小心看着四周，生怕有什么危险突然出现。但是反过来一想又觉得自己多虑了，我们这样大张旗鼓地用竹筏运送尸体，要是有危险那也不至于等到现在还没有出现。最后剩下的感觉反而是来自这个地下空间本身，觉得这里就像是隐藏在群山底下的另外一个世界，特别是看到从头顶上方的岩石缝隙中透进来的斑斑光线，再看看前面那个蓬头垢面的老同学，竟然有种恍若隔世的感觉。

当所有的竹筏绕过一处地下河流弯道之后，我看到前面的水面更宽阔了，而且隐隐约约当中，看到一个庞然大物的影子出现在不远处的地下河岸边。

刚开始我以为那只是一块巨大的岩石，可是等竹筏再往下游走了一段距离之后，这个影子的真身就慢慢清晰了起来。我心里就不由一颤，一种非常不祥的感觉袭来，不明白在这个地方，怎么可能会出现那个东西。

坐在第一只竹筏上的那个人看到我 s 神色有异，便对我说：“那两张照片就是从那里面找到的。”

“嗯……”我简单答应着，脑海中却想着在老爷庙水域我见到过的另外一个类似的。

“到了后面恐怕你就没有心情在意我了，趁着还有时间，先让你看看我变成什么样子了……”他说着，就开始把自己的头发浸在水里揉搓起来。

随着那个人头发上的泥垢逐渐被河水洗掉，我惊讶地发现，原来他的头发已经全白了，只是之前他的大部分头发上面都包裹着一些泥土，我没看得出来。更让我诧异的是，他那垂到胸口的胡须，也已经全部是白色的，活脱脱一个男版白毛女。

“你……”我有些哑然，不知道该说些什么，很怀疑这个人到底是不是他，“我的意思是，你怎么变成了这样……”

“你再看看我的脸。”他说着就把头发全部往后一掀，露出了一张无比苍老的脸，上面布满皱纹，看上去就像是一个六十多岁的老头子。

“你不是佐佑！”我终于喊出了这个名字，也终于意识到自己是多么不愿意相信眼前这个人就是我那个疯掉的老同学，“你到底是谁！”

是的，我一直都在否认，这个人并不是佐佑。因为我知道，只要他出现，那么很多事情就真的变成了现实，我就完全失去了把之前发生的所有事情定义为偶然的唯一条件。

“你是齐天。”那个人看到我惊讶和惊恐扭曲到一起的表情说道，“谢谢你还记得我以前的样子。你的反应告诉我，你无法接受我变成现在这个样子，说明你心里还保留着作为同窗的感情，你通过测试，安全了。”

“如果你真的是佐佑，你怎么可能看上去这么老？你和我是同年生人，今年只不过是三十三岁，可是你看上去至少得有六七十岁，你怎么证明你是佐佑？”我有些抓狂地问道。

“我是不是佐佑，还有我是怎么变成这个样子的，我会告诉你。”他回道，“如果我要骗你，就不会让你活着来到这个地方。”

我心说也是，他完全没有必要骗我，这里面其实就是一个非常简单的逻辑关系：如果有人要假扮佐佑来忽悠我，那肯定是要找一个特别像的人，就算易容也不是什么难事，怎么可能会找一个外貌跟年龄都如此悬殊的人出来？想着我心里就有些妥协了，俗话说，假亦真时真亦假，很有可能这个人就是佐佑！从他的话中也能听出来，他之所以变成这样，是有原因的，只是我还不知道他到底有着什么样经历。

“我已经告诉了你，而你心里也已经清楚我是谁，这并不是一个特别难的事情。”他见我不说话，就继续对我说道，“但是现在，你必须告诉我他是谁！”

他的话音刚落，我就感觉有些不对，心说不好，难道他已经发现阿来混在尸群里面了？我就知道事情不会那么简单，眼前的这个人看上去一点都不像傻子。

可是还没等我解释，我就看到阿来所在的竹筏瞬间摇晃了一下，阿来一个鲤鱼打挺翻身站了起来，然后冷冷地盯着佐佑。

我站在两个人中间，看着两边的人似乎都展开了要干对方的架势，心说他们俩要是打起来，岂不是大水冲了龙王庙，于是就赶紧调停，说道：“两位祖宗，有话慢慢聊，都是自己人！”

佐佑完全不听我解释什么，手里紧紧握着砍柴刀，用十分冰冷的语气说道：“老同学，恐怕你还是不知道，你以为和你一起的这个人真的是一个人吗？”

第六章 对决

我不明白佐佑想表达什么，但下意识地看向了另一边的阿来，只见此时他的眼睛已经变得血红，而且还泛出一丝十分妖异的红光。我虽然不止一次看到过阿来的这双眼睛，知道这是恶战之前的征兆，但至于他是不是人，还没有如此看待过这个问题。只是刚才被佐佑这么一说，我竟然也开始犯了嘀咕，难道阿来不是人类吗？

我赶紧对阿来说道：“阿来兄，他就是给我寄信的佐佑，我跟你说过他的事情，千万不要动手。”

“你相信我吗？”阿来没有理会我说话的内容，而是用一种十分凄凉的语气反问我。

“我当然相信你，你救了我那么多次！”

佐佑一步一步地逼近到我身边，然后对我说道：“你相信也没用，他不属于我们这个世界，他必须死。”

“齐天，你让开！”阿来说着一弯腰，只听咔嚓一声，他的手插进竹筏里面，然后往上一提，拽出了一大截竹片。这些竹子都泡了水，非常富有弹性，而竹片的破口处看上去也非常锋利，在他手里犹如一把特殊的刀具。阿来手握竹片，嘴角一挑：“想要我的命，有本事就拿去！”

佐佑毫无惧色并步步紧逼，见阿来有了动作，便闪电一般从竹筏上高高跃起，柴刀凌空发出一声呼啸，同时我听到佐佑大喝一声：“接招！”

这时候我还站在两人的中间位置，看到佐佑的动作下意识就感觉不太对，结果在这一瞬间，我发现佐佑的柴刀竟然是劈向我的！

电光火石之间，就在佐佑的柴刀几乎就要触碰到我头顶的一刻，我忽然感觉自己的脚底被什么东西给使劲绊了一下，紧接着我的双脚猛然悬空，就地摔在了竹筏上。

我因为摔了这一跤，佐佑的柴刀劈了个空，但他并没有停止攻击的动作，而是单手撑在竹筏上一用力，整个身体又弹起来，然后他的整个身体越过我的身体劈向了阿来。

我猛然一回头，看到阿来此时的姿势，一下子明白，原来佐佑刚才那一击就是个幌子，其实他早就计算好了，按照我和阿来之间的距离，阿来想要救我，就必须放低身子用扫堂腿或者铲球的动作把我撂倒，只有这样我才能躲开他的刀锋。可如果阿来这样做了，那整个身体的战斗姿态就会彻底处于劣势，想要重新摆正攻防姿势至少需要一到两秒的时间，佐佑因此有了真正的进攻机会，而高手之间的对决，一到两秒的时间实际上就已经足以至对方于死地了。

但很显然的是，佐佑太不了解阿来了。

佐佑的第二次攻击从表面上看是绝对有优势的，因为这时候阿来还处在倒在竹筏上的状态，可等到佐佑的刀锋就要劈到阿来面颊的时候，只见阿来早就把竹片掰成了一个弓状，在佐佑的身体还没完全压在他身上之前，阿来其中一只手突然松开，使得竹片在弹力的作用下，以一种比佐佑动作更快的速度弹了出去。

佐佑完全没有想到阿来会原地不动，而是依靠手里的竹片偷袭，只能迫使自己立即改变攻击姿态，瞬间扭转刀锋，整个身体往竹筏外面翻去。

阿来的手段不是一般人能琢磨透的，佐佑为了躲避竹片弹到自己脸上，只能选择回避，但阿来早就算计好了佐佑的动作，在刀锋发生偏移的一刹那，竹片正好打在了柴刀的刀面上，一声清脆的竹片瞬间撞击刀面的声音响起之后，佐佑被这股力量一下子打翻进了地下河里。

看着这些几乎在一瞬间发生的刀光剑影，我有些眼花缭乱，赶紧大叫："都不许使阴招，都给我明着干……"

但我的话在两个人打红眼睛的情况下根本就是放屁，没有人听我的。阿来看到佐佑落水，突然阴笑起来，然后紧跟着纵身入水，一头扎进了河里。我心说不好，阿来在老爷庙水域长大，水中的战斗力绝对是一流的，佐佑就算再厉害，也不可能在水中干得过阿来。

果不其然，阿来在入水之后就不见了，佐佑浮出水面后，警惕地看着水面的动静，一只手划水，一只手举着柴刀，随之准备再次出击。

可是过了足足有半分钟，水面上不但没有出现阿来的身影，反而刚才被激起的波浪都没有了，这时候我看到佐佑那张被白发半遮挡住的脸上出现了一些不理解的神情。

我知道阿来肯定就在水里面，他正在等待时机，一旦佐佑放松警惕，他就会立即从水里冒出来，给对方致命一击。

我不能眼看着事态就这么发展下去，就对着佐佑大叫："你这个疯子，你以为你是魂斗罗吗？赶紧到竹筏上来，不然你就没命了！"

佐佑这回完全失去了目标，也发现自己现在的处境并没有想象的那么好，于是就开始往我这边的竹筏游了过来。

我看着佐佑靠近了竹筏，就伸出手去拉他。可是佐佑刚对我伸出手，我就看到他隐没在水中的身体像是受到了巨大力量的冲击，伴随着他身体迅速往后退去的同时，我看到他从口中吐出一口鲜血，然后整个人的表情也扭曲了起来。

"赶紧跑，你打不过他！"我冲着佐佑喊道，心说你再不跑估计就没命了，“他水里长大的，能玩死你！”

佐佑看了我一眼，似乎是理解了我的话，然后开始迅速往岸边游去，而且一边划水一边回了我一句：“为什么不早说……”

我刚要回应你也没问，上来就装相，这下吃亏了你怨谁?

还没等我开口，眼前的水面忽然冒起一连串的水花，紧接着阿来的身影从水里跳了出来，也不知道他在水中是如何发力，然后我就看到他落在了我所在的竹筏上。

他出水之后，手里依然拎着竹片，看着慌忙上岸的佐佑，对我说道：“你这个朋友不友好，我教训了他一顿，别介意。”

佐佑似乎是受了伤，上岸之后弯腰捂着胸口大口大口地喘气。这时候，我才注意到所有竹筏已经漂到了那个庞然大物旁边，不由倒吸了一口凉气，感觉太不可思议了，这里竟然也有一艘二战时期的老式军舰。

阿来也注意到了这个体型庞大的东西，跟我对视了一眼，然后才对我说道：“我知道那两张照片的来源了，是你的这个朋友从军舰中找到的。”

我也想到了这个问题，把一连串的线索拼凑到一起来看，那这艘军舰很有可能就是神运号战舰随行的补给舰，只是有一个问题我感觉实在不可能发生，就问道：“这里是地下河，军舰是怎么开进来的？”

“不知道，还是问问他吧。”阿来说着，又看向站在军舰前面的佐佑，“如果你还想继续，我没意见，但我觉得你朋友会有很多话想跟你讲。”

佐佑没有说话，不知道是怕了还是默认了，他让我把竹筏上的绳子扔给他，然后他开始在岸边固定绳子，似乎是已经到了目的地。上岸之后，我和阿来先是走到军舰的位置，发现这艘军舰已经腐烂得非常厉害，最上层的建筑体已经完全塌陷，外壳也已经锈迹斑斑，用手一捅就会破的样子，想进去看看似乎已经不现实。

我看向佐佑，就问：“你除了发现了照片，还找到了什么？”

“很多石头，不同种类的石头。”佐佑看着我和阿来回道，“还有一个实验室。”

“就这些？”我疑惑道，觉得有些不太可能，毕竟神运号承载的是J国史上最具隐秘的档案室，那作为它的随行舰，不应该就这么简单，一对石头能有什么特殊意义？

阿来似乎并不相信佐佑的话，他有着自己处理问题的方式，只见他用力在军舰的金属外皮上踹了几脚，舰体上便被踹出一个黑漆漆的洞，然后他一猫腰就钻了进去。

“那是个人体实验室，J国人在里面做了大量的生物试验，里面有很多胚胎的样本，长大了就会跟你那个朋友一样，都是一些怪物。”佐佑看着阿来钻进去的洞口说道，“他们不能存在，总有一天你会明白的。”

听着佐佑的话，我脑子里开始混乱。卫国雄曾经说过的一些话又重新出现在我脑海中，我记得他曾经也提到过拿着阿来做过什么试验，他的这种说法，跟佐佑刚才说的话具有一定程度的相似性。

难道说，阿来真的是一个经过人体改造试验的变种人？

想着我浑身上下就是一个激灵，被这个结论吓出一阵冷汗。我们研究生物的都知道，人体变种试验可是生命科学的禁区，无论是各国的官方机构还是在行业内，都是绝对禁止这种试验的，因为它涉及太多的社会问题。

关于这种试验，在生物科学领域流传着一个非常具有代表性的说法。大概意思是说二战末期，某个战胜国军队登陆德国，从纳粹的生物实验室里得到了一些关于人体改造的异类学术文件，到了二十世纪八十年代初期的时候，有一个科学家得到了这些文件，并按照文件里面的方式做了一个试验。

他把人与动物的基因进行结合并进行了相应的改造，结果培育出一种非常奇怪的变异物种。这个科学家后来死了，据说是被他培养的变种生物给杀死了，最后还是军方出动精锐部队把这种可怕的物种给消灭了。

但这都是一些坊间传闻，并没有实质性的证据可以证明这种试验是可以成功的。

佐佑看到我在发呆，又继续说道："你心里明白，从生物科学角度来看，这种理论是成立的，而且只要有了相应的方式和方法，你也可以做到。"

"不对！这种试验只是存在于理论上，现实中不可能实现，从技术上来讲就很难达到。"我说道，"阿来的成长环境并不具备这种高级的科学技术，你会不会搞错了？"

"不是你想的那个样子。"佐佑说着把手指伸进嘴唇，吹了一声十分尖锐的口哨，就像是某种动物的叫声。

声音响过之后，我忽然听到整个空间里瞬间传来更多的这种声音。紧接着，许多挥舞着巨大翅膀的身影从我的头顶上方掠过，那是一些体型非常庞大的蝙蝠。

看着这些东西不断从山体空间的各个角落里飞过来，我心里有一种说不出来的激动，想起在石鼎里面看到过的那具蝙蝠类生物的骨架，顿时就明白了，原来在这个地方，真的存在这样的新物种。

"这些蝙蝠是……"我有些说不出话来，不知道该怎么形容这种蝙蝠，终于明白为什么会有一些科学家会因为发现一些新的东西而激动得疯掉。

佐佑又连续吹了几声口哨，我就看到这些大蝙蝠开始飞到竹筏上的尸体上方，用它们的爪子抓起一具尸体，然后带着尸体飞向了军舰后面。

"这些蝙蝠都是变异物种。"佐佑说道，"根据我的了解，这些蝙蝠身体里面有人类的基因，它们能够跟人类交流，你只要满足它们的一些要求，它们就会顺从你的安排。等它们运送完尸体，我抓一只让你见识一下。"

等到最后一具尸体被蝙蝠运走之后，佐佑示意我跟他走。

他先是带着我绕到了军舰后面，继续顺着地下河走了有五分钟的路程，然后我就看到前方的地下河像是到头了。又往前走了一段距离，当我听到轰鸣的瀑布声，就意识到，是河道的地势出现了落差，水流到了这里之后开始垂直往下流，形成了一道瀑布。

难怪那艘军舰停在了这个地方，如果继续往前，恐怕会直接船毁人亡。

“我们要下去吗？”我问道，“要不要等等阿来？”

佐佑没有回答我的问题，而是对我说道：“他已经下去了。”

“什么？”我惊讶道，有些不明白他在说什么，“我说的是阿来，进了军舰里面的阿来！”

“你了解他吗？”佐佑又莫名其妙地问我，“他刚才和我对决的时候，潜伏在水底那么久，肯定是发现了藏在水底的攀登索，进入军舰只不过是他摆脱我的幌子。”

“那你怎么证明他已经下去了？”我还是有些不相信地问道。

“军舰里面的东西早就被这里的山民运到到下面，现在那就是一堆烂铁，你觉得他会在里面待这么久？”佐佑回道，“我必须再次提醒你，一定要注意这个人，因为他根本就不是人！”

佐佑说完，我就看到他吹了一声口哨。很快，一只体型比之前那些更大的蝙蝠从瀑布下面飞了上来，然后挥动着两只巨大的翅膀盘旋在我们头顶，而且边飞边发出和佐佑口哨声一样的声音。

看着这只蝙蝠的飞行姿态，藏在我心中的那个疑问终于得到解释，想起了我在停车场看到的那个飞行生物，现在看来就是这种巨型蝙蝠。

佐佑对着蝙蝠打了一个手势，那蝙蝠就扑腾着翅膀俯冲下来，然后落到了佐佑身边，瞪着一双看上去非常奇怪的眼睛看着他，嘴里还发出一种似笑非笑的怪声。佐佑抚摸了一下蝙蝠的头部，蝙蝠的眼睛就眨了眨，露出一种非常享受的神色。也就是在这个时候，我忽然意识到为什么这只蝙蝠的眼睛会给人一种非常特别的感觉，那是因为这双眼睛看上去竟然非常像人类的眼了，好像里面能够表现出人类独有的七情六欲一般。

“怎么样，把这只蝙蝠带到你的工作单位，你能不能当上一把手？”佐佑用手拨了拨自己的头发，露出半张脸看着我问道。

“如果把它公布出去，能改变整个学术界。”但这不是现在关心的问题，我继续说道，“这种蝙蝠怎么长着人一样的眼睛？”

“这些蝙蝠的祖先应该是接受过一些非常特殊的基因改造，如果它们的生存条件足够充分，那凭它们的智商，足以取代人类统治这个世界。”佐佑说道，“当我发现它们的特殊性后，便尝试接近他们，没想到竟然成功找到了跟它们沟通的方法。”

佐佑跟我说完，又对膝下的大蝙蝠说道：“你还认得他吗？”

大蝙蝠盯着我看了一会儿，竟然对佐佑点了点头，然后嘴里发出一阵呜呜的声音，像是一种回应。

“那现在我要带他到真正的鬼头甸子，你能不能帮我一把？”佐佑继续跟蝙蝠对话，场面相当诡异。

没想到，蝙蝠听了佐佑的话，又点了点头，然后开始瞪着一双人的眼睛上下打量我。我下意识往后退了一步，心里疑惑，佐佑这是唱的哪一出，让一只蝙蝠带我去鬼头甸子？我不就是从鬼头甸子来的吗？

刚要对佐佑发问，就见看着我的蝙蝠瞬间伸开翅膀，扑腾几下就飞了起来，然后用两只爪子抓住我的肩膀，凌空把我拎了起来。

佐佑看着我满脸惊恐的样子，说道：“后面的路不好走，最简单的方式就是让蝙蝠把你带进去！你放心，它不会伤害你，我们之间有约定！”

佐佑话音刚落，蝙蝠就叫唤了一声，然后抓着我往瀑布下面飞去。我低头往下一看，顿时就感觉事情不对，因为我发现这个空间实际上到了断崖处就停止了横向延伸，继而整个空间的走向发生了垂直向下的转折，这道瀑布竟然是流向一个漆黑无比的巨大洞穴，看上去就像是一个深不可测的天坑。

让我感到恐怖的是，这个洞似乎没有底，我看不到水流的落底点，也没有听到水流撞击水面的声音，不知道这些地下河水在落下去之后都流向了哪里。

蝙蝠的飞行不像鸟类那样平稳，而是忽高忽低，也没有什么规则路线，除了不断下降高度这件事是比较明确的，其他的飞行轨迹在我看来完全就是胡来，好几次我都差点撞到天坑四周的石壁上，急得我大叫：“蝙蝠兄弟，你可千万要抓稳了，千万别松手……”

可没想到的是，还没等我把话说完，在这种时候竟突然发生了一件让我几乎就要疯掉的事情。

这只蝙蝠不知道抽了哪门子的风，抓住我肩膀的爪子竟然一下子松开了，然后任凭我整个人在天坑里自由落体。我顿时就感觉火从心头起，心说畜牲就是畜牲，果然不靠谱。

我一边下坠一下大声叫骂佐佑和那只蝙蝠，说你们果然不是什么好东西，要弄死我还要用这种极端的方式么？这是摆明了要玩死我的节奏，老子就算化作厉鬼也不会放过你们……

刚骂完，一个巨大的身影一下子飞到了我的身体下方，还没等我反应过来又发生了什么，然后我就感觉自己落到了一大团毛茸茸的东西上面。

我惊魂未定，长长呼出一口气之后，才反应过来，此时我已经趴在了那只蝙蝠的背上。

你敢耍我，等我有机会了，一定把你做成标本换老子的大好前途……但我不敢说出来，担心这个畜生再次拿我玩自由落体，于是就换了一种语气说道：“蝙蝠大侠，你真会玩，你这是带我去哪儿？”

蝙蝠呜呜叫了几声，节奏像是在笑，然后忽然一个飞行急转弯，直直冲着瀑布的方向冲了过去。

我一看大叫不好，脑海中出现了电影里面神风敢死队自杀攻击的画面，心说不是吧，要带着我撞崖自杀？顷刻间，蝙蝠巨大的身躯就撞在了瀑布上，我一下子闭上眼睛，只感觉浑身一凉，然后就失去了知觉。

也不知道过了多久，自己是不是已经撞死了，迷迷糊糊之间，我就感觉自己的面部传来一阵热流，同时还闻到一股子骚味。我睁开眼睛，看到一张长满黑毛的面孔紧贴着我的脸，一双邪恶无比的眼睛正死死盯着我，嘴里还发出一些非常诡异的声音。

我几乎是一瞬间意识到发生了什么，这张脸，不就是那只蝙蝠吗，难道它并没有带着我撞崖？我跳了起来，赶紧去看四周的环境，结果一下子明白了到底发生了什么。

原来，这只蝙蝠并不是在自杀，而是把我带进了一个隐藏在瀑布后面的洞穴当中。只不过在撞击到瀑布的时候，因为冲劲太大，我又没有任何的防备，结果就被水墙给拍晕了。刚才我的感觉到面部有热流并闻到一股骚味，是这只蝙蝠在往我脸上撒尿，它想用尿浇醒我。

我强忍住恶心，开始观察这个水帘洞，就看到在这个洞的入口处，垂着好几条锁链，像是从瀑布上面伸下来的。而在靠近洞口里边一点的地方，有一块界碑，上面好像刻着一些字。

我走过去，发现石碑上面刻的内容是两行古体字，内容颇有警示意义，写的是：宗族禁地，误入者死。

我心说不会吧，难道在这个洞里，有一个地下山庄？

这时候我想起了佐佑对蝙蝠说的那句话——让蝙蝠带我到真正的鬼头甸子。刚开始我并没有在意这句话，但是现在想起来，就会发现这里面其实可以推敲出两种意思。

第一种意思是说地面上的鬼头甸子村是假的，而真正的鬼头甸子是在大山底下某个非常隐秘的地方；而第二种意思可以理解为地面上的那个山村确实是叫鬼头甸子，但是这个村子还有一个原址，就像那个假族长说的那样，地面上的鬼头甸子原址是在山谷里，现在的山村是从山谷中迁徙过去的，我比较倾向于第二种猜测。

只是这里面有一个问题，假族长告诉我们是现在的鬼头甸子原址在山谷，而根据目前的实际情况来看，佐佑要带我去的鬼头甸子是在山体内部，因此我只能这样推测，假族长告诉我们的信息，实际上一种信息误导，可能鬼头甸子的原址确实在山谷的位置，只不过他没告诉我们真正的山村是藏在地底下的。

为什么要把村落建在地下？是为了躲避什么，还是说这个村子里藏着什么宝物？我正思索着这些问题，忽然听到趴在我旁边的蝙蝠叫了一声，然后我看到它猛然挥动了几次翅膀，并看了看洞口的方向，眼神中布满了一种非常焦躁的神情。

我轻声问："你怎么了？我们接下来去哪里？那个长头发的人呢？"

我问了它一连串的问题，本以为它能听得懂我在说什么，可是我太高估了它的反应能力，只见它眼珠子连续转了好几圈，像是在思考我说的话，但又好像没听懂。此时它已经变得相当烦躁不安，就像是感觉到了什么不好的事情，也不再理会我，对着洞口方向连续尖叫了几声之后，就忽然展开翅膀往山洞深处飞了进去。

看着蝙蝠消失在山洞里的身影，我开始踌躇自己是否要跟上去，可是洞穴里面实在是太黑了，一点光线也没有，而且我也没有超声波探路的功能，贸然追上去恐怕不太明智。正想着，洞口处的铁链忽然响了起来，我看到佐佑顺着铁链降到了洞口处。

进来山洞之后，浑身是水的佐佑说了一句："好久没用这种方式下来了，差点摔下去……"

"你的蝙蝠刚才怪怪的，叫了几声飞走了。"我对佐佑说道，"会不会出了什么事？"

佐佑一边拧干头发上的水，一边问我："怎么叫的，叫了几声？"

我想了一下回道："我只记得它对着洞口叫了四声，声音十分刺耳，两长两短。"

没想到，我刚说完，佐佑的神色突然就凝重起来，自言自语道："不好，刚才它是在警告我，里面发生了十分危险的事情！"

佐佑在山洞里奔跑的速度非常快，很快就隐没在前方的黑暗中。他在冲向山洞深处之前告诉我，顺着这个山洞往前方跑一千八百五十步，然后必须停下。他没有告诉我原因，只是让我按照他说的做。

一千八百五十步，一路跑过来的距离并不是很长，在黑暗的环境中奔跑，基本不用看路，因为什么也看不清，我必须把所有的注意力放在计算自己的步伐上，跑着跑着就出现了一种错觉，觉得这像是一个非常刺激的游戏。

但是无论是佐佑还是我自己，在这里都忽略了一个非常重要的问题，那就是我的身高要比佐佑高出近十厘米，因此我的步子肯定要比他的大，所以，当我才数到一千五百四十三步的时候，猛然之间，我就感觉自己一头撞进了一堆非常奇怪的东西里面，强烈的束缚感和窒息感瞬间传遍全身。

这是一种非常熟悉的感觉，甚至可以说是印象非常深刻，我没有感觉到任何的疼痛，可是又很明显感觉到自己被某种物质包裹了起来，身体悬空发生漂浮现象，用手抓了抓四周，也没有抓到任何的东西，就好像进入了一个真空容器当中。

几乎是在一瞬间我就意识到自己遇到了什么。

这是鄱阳胎，在我的记忆里，只有鄱阳胎给我留下过如此相似的感觉。只是我不明白，为什么在这里也会出现这种东西。鄱阳胎应该是在鄱阳湖里，出现在这种地方应该叫什么？

有了老爷庙的经历，我并没有生出多少恐惧，凭借之前的经历，我开始做的第一件事情就是让自己平静下来，然后停止身体的所有动作，等到身体不再上下浮动不定，开始慢慢在心中默念：我属于这里，我需要你的保护，我出生在这里，你必须保证我安然无恙，否则你就失去了存在的意义……在脑子里想这些话的时候，我尽量排除掉所有的杂念，必须让自己都得承认，我说的这些话都是真的。

有了上次的经验，我已经对这种物质的特性有了一些了解，首先我必须把这种物质当成一种有意识的生命体，也就是说它是活的，具体的表现形式就是孕育功能和守护功能。孕育功能我到现在没有特别认可，或者说我只认为它具备一部分孕育特性，但完全孕育功能是违反常识的，至于它的守护功能，给我留下的印象非常深刻，它的存在，直接导致了老爷庙水域千年沉船之谜和后来的坠机之谜。而且从卫国雄和阿来的话中得知，一旦让它感觉到有入侵者出现，那这些入侵者就会被无情吞噬，永远没有出期。

但这两种特性不是我最在意的，我有把握如何从这种物质中走出去，我更加在意的是它在第二种功能基础上所具备的另外一种更深层次的作用——两种边界的分界线。

也可以说，在这种物质出现的地方，它的另一面，可能存一个跟老爷庙水底空间非常类似的地方。

如果我的这些推测成立，那就说明斑斓雪山腹地的山体空间与跟鄱阳湖老爷庙水下空间，有着非同寻常的关系。

这倒不是我第一次意识到这个问题，而是说类似于鄱阳胎的物质再次出现，让我一下子明白，老爷庙水底事件和当时从神运号救下我的探险队，并不是一种偶然性的存在，这一切的背后，似乎有一张巨大的网，把所有的事情和所有的人联系到一起。

而我，就像是再次闯进鄱阳胎一样的物质中一般，全然没有任何防备。但已经在里面了，我第一次意识到，我已经闯进了这张网的某一个点，而且被网上的黏液给粘住了，只能顺着这张网的某一道纹路走下去，从而找到这张网与现实世界的边界。

同时，这也是我第一次意识到命运的存在，还有它本身的不可抗拒性，因为我在这张巨大的网里，显得太渺小了。

鄱阳胎似乎感受到了我内心的声音，随即周身的束缚感逐渐降低，我再次告诉自己，现在我可以在里面自由活动，于是我尝试着找回在平地上面站立的感觉，慢慢站稳了身体，然后一步一步往前走。

必须在两到三分钟之内走出去，不然我会因为窒息而死。

这个过程中我碰到了很多实体物质的存在，因为我什么也看不见，所以只能用手小心翼翼去触摸。山洞的直径并不是很大，因此我断定这里的鄱阳胎也不可能有着像老爷庙水底那样的规模，所以我首先排除这里面有大型生物的存在，不管是被困在这里的还是孕育在其中的，总之不会有巨人一样的牛脸人，我不断给自己减压。

走了大概有半分钟的时间之后，我的额头忽然被什么东西撞了一下，力气不算大，但这种感觉很明显。这个东西在撞击完我之后并没有离开，而是又连续撞击了我好几次。我伸出手往额头的地方一抓，就抓到一个体积不大但表面很滑很软的东西，而且在这个时候，我的手在活动的过程中，触碰到了非常多类似的东西。

如果我没猜错，现在我肯定被这种东西给包围了。

我停顿了几秒钟，除了全身被不断被撞击，倒也没有感觉到什么真正的危险，便给自己壮胆，心说这些东西肯定不具备致命的攻击性，千万不要慌，我必须学着遇事变得冷静，否则我的事情被外人知道了，肯定会有很多人骂我是怂包。

胸闷的感觉越来越明显，我知道自己不可能支撑太长的时间，于是就加快了脚步，可是还没走出多远，手里的东西便挣扎了几下，然后从我手中滑了出去。

我并没有太在意这件事情，现在的首要目的是赶紧跑出这种物质的包裹范围。身体逐渐适应了这种介质之后，我奔跑起来感觉如履平地，大概又跑了半分钟的样子，就看到我的正前方出现了一团十分模糊的光亮。我心里一喜，知道自己就要摆脱这个地方了。

可是就在这个时候，借着前方微弱的光线，我终于看清拥簇在我周身的东西是些什么了。

这是一种外形十分奇特的软体动物，有一个圆溜溜的身体，大概有鸡蛋大小，身后拖着一条蛇一样的尾巴。最奇特的是在它们的身体上，还长着两只小手，他们的尾巴和小手不断摆动着，在我身上乱撞。

我有点惊讶，在不经意之间就张大了嘴巴，就在这个关头，其中一只软体生物抓住了这个机会，以一种非常快的速度一下子钻进了我的嘴里。我感觉嗓子眼一滑，这个东西就钻进了我的肚子里，紧接着我的胃里传来一阵翻滚一样的绞痛。

这种感觉是十分令人恐惧和恶心的，我顾不上多想，几乎飞也一般冲向了那团光亮，伴随着胃里传来的剧烈疼痛和强烈的窒息感，我一下子从里面冲了出去。

也不知道这鄱阳胎外面是什么地方，我只感觉身子忽然一沉，然后就垂直往下方坠去。

整个下坠的过程十分短暂，还没等我反应过来发生了什么，就听到一声沉闷的身体跟地面碰撞发出的声音，紧接着嗓子眼一热，一股鲜血从我嘴里喷了出来。

我挣扎着身体坐起来，后背靠在一块岩石上喘着粗气，只感觉浑身就像摔散了架子一样，摸哪哪疼，真正体会到了什么叫生不如死。

不知道肚子里的东西是不是也被摔死了，胃里已经感觉不到翻滚，但恶心的感觉依然存在，想着一只扭着尾巴的怪物钻进了自己的胃里，我开始剧烈干呕起来。我已经一天没吃东西了，除了呕出一些苦涩的液体，并没有排除其他的东西，于是我开始告诉自己，要转移注意力，别去想胃里的东西了，那最多是一坨大便而已，反正也一天没吃东西……

我看看了头顶上方，发现在我依靠的岩石上方三至四米的地方，有一个山洞的出口，这样的垂直距离没有摔死，其实是一种侥幸，幸亏我跌落的地方是一些潮湿的泥土，否则真的能把肠子摔出来。

而此时我也看清楚了整个空间的基本情况，这里就像是一座完整的大山被掏空一样，显得十分空旷。在四周的岩壁上，有很多植物的根系伸了出来，在这些根系中间，能看到很多的岩石缝隙，有很多光线从这些缝隙中投下来，是这个山体空间唯一的光线来源。

这简直就是一种造化，我惊叹着。忘记自己是从哪本科普书中看到过这种山体结构的介绍，好像是说，这种空间构造是在山体形成之初形成的，具体原因非常非常复杂，空间底层必须要有浅层岩浆，这些岩浆融化了山体内部的岩石，又因为地壳底内部的地质运动，导致岩浆回灌，便留下了已经变成空壳的山体。从外面看，这还是一座山，但是从内部看，就会发现这就像一个包裹着石头外壳的大型气泡。

这种地质构造，是户外探险家们的冒险天堂，传闻有人在这种山体空间内部发现过一些十分古老的文明遗迹，这说明在很久以前，就已经有人类发现了这种十分隐秘的空间，而且在里面做过很多事情。

我强忍住全身火烧一般的疼痛，咬着牙扶住岩壁站起来看向远处，首先看到了一些大蝙蝠的尸体，而且在这些蝙蝠的尸体四周，还散落着一些人类的尸体。

人类尸体很容易被辨认，应该就是那些死去的山民。可以断定的是，蝙蝠在搬运尸体到达这里的时候发生了状况，然后这些蝙蝠死掉了。我回想起起带我进山洞的蝙蝠消失之前的奇怪行为和佐佑说的那句话，心说难道这里发生过火并，而且就在不久之前?

再往山体空间的深处看去，我赫然发现，就在我的不远处，竟然有数不清的石头房子!

这些房子的数量非常多，像极了一个村庄的样子。但这个村子显然已经很久没有人居住了，看上去非常破败不堪，有很多的房子甚至已经完全倒塌了。

这里真的有一个隐藏在地下的山村，这是真正的鬼头甸子！我无法压抑心中的震惊，几乎忘记了身上的疼痛，忽然明白了佐佑的意图，他是在利用蝙蝠把山民的尸体运回到这里，这里才是地面上的那个山村的原址，佐佑是想让这些死去的山民在这里得到安置。

我忍不住就往村庄的方向走去，我并不知道这个山村里面究竟有什么，我只是感觉这个村庄既然藏在山体内部，就一定有着非同寻常的原因，而且我猜测这种原因是跟佐佑把山民尸体运到这里的事情无关的。

人在特殊的环境下思维会变得敏感，我一点都没有怀疑我的这种想法。

在我所处的的位置和村子之间，又出现了一条地下河，不知道是不是之前那条地下河的分支，在河流的两岸，我都发现了大量巨型蝙蝠的尸体。当我路过这些蝙蝠身边的时候，我停下来翻开其中一具蝙蝠的尸体，发现这些它浑身是血，身体上有很多孔洞，像是被枪扫射过，大部分的血液还没有完全凝固，也就说这里的火并发生的时间不会超过半个小时。

我提高了警惕，看了看周围，没有发现活着的蝙蝠，也没有看到佐佑和阿来，仿佛在这个地下世界里，只有我一个人存在。按照佐佑的说法，阿来早就背着我来到了这里，也许他现在已经进了鬼头甸子，也许我能在村落里某个大堂里看到阿来和佐佑正在喝着烧酒猜拳，然后说着不打不相识之类的话。

但我知道这是不可能的，这些蝙蝠的尸体和一股莫名其妙的不祥感让我始终不敢放松警惕，无论是阿来还是佐佑，都不是因为我掉队而跟他们失散的，其中一定发生了什么我不知道的事情。

这种抓不住的恐惧最让人崩溃，可是我一再提醒自己，自己不能一直总是被这些恐惧感支配，都已经到了这里了，该面对的总要面对，逃是逃不掉的。蝙蝠的尸体和山民的尸体一直延伸到村子里面，我必须到这个鬼头甸子里面一探究竟。

第七章 面具人

地下河比我想象的要浅，水流也十分缓慢，能看到底。这里没有过河的工具，我只能以身试水。不过这条河的走向非常奇特，似乎是包围住整个山村的，有点像护城河的意思。我看着河流两岸鹅卵石的分布范围突然明白了，这条河在很久以前，其实际的宽度可能远远不止我现在看到的这个样子，后来应该是因为某些原因逐渐变得又窄又浅。

入水之后，我看到河水中似乎流动着一些红色的液体，捞了一把河水闻了闻，有血腥味。

我觉得有些不对，因为单凭那些死去的蝙蝠还不至于把河水染红，除非在这条河的上游死过很多人。

这种情况的出现，让我心里有了一些猜测，可能是阿来或者佐佑跟那些假山民在这个山村里遭遇并发生了冲突，而且还死了很多人。这是唯一的解释，对我来说不失为一种特殊的警告，可能危险就在附近，接下来的路我必须小心行事。

我迅速过河，到达了村庄的范围，这时候我看到一块跟山洞入口处一模一样的界碑，只是这块界碑看上去更加的老旧，有很多明显的风化痕迹。上面同样刻着一些字迹，但写的是什么我完全不认识，这并不是我所了解到的任何一种字体，而是一种非常特殊的文字。

研究了半天没看懂，就干脆不去管它，我开始进入地下山庄内部，也不知道是不是这种如同符咒一样的文字给我造成了一定的心理影响，当我沿着一条由碎石头铺成的羊肠小道走进这个地下山庄的时候，心头就总是充斥着一种压迫感，总觉得既然这个诡异的村庄建在这种地方，那事情就一定不会特别简单。

我在山庄里面转悠了一会儿，目光就被几间有别于其他石头房子的建筑物吸引住了，那是三间立在山庄中央位置的大房子，看上去特别眼熟。

随着我不断往这三间大规格的石头房子方向走，看着道路两边的建筑物，似曾相识的感觉就越来越明显。这时候，我心头一动，猛然间发现，这个地下山庄的整体结构跟地表面的那个山村几乎一模一样，那三间大房子，其实就是地上面的那座神庙。

我的心里豁然开朗，这是两座布局和结构完全一样的村子。唯一不同的是，藏在山体内部的这座山庄历史痕迹更加明显，虽然我还无法判断出这个山村在这里究竟有多少年，但是看着许多断壁残垣的风化程度，至少也得有几千年的历史。

如果是这样，那这两个存在之间就出现了一个让我不得不去思考的问题——两个一模一样的山村，一个在地表，一个在地下，出现这种现象的原因是什么呢?

单纯从推理的角度来看，当然会有很多种可能，但是我却无法再用一般的思维去思考这个问题，因为这两个村子的存在形式本身就已经显得十分诡异，绝对不可能是因为一个简单的原因导致这个山村的祖先选择在地下建立生存地，而又因为一个简单的原因让这个山村的后人选择回到地面生存，这里面肯定有一些非常特殊的缘故。

这样想着，我在路过一座墙壁全部倒塌的院落时就拐弯走了进去，想看看能不能在这些建筑物内找到有价值的线索。

但进去之后我就发现，这种想法其实是多余的，因为在这些破旧的石头屋子里面什么也没有。后来我又出入了其他的院落，结果也还是一样，除了一些凌乱的蜘蛛网和老鼠屎，并没有发现什么不同寻常的东西。

最后我放弃了继续观察沿途经过的破房子，还是把得到问题的答案这件事寄托在了佐佑身上。他出现在这里并不是偶然，而且他应该在这里生存了很长一段时间，找到他之后，我一定把所有的问题问明白，我已经无法承受各种问题只是一个劲在积压，却始终得不到任何解释的这种状态。

很快，我就来到了神庙前面，但奇怪的是我没有看到石鼎，神庙前面的空地上只是散落着一些山民和蝙蝠的尸体。

而且我还发现，这座神庙除了没有放置香火的石鼎之外，庙门也跟地面上的不一样，堵住神庙入口的两扇大门是石头做的，看上去十分笨重，但不知为何却裂开一条手臂粗细的缝隙。

这条缝隙犹如一只没有眼白的眼睛一样看着我，一下子吸引了我的目光。而且几乎是在同时，我从石门另一侧的黑暗中，看到一个影子在里面突然晃动了一下。

虽然因为光线原因我看得并不是特别真切，但是这种感觉也不像是眼花，而是确实有一种跟石门里面的黑暗不相同的色块在石门缝隙里一闪而过。

跟以往不同的是，我并没有感觉到害怕，因为我知道如果里面有一个人，虽然不会是阿来或者是佐佑，但也一定不会是那些敌对势力，他们都没有跟我玩捉迷藏的必要。所以，很有可能的情况是，里面有一只大蝙蝠，就算不是蝙蝠那也不会有什么危险，否则我不会在落单之后一直安然无恙。

抱着这样一丝侥幸心理，我轻手轻脚走到石门前面，小心翼翼把脸贴在门缝上往里看去。

石门里面漆黑一片，只有一道从门外投进去的微弱光线往里面延伸了一米不到。但我没有死心，还是想先尽量看清楚里面的情况再进去，因此头部就不断上下移动，希望可以找准光线的走向。

可万万没想到的是，当我的视线跟光线终于重合时，看到在门缝的内部，竟然也有一双眼睛贴在那里，此时正死死盯着我！

这双眼睛几乎是眯成一条缝，从里到外透着一股凶光，看上去无比歹毒。

我先是被这双眼睛吓了一跳，心里暗叫不好，这里面有人！紧接着，我就做出了一个防备动作，忽然抬脚发力，使劲往石门上踹去，而在做出这个动作的同时，被我踹到的石门猛然往后挪动了一厘米。

我之所以会这样做，本意是在给自己壮胆和争取下一步行动的时间，虽然我没有阿来那么好的身手，但没吃过猪肉还没见过猪跑吗？先下手为强的道理我还是十分明白的，越是在危险的境地，越要主动出击，这是我从阿来这种高手身上总结到的经验。

况且那双眼睛紧贴着石门，只要石门在一瞬间稍微往里一挪动，产生的冲击力就足以拍晕里面的任何东西，更何况我现在已经非常确定那是一双人的眼睛。

我这一击显然是奏效了，先是听到里面出现了一声轻微的骚动声，然后就看到石门在从里面往外闭合。

石门要关闭，这是对面的人作出的一种防范动作，他一定是觉得我不好惹，所以才想关闭石门自保。可是我哪里会给对方这种机会，一直以来我都是要弱爆的角色，好不容易遇到个菜货，还不好好正一下名……于是我立即用肩膀顶住石门拼命往里推，里面的人吃不住劲儿，门缝开始越来越大，很快就裂开我顺着门缝可以钻进去的距离，而且我一边顶开石门一边对里面的人喊道：“快快束手就擒，我保你不死！”

我第一次感觉作为一个强者存在竟然是一件如此痛快的事情，里面的人在我喊完之后就不再反推石门，我趁着这个机会一侧身子，瞬间挤进了石门里面。

由于门缝的扩大，山体空间里的光线也跟着透了进来，虽然依然很昏暗，但仍有星星之火可以燎原之效果。特别是当光线在进入石门之后，我看到这束光线竟然与神殿中央的一块高达三米的半透明巨石产生了强烈的光线折射效应，霎时间散发出七色光芒，使得整块巨石都变得通透无比。

也就是在这个时候，我看到在石头内部竟然还有一个非常奇怪的影子。

不过仅仅过了那么一秒钟，我就辨认出这不是什么影子，而是在石头内部有一个实体的东西。

我对这个影子的形状已经非常熟悉了，特别是那四条展开的手臂，像极了我在族长家里和在战神祀中看到的蚩尤神像。

更加让我感到惊讶的是，这个被包裹在巨石里面的蚩尤神像在七彩光线的映射下显得活灵活现，特别是那影子全身呈现出的紫铜色皮肤和面部三只半睁半闭的眼睛，让我感觉这不像是一尊雕像，而是一个活的东西被封在了巨石里面。

我被眼前的景象吸引了，看着五颜六色的光晕犹如进入了幻境，不断在想石头里面的东西到底是什么，是蚩尤的后代吗？还是说那个东西干脆就是蚩尤本身？

这种半沉迷的状态持续了大概有八九秒，忽然之间，我感觉脖子处一凉，紧接着又是一紧，然后整条脖子就被套住了，呼吸也一下子卡在了嗓子眼喘息不得。我心里一惊，暗叫不好，被偷袭了，然后反手就去抓勒住我脖子的东西。可是在这个时候，勒住我脖子的人开始忽然发力，一下子把我反向拽倒在地。

“有本事别搞偷袭，跟老子一对一……”我从嗓子眼挤出几句含糊不清的话，然后开始就地翻身准备反扑。

可是偷袭我的人根本没有给我机会，我刚要动身的时候，头部太阳穴位置就猛然受到了一下重物的敲击，顿时把我敲得头昏眼花起来，一下子失去了招架能力。

迷迷糊糊中，我感觉有人把我的手脚都捆住，然后还把我扔到了巨石旁边。等我完全恢复意识，发现自己坐着靠在巨石旁边，左半边的脸上热乎乎的，估计流了不少血。等我一抬头，就看到一张无比诡异的面孔紧贴着我的脸，眯着一双几乎看不到眼白的眼睛正死死盯着我。

我被这张脸完全吓醒了，几乎就要认定这不是一张人脸，直到对方突然跟我说话，我才确定这确实是一个人，只不过他的整张脸都被一张毛茸茸的皮毛面具给覆盖住了，只留下几条裂缝供生理需要。

对方看上去是一个年龄极大而且行动不便的老人，我相信如果不是被他偷袭，我很轻易就能制服他，因为这个人看上去已经没有多少活动能力了，就是一个佝偻背的老叟。

他说的话我几乎听不清，声音很尖锐，不像是人的声带发出来的声音，而且具有浓重的西南口音，我只是但勉强能分辨出他在说什么，他的第一句话是说："你又是谁？"

我一直想挣脱绑住我手脚的铁链，但是不知道他是打了什么结，我越用力铁链越紧，当我看到他手里还拿着一把跟佐佑手里一模一样的柴刀之后，我就放弃了继续挣扎，而是开始想办法拖延时间，以免他不分青红皂白直接对我下手。

因此我回道："你是这里的人吧，我是佐佑的同学，是他写信让我来的，你千万别把我当坏人，我其实是个科学家……"

"左右？左手还是右手？"面具人好像有点神志不清，然后又说道，"你来这里干什么？"

"我不知道！"我刚说完又觉得这样讲非常不合适，"我不是那个意思，我是想说，我来这里没有恶意，我是被蝙蝠带到这里来的，你应该知道这里还有一个白头发的人，是他让我来的，只不过我们走散了，我正在找他！"

"你是说他……"面具人终于知道我在说谁了，目不转睛地盯着我问道，"你跟谁一伙的？那些拿枪的人还是那个蓝眼珠子？你们来这里干什么？"

我知道面具人说的是谁，就回道："蓝眼睛是我的朋友，至于你说的那些人，那都是我们的敌人，他们杀了整个村子的人！”

面具人在这时候好像是被我的话给刺激到了，他一下子把刀架在我的脖子上，此时他话锋一转，恶狠狠地对我说道：“几千年了，鬼头甸子就留下这么点后人，你们到底来这里找什么？当年J国人把军舰都开进来了，为了找这块石头，几乎都要把整个村子的人屠光，我怎么就这么恨你们这些人！不管你是J国人还是中国人，我都要杀了你祭拜蚩尤战神，不然我对不住死去的乡亲父老……”

说着，面具人就举起了手里的柴刀，晃晃悠悠地就要砍，我急忙把身子往旁边一甩，想躲开他的刀锋，因为实在没有办法了，砍在肩膀上总比砍在头顶要强，更何况对方使出的力气并不大，可能他真的是太老了，看对方的行动能力，只要不是被一下子砍死，我还是有机会反击的，例如我可以用双脚一起发力踹对方……

可是还没等面具人来得及落下柴刀，奇迹般的，我竟然听到石门外面忽然响起了一个人的声音：“别动，再动我就开枪了！”

声音响过之后，一道笔直的激光射线就投在了面具人的身上，面具人先是一愣，然后开始看着自己身上的红色光点。他几次蹒跚着脚步挪动身子，可是一直无法摆脱这道激光的照射，而且我还听到他用一种很纳闷的语气说道：“这是什么光……今年这里怎么来了这么多的人……你是谁？”

“游骑兵杰克！”已经进入石门的人端着枪说道，“举起手来，别动，伙计！”

“死老外，你千万别开枪，他不是坏人！”听到杰克的声音之后，我不知道是应该高兴还是骂他一顿，不过也顾不上这些了，这时候我更加在意的是赶紧阻止杰克不要杀掉这个稀里糊涂的面具人。

杰克进入神殿之后，用枪指着面具人，一点一点靠了过来。面具人并没有显示出任何的攻击动作和躲避动作，而是一直盯着从杰克的突击步枪上射出来的激光射线，还不时用手去捕捉在他身上晃动的光点。杰克发现面具人本身不存在危险性，便把突击步枪横在腰间，走到面具人面前一把夺下了柴刀，然后把激光瞄准器从步枪上拆下来递给面具人。面具人在拿到激光瞄准器之后，便开始拿着这个东西四处乱照，不再理会我们。

杰克看了看我，忽然咧嘴大笑："天呐，我亲爱的大圣，原来你被一个傻子给挟持了……"

"少废话，你去哪里了？"我尽量压制住心中的怒火问道，"让你回去拿背包吗，你就跟我玩失踪，你什么居心？"

杰克一边解开我身上的铁链，一边回道："抱歉，我的朋友！我想了想，那几个旅行背包已经没有什么价值了，不如回车里取回我自己的战术背包，这种地方没有武器可不行！我说过我不会弃你们而去的，我只是换了一种战术，一直在暗中保护着你们，这是狙击手的战略任务，用你们中国人的话来说就是留一手，你没想到我会以这么酷的样子出现吧？"

我破口大骂："放你的狗臭屁，老子在石鼎里面差点被老熟人砍死，你当时怎么不出来救我？"

"让我想想……"杰克从他的背包中拿出一些医用纱布和一小瓶酒精，开始替我擦拭太阳穴的伤口，同时对我说道，"虽然我不知道那个人是谁，可是根据我的观察，他要是真想杀你，就不会观察你那么久，我看得出他只是在恐吓你而已。当然，你放好了，当时他要是真杀你，我肯定一枪打爆他的蛋蛋！"

我理解了杰克的用意，他把在这里发生的事情当成了一种特殊的战斗，所以他开始本能地利用战术头脑思考问题，竟然在暗中担当起了黑哨角色，只不过他对于战场真是形式的判断能力实在是令人汗颜。说实话在他出现之前，我已经不对这个人抱有任何希望了，只是我真的没想到他会以这样的形式出现。

"把我扶起来，我需要问这个面具人几个问题。"我对杰克说道，"这个人神志时好时坏，但他出现在这里一定有原因，而且他一定知道一些我想知道的事情”。

杰克表示一个傻子能知道什么，但还是照做了，把我拉起来，同时对面具人打了一个响指。

此时面具人对杰克的激光瞄准器已经失去了兴趣，竟然把瞄准器还给了杰克，然后盯着杰克的背包问道：“你有吃的吗？”

杰克满脸不情愿地从背包里掏出一包牛肉干，刚要递给面具人，我却在这个时候抢先从他手里夺过了牛肉干，同时说道：“让我来！”

杰克一脸茫然，不知道我要做什么，但我却在他索要实物的时候忽然产生了一个主意。这个面具人既然出现在了这里，那么他肯定知道关于这里的一些事情，他虽然神志不清，可是并不代表失忆，我想通过牛肉干的诱惑，从他嘴里掏出一些话。

我先是拿出一小片牛肉干递给面具人，等他吃完了之后，就再次跟我伸出了手。我趁着这个机会，对面具人说道：“如果你回答我几个问题，那么我就把这一包牛肉全部给你。”

面具人看了看我，眼神很奇怪，没有了之前的那种凶狠，却也显得十分不正常。这是一种非常奇怪的感觉，因为看着他的这种眼神，让我有些怀疑他到底是不是真的精神有问题。不过他最后还是被牛肉干的味道吸引住了，对着我点了点头。

我问的他第一个问题是：“老爷子，您为什么会在这里？”

面具人想了一会儿，说道：“我是在这里看守神庙的，只要我在这里它们每天都会来给我送吃的。”

“那您脸上的面具是怎么回事？”我继续问道，给了他第二块牛肉干。

面具人一口就把整块牛肉干吞了，流着口水嚼了半天，才指着神殿中央的巨石对我说道：“它们把大铁船开到了这里，让我说出战神胎的秘密，我说我不知道，他们就一刀一刀把我的脸给割掉了，还给我缝上了一块狗皮，我就成了这个样子……他们为什么没来给我送吃的？没有吃的我可就不管这些事情了，我得去找天上的战神了……”

杰克在一旁听得不耐烦，对我说道：“你这么问是不会有收获的，你应该让他自己说，他的思维逻辑已经跟正常的人不一样了。”

我明白了杰克的意思，就换了一种提问的方式：“最后一个问题，你说完了这包牛肉就是你的了，行吗？”

面具人看着大包的牛肉干，口水流了一大片，连忙点头答应。

我也把手指向了巨石，问道：“你就跟我说说关于这个战神胎的事情吧，知道多少就讲多少。”

面具人看着透明巨石里面的影子出了神，像是在回忆什么。我无法看到他的面部表情，只有耐心等待。过了良久，他才开始说话，但是他的思维确实有些混乱，而且还中间夹杂了很多跟我的问题本身无关的东西，因此我在这里我就不一概而论了，只把一些我从中分析出的主要信息写下来。这些信息量并不算少，但我必须如实记述，因为这些信息对接下来整个事情的发展产生了决定性的作用。

为了方便记述，我把所有的信息归纳为三类，其中第一类信息基本上是一些历史传说性质的内容，也是鬼头甸子世代相传的一个久远的故事，主要是讲了一场发生在远古时期的战争。

关于这场战争的内容我们中国人都不陌生，当年黄帝与蚩尤之间的恩恩怨怨以及后来人据此演绎出来的神话传说早已深入人心，也是在那场充满传奇色彩的大战之后，华夏民族开始有了以轩辕帝为祖先的说法。话说那场战争的最后结局是以蚩尤不敌黄帝而告终，蚩尤八十一兄弟全部被屠杀殆尽。

但是，流传在鬼头甸子的关于这场战争的最后结局，却是另外一个版本，其中和我们知道的最为不同的两个点是：

第一，蚩尤确实是战败了，但却没有死，而是在历经了中原大战之后不忍心继续目睹战争给众生带来的生灵涂炭，因此萌生退意，从此一路南下，最后隐居到了斑斓雪山腹地，而且还在这里做了很多事情，留下了很多生存痕迹，特别是那块见光能够发出七彩光芒的透明巨石，就是他当年留下的。

第二，当年的那场大战，实际上并不是轩辕和蚩尤两个阵营的地盘争夺战，而是三方阵营的战争。这个说法相当模糊，因为这在历史中并没有这种说法的记载，而在鬼头甸子口口相传的故事当中，当年蚩尤留下的信息是，蚩尤本身是和黄帝对阵没有错，可是蚩尤联盟最终却不是直接败给了黄帝的军队，而是败给了蚩尤所不知道的另外一种势力，但很奇怪的是这个势力在打败蚩尤之后竟然又跟黄帝阵营打了一仗，最后也败给了黄帝。

第二类信息是关于那块巨石的事情，这是面具人提到巨石的时候，我刻意引导他说出来的一些信息，而且具有一定的参考价值。

面具人提到，蚩尤乃是神人，长有铜头铁甲和紫磨金身，他来到鬼头甸子之后，不断教化当地的原始居民，还跟鬼头甸子的先人实现了通婚，留下了后人。这种说法相对具有现实意义，证据就是这座隐藏在山体空间里面的远古村落，是蚩尤的后人曾经生活过的地方。

蚩尤的后人虽然具有神族血统，生来力大无穷，寿命极长，却也有着非常显著的弱点，那就是必须常年接触这块巨石才能生存，否则便会在很短的时间内衰老致死。所以鬼头甸子的居民从那时候起是分为两支的，一支生活在地下，一支生活的地上，只是生活在地下的蚩尤后人随着时间的推移数量不断减少，特别是到了秦朝时期这里发生了一场入侵战争之后，拥有蚩尤血统的人几乎全部被秦军所杀。用面具人的话说，他是这个世界上最后一个具有蚩尤血统的人。

我又问他巨石里面的蚩尤神像是怎么一回事，面具人摇了摇头表示不知，他说只是小时候听村子里的老族长提起过，说这块石头真正的用处还有很多，但是早就失传了，老族长也是小时候听那个时代的老人们偶尔提到过，当年蚩尤大神留下了遗言，说这块石头能够使战神重临人间。也正是这个原因，鬼头甸子的先人在很久以前就把这处山体空间列为禁地，不允许外来人进入，也算是对这块巨石的保护。让面具人深信不疑的是，他认为巨石里面的那个影子，就是还没有幻化成形的蚩尤战神的真身，总有一天战神会破石而出，重见天日。

当面具人说完这些信息的时候，结合我对于最近发生的所有事情的理解，不由打了一个激灵，似乎从中捕捉到了一些具有相似性和关联性的线索，但这些线索十分零碎，我在倾听的过程中无法分出精力把这些线索整理出来，因此只能继续听面具人讲下去。

第三类信息是发生在二十世纪四十年代的两件事情。

第一件事情是两架J国轰炸机轰炸了鬼头甸子不远处的一处山谷，那里是鬼头甸子的先民最早居住过的地方。在J国轰炸机飞走之后，进山打猎的山民发现了几个形状非常特别的地下凹陷，还有一些深不见底的大坑。好事的人爬到另外一座山上俯视这片山谷，就发现在山谷的中央位置，竟然出现了一张巨大的鬼脸，其中有两个深不见底的巨坑，就是这张鬼脸的两只眼睛。

J国飞机在轰炸完之后便飞走了，从此也再没有飞机出现过，当地人认为这是蚩尤大神再次显灵，把J国人给吓住了。

第二件事情是在轰炸事件半年之后，一艘J国军舰突然出现在地下山庄附近的地下河道中，但因为山体空间里的地下河流水位无法支撑巨型军舰的随意游弋，因此军舰搁浅了。

J国人是怎么进来的，没有人知道，他们兵分两路，一部分到了地面上抓了很多山民进行审讯，还有一些J国士兵抓住了负责看守地下山庄战神庙的面具人。J国人的目的很明确，首先它们带着数不清的石头标本跟神庙里面的巨石进行对比，同时还逼迫包括面具人在内的山民说出鬼头甸子的所有历史传说和有关巨石的秘密。

山里的民众大多淳朴老实，哪里经受得住J国人的各种酷刑，最后虽然是极不情愿，可也终于三三两两地把自己知道的事情全部说了出来。但是关于这块被称为战神胎的巨石到底有什么秘密，就算是看守神庙的面具人也说不清楚，因此J国人以为山民们使诈，便在接下来的时间里改变了施刑手段，竟然把山民抓到军舰里面进行各种人体试验。

很多山民都被活着解剖，J国人把各种石头埋入了山民的体内。更加残忍的是，J国人还把很多山民的肢体截掉，转而接上动物的肢体。面具人脸实际上就是被J国人缝上了一张从狼狗身上剥下来的狗皮。

可是尽管这样，入侵的J国军队对于巨石的秘密还是一无所获，因为这些山民根本就不知道这块石头到底能做什么。最后，J国人也放弃了，开始想办法把这块巨石往军舰上搬运。但是离奇的事情却再次发生，就在J国人用枪逼迫着山民挪动巨石的时候，忽然之间，从山体空间的各个角落里飞出了数不清的巨大蝙蝠，这些蝙蝠发出阵阵刺耳的尖叫，如猛兽一般前仆后继扑向了J国士兵。

这件事情的结局是J国士兵在蝙蝠和山民的双重进攻下全部被杀死了，只留下了那艘铁甲战舰一直见证着这段历史。

在整理完所有的信息之后，我把整包牛肉干交给了面具人，看着他说道："你放心，那场战争我们打赢了，而新的战争我们也不会输，打扰了！"

然后我又对杰克说道："你不是一直在暗处么，那你肯定知道阿来去哪里了，带我去！"

杰克答应了一声，早就等不及了，率先走出了石门。我跟在后面，当我走出神庙的那一瞬间，听到身后的面具人忽然变了一种语气，对我说了一句非常奇怪的话。

"即便是你们找到了蚩尤真身，那也无法活着离开战神当年布下的天罗地网，我劝大家还是遵守约定，使得尘归尘土归土。"

"什么约定，什么蚩尤真身？"我感觉面具人的这句话除了有些晦涩难懂之外，隐约中还好像有另外一些非常奇怪的信息。

可当我回头看向他想问个清楚的时候，却发现他人已经不在原来的地方了，而整个神殿内也完全没有他的踪影。我看到一大包牛肉干被扔在地上，想不通他是恢复了正常人的意识，还是说之前的半疯癫状态都是装出来的。

杰克在外面一个劲儿催我，说前面的路非常难走，要是想赶上阿来，就得抓紧时间，难道我是想错过所有的好戏吗？我本来还想到两边的副殿找找面具人的踪迹，不管他是有意识还是无意识，都已经告诉了我关于鬼头甸子的大量的信息，那又为何到了最后跟我说出这么一句奇怪的话？想想就有些许不甘心。

可是反过来又一想，就算我找到了这个人又能怎样，他要是想继续跟我交流，就不会突然消失，在这种诡异的环境下，想要找到一个可以隐藏起来的人，似乎大可能。而且杰克说得对，如果不想跟阿来失踪后所发生的事情严重脱节，当下最重要的事情就是赶紧找到他。

杰克端着枪走在前面，不断观察着四周，快要走出地下山庄的时候，他才放松了警惕。我们走的是另外一条路，当我们拐出山庄之后，我看到在不远处的河边，散落着十几具穿着冲锋衣的人类尸体，这些人都是被利器所杀，大部分身首异处。

我就近走到一具还挂着头颅的尸体旁边，跟杰克借了一把刀，小心在尸体的脸上划开，感觉如有割在橡皮上一样，几乎可以断定这些尸体就是那些易容冒充山民的J国人。而且看这些尸体身上的伤口,都是被人用刀砍出来的。这不像是阿来的动手风格，因为如果是阿来干的，这些人死得会更干脆一些，所以我推断是佐佑杀掉了这些人。

我问杰克有没有看到这些人是被谁杀的，他的回答实际上基本印证了我的猜测。

他说阿来进入军舰后很快就从军舰的另一面走了出来，并沿着地下河偷偷溜走了。但不知道是不是发现了什么，阿来的行动在这之后都显得非常急促，好像是在赶时间。

阿来再次进入地下河之后就不见了，杰克也尾随着悄悄潜入水底，摸到了藏在河底的铁链。他顺着铁链一直下到水帘洞，又穿过了山洞中类似于鄱阳胎的物质，等他再次看到阿来的时候，就发现他已经跟十几个穿着冲锋衣的J国人打了起来。

杰克找到了放黑枪的机会，就想对J国人打狙击战，可是还没等他动手，就忽然看到几十只巨大蝙蝠一下子出现加入了阿来和J国人的混战。因为蝙蝠数量众多且攻击性极强，J国人无法继续跟阿来纠缠，只能开始不断对盘旋在半空的蝙蝠射出飞镖，也就说蝙蝠身上的伤口都是飞镖所致，而非我之前认为的步枪扫射造成的。在J国人射杀蝙蝠的过程中，阿来没有趁机对J国人发难，而是在混乱中趁机溜走了。又过了没多久，佐佑忽然从山庄的另外一个方向冲了出来，和众蝙蝠协力对付那些J国人，结果就是十几个J国人全部被干掉，然后佐佑紧随阿来消失的方向追了出去。

杰克没有继续追踪阿来的原因首先是因为我，他不确定我会不会被困在山洞，如果我最终没有出现，那他就不得不返回山洞把我救出来。再者他已经看清了阿来离去的方向，所以一直等到我从山洞中掉出来，要不是因为我的麻痹大意被面具人俘获，导致杰克不得不提前暴露自己，可以说杰克的暗哨工作是相当成功的。

杰克带着我一路沿着地下河的流向走了将近十分钟，走到了地下河的尽头。前面又是一处断崖跟地下河水流成形的瀑布，看着这个巨大的天坑，又回忆起来时候经过的另外一个天坑，我对这里的地质构造多少有了一些猜测，觉得这两个通天彻地的巨大天坑，会不会就是传闻被当年的飞机炸出来的巨大鬼脸所长的两只眼睛呢？想了想，似乎很有可能。

这两个大坑应该是通过山体空间内部构造互相连通的，而杰克告诉我，阿来和佐佑都是下到了这第二个天坑里面不见的。现在的问题是，这一段地下河水位非常浅，水底也没有可以攀爬的铁链，他们是怎么下去的？

我问杰克：“你有没有看到阿来是怎么下去的？”

杰克想了想，说道：“他们都是直接跳下去的，好像是这样……”说着他还模仿了一下阿来跳入天坑时候的动作。

我站在断崖边缘往天坑底部望了一眼，觉得不大可能，因为我根本看不到天坑的底，如果按照杰克的说法，阿来是直接跳下去的，那除非是有奇迹出现，否则就会直接摔成肉泥，就算水底有水潭也不顶用。

直接跳下去肯定是不可能的，很有可能是这个地方有机关，不过得找找看才能下结论。我坐在河边的一块石头上，跟杰克要了一包牛肉干和一瓶矿泉水，开始狼吞虎咽起来，这一路下来，我都要饿扁了，只好趁着杰克在断崖边上抓耳挠腮的空当补充一下体力。

过了一会儿，杰克不知道想起了什么，开始在河滩上翻动一些石头。我问他这是在干什么，他回答说他记得阿来在跳入天坑里面之前，曾经在河滩上停留了十几秒钟，而且也翻动了一些石头，所以杰克以为这些石头可能存在蹊跷。

一阵翻腾之后，杰克似乎发现了什么，用英文叫了一声，显得十分兴奋，继而对我说道："大圣，你看我找到了什么？"

我应声看去，就看到杰克手里捏着一缕类似毛发的东西。我以为是蝙蝠身上的毛发，有些不以为然，说道："就是些毛，有什么好兴奋的，等我吃完牛肉，和你一块儿找找这地方有什么机关暗道。"

"不对！"杰克好像怕说不清楚一样，张牙舞爪地说道，"这些毛不是一般的毛，而是杂毛的毛。"

杰克说得莫名其妙，我细想了一会儿，才明白了他到底想表达什么，连忙跑过去看他手里的毛。

我一看之下，顿时就是一个激灵，赶紧问道："你确定这就是杂毛的头发吗？"

"我十分确定以及一定并且肯定！杂毛的毛，染得这么有特点，就算化成灰我都认识！"杰克斩钉截铁地说，忘了后半句基本就是在扯淡。

看着这缕头发，我对杰克说道："你说事情会不会是这样……"

接下来，我结合杰克对阿来在河滩上的行为和杂毛头发的出现，对杰克陈述了自己的想法。

阿来一定是在石滩上发现了杂毛的头发，断定杂毛在附近出现过，而且他根据毛发出现的位置判断，杂毛肯定是去了天坑里面。根据之前对徐海瑞等人的审讯得知，第一梯队有两个人从J国人手里逃脱了，所以阿来同时断定白狐也一定是下到了天坑里面。阿来护主心切，在没有找到进入天坑的有效途径之后，做出了十分冒险的一件事，那就是直接跳下去。

根据阿来的思维，他这样做肯定不是轻率为之，他一定是想到了既然这个地方没有可以攀爬的痕迹，那就肯定有不需要的理由，所以他选择直接跳下去，在坠落的途中寻找可能存在的路线。

至于阿来翻动石头的行为，我的理解是他并不是在找什么东西，而是在他发现了杂毛的头发之后，刻意把头发压在了石头底下。这说明，阿来很有可能已经知道了杰克在暗中观察着我们的事情，他这样做只是为了给我们留下线索。

杰克在听完之后摇了摇头，似乎不认可我的推测，问道：“你是根据什么得出这样的结论的？”

我拿过杂毛的头发对杰克说道：“你只知其一不知其二，你看这缕头发，都有发根，这些头发是被外力直接从头皮上扯下来的，这说明什么？”

杰克还是摇头，说道：“我不明白你在说什么，看在两包牛肉干的份上，可以解释一下吗？”

我见他无法理解我的话，只好继续解释道：“我告诉你，带着发根的头发出现在这里，说明杂毛在留下头发线索的时候处境并不好，很有可能是在一种被胁迫的状态下，否则按照他那么爱惜自己发型的性格，怎么可能连根拔起自己的头发？也就是说，事情可能是这样，被我们审讯的那两个人在白狐和杂毛的问题上都说了谎，白狐和杂毛并没有逃脱，而是被挟持了，阿来肯定也是得出了这样的结论，救人心切，才选择了直接跳入天坑这种危险的行为。”

杰克终于若有所思地点了点头，说道：“我明白了，你的意思是白老板和杂毛被J国人绑架了，然后被拉到了天坑里面？”

“恭喜你终于听懂了！”我说道，“走吧，我们也跳下去，去找我们的小伙伴们。”

我站在瀑布顶上，心里默念，曾经白狐在梦中让我从悬崖上跳下去，之后我从昏迷中醒了过来，但愿这现实中一跳，能够有惊无险，再次见到白狐。在这里我必须承认，我之所有答应阿来到西南，百分之八十的原因是因为白狐。在我三十多年的生活中，白狐是唯一一个能给我留下深刻印象且让我念念不忘的人。

杰克在一旁提议说要不要再找找其他地方，就这么跳下去，恐怕太鲁莽，而且他有些不敢。我对杰克一笑，也没有说什么，我现在的心情，就算说了他也不会懂，要论敢不敢，那拍着良心讲，我现在简直怕得要死，但是我又有种预感，阿来和佐佑能跳，这就说明这个动作本身不会有什么危险，机关一定在身体下坠的途中。

就算我猜错了，那也无怨无悔，我只希望这一跳，能解开我心中所有的谜，或者直接摔死直接结束这一切。

杰克看我心意已定，一直大骂我神经病，说如果我们没有摔死，一定会带我去看心理医生。

我不想再耽搁时间，于是咬紧牙关，对着天坑底部纵身一跃，然后整个身体一下子悬空，对着深不可测的坑底迅速坠落下去。

第八章 天坑觅迹

身体在往天坑底部自由下坠的过程中，我已经来不及去想会不会摔成肉泥的事情了，因为我早已经做好了最坏的打算。相反，我把所有注意力都放在了观察天坑里的情景上，希望可以找到一些值得我跳下来的理由。

在整个的下落过程中，天坑里面的情景犹如幻灯片一样飞速往上蹿，而我除了在四周看到一些嶙峋怪石之外，并没有遇到想象中的机关暗道，连条可以让我抓住的绳索都没有，心里不由哎呀一声，觉得事情要完蛋。

这时候我几乎就要绝望了，想不通阿来和佐佑是通过什么方式下到天坑的，总不至于都集体自杀了吧？好不容易装一回，结果还没装成，实在是老天不开眼。

这样想着，又持续下落了五六秒之后，也不知道是不是我听错了，耳朵里除了呼呼的风声之外，隐约当中还忽然听到一阵十分尖锐的尖叫声。

接下来发生的事情让我大喜过望，在那声音响起之后，我看到从天坑的洞壁上某个位置忽然飞出来一个硕大的身体，那是一只巨大的蝙蝠。

原来是这么一回事，在这里等着呢！只见那蝙蝠发现我之后扶摇直上，瞬间就用自己的身体接住了我，结束了我继续下坠的局面。

大蝙蝠托住我之后，翻着额头两边的那双人一样的眼睛看了我一眼，还连续咳嗽了两声，像极了在笑。我连说感谢蝙蝠大侠救命之恩，赶紧带我去找阿来和佐佑。蝙蝠竟然听懂了我的话，点了点头开始载着我往天坑底部飞去。

我心里的石头终于落了下去，既为自己的英勇行为感到沾沾自喜，又感觉有些后怕，感觉刚才跳下来的人不是我，而是另外一个人，因为那完全不是我的性格。这时候我想起了杰克，也不知道那个老外到底有没有跳下来，于是抬头往头顶上方看去，就发现在距离我头顶不远的地方，还有一只蝙蝠跟在我们后面，此时它也正在往天坑底部飞来。

真没想到，杰克还真是个肯玩儿命的人。记得我刚认识他的时候，他给我的印象一直都挺胆小，而且还有些猥琐，不过这种印象恐怕再也不会有了。

我往天坑底部看了一眼，发现那里光线很差，只能模模糊糊看到底部有一团十分巨大的东西互相缠绕在一起，像是一张巨大的黑网，又像是一个极大的鸟窝。我重新打开手电，去照那一团东西，想看看究竟是一团什么东西。

尝试了好几次，我都无法把光线顺利照射到坑底，因为蝙蝠的飞行姿态并不像鸟类一样，它们没有一定的飞行路线，总是给人一种横冲直撞的感觉，手电光线大多数只能打在四周的坑壁上，所以干脆放弃了这个想法。

可是就在这种情况下，当手电光无意间扫过四周石壁的时候，我忽然心头一动，感觉好像是看到了除了石壁以外其他的东西。

有那么一两秒的时间，我心里不免咯噔了一下，赶紧对着蝙蝠喊道："蝙蝠兄，赶紧停一下！"

蝙蝠动了动眼珠子，会意之后停止了继续下降，悬停在原地挥动着翅膀。我赶紧重新把手电的光线聚焦在刚才看到东西的石壁附近，果然看到在这一段的石壁上，出现了很多吊在石壁上的藤蔓，这些藤蔓不知道从哪里长出来的，竟然还十分枝繁叶茂。

就是在这些横七竖八的藤蔓上，我看到一些人类和动物的尸体挂在其中，有的已经风化成了干尸，而有的则是只剩下了一具白骨，仔细去看藤蔓之间的缝隙，就发现在我能看到的范围内，全是这样的尸体，数都数不清。

在这种地方看到如此多的尸体，我心里升起一股不祥的预感。这些尸体看上去什么朝代的都有，甚至还有一些尸体穿着现代人的服装，而且看那些尸体的样子都不像是死了之后才被丢弃到这里，而是被像活着被缠在了藤蔓当中，不然尸体就绝不会出现挣扎过的姿态。

怎么会有这么多的尸体，难道是这些人和动物无意间闯进了这里，然后被藤蔓给缠住了？

我心中疑惑着，便拿着手电筒四处照射。这时候，我看到在前面不远处的石壁上，一个人形的影子正抓着藤蔓不断往上移动。我心里一惊，感觉那个身影很熟悉，再仔细一看，就发现那个人影竟然是阿来，不知道他出现了什么变故，我看到他脸色煞白，跟一张死人脸一样。

他看到我之后，先是一愣，继而有气无力地对我说道："头顶五十米四点钟方向，救人！"

此时杰克的嚎叫到了我头顶，听声音就有点崩溃了，他哭喊着说道："真是太刺激了，我回去要写一本杰克传记，总统看了都得接见我……"

"别废话了，赶紧救人，就在你上面！"我对上面的杰克喊道，然后驱使蝠爬升了一下高度，趁着蝙蝠的身体贴近石壁的时候，我对蝙蝠说了一声"得罪"，然后猛然跃身扑向石壁，抓住了一根藤蔓。

我往下看了一眼，阿来已经到了我下方不远的位置，他对我伸了一下大拇指，然后继续往上爬。

杰克似乎也看到了阿来，喊了一声"你们都是些疯子"之后，也学着我的样子，看准合适的机会飞跃到了石壁上，抓住藤蔓后喊道："蓝眼睛，我们又见面了，你还好吗？"

阿来没有说话，只是闷头往上爬。等到阿来赶上来之后，我看到他嘴角有血迹，就问他发生了什么事情。

阿来回道："现在不是说话的时候，赶紧往上爬，大小姐就困在那些尸体中间！"

我一听他这话懵了一下，想起自己确实看到过一些穿着现代服装的尸体，可是并没有注意到里面有没有白狐。不过这时候也顾不上问他是怎么发现的了，急忙按照他的意思顺着藤蔓往上爬。前面的杰克最先看到了白狐，他小心攀登着藤蔓，对着一堆尸体靠了过去，很快我就听到他对我和阿来喊道："我看到白老板了！杂毛也在这里……他们的处境看上去并不太好……"

阿来闻声加快了速度，几下子就撵过我去，到了杰克身边，把附近的几具尸体从藤蔓上拽下来扔到了坑底。等我爬到他们所在的位置时，看到了白狐和一个穿着冲锋衣的女人扭成一团，全身都被藤蔓缠绕着，脸上已经没有了血色，就像已经死了一般。

在白狐的附近，还有很多穿着冲锋衣的尸体，基本上都是一个状态，好像到了这里之后被这些藤蔓给缠住了，并且很有可能已经死亡。杂毛在白狐三米开外的位置，情况更加不妙，因为他除了手脚被缠住之外，有一条藤蔓还缠住了他的脖子。

阿来把手靠近了白狐的鼻子下方，试探了一下气息，说道："赶紧救人，再晚估计就没得救了！"

接下来的时间，我们三个把藤蔓缠在腰间，使身体挂在石壁上，开始分头行动。我和杰克负责去撕扯杂毛身上的藤蔓，费了九牛二虎之力以后，终于把缠在杂毛身上的藤蔓全部清理干净了，然后杰克又从附近找了一条藤蔓，拿刀砍断之后把杂毛和自己捆在了一起，开始掐起了杂毛的人中。

我一直惦记着白狐的安危，处理完杂毛，就赶紧移动到阿来的位置，发现他已经把缠住白狐和冲锋衣女人的藤蔓全部砍掉了，但是白狐抓着冲锋衣女人的衣服，阿来一个人无法分开她们，便对我说道："你过来抱住大小姐，我想办法解决掉另一个人。”

“我抱住你们大小姐？”我在一旁有些措手不及，感觉不好意思下手。

阿来见状瞪着眼睛低声说道：“大小姐现在只剩下半口气了，你要是再耽搁时间，我就杀了你！”

我知道阿来从来不开玩笑，就他对主子的忠心程度，白狐要是有个三长两短，指不定会干出什么事情，心说抱就抱，老子早就想抱一下了，反正现在白狐也看不见……想着，我就颤颤巍巍地伸出了手，一把抱住了白狐。

阿来双手有了空当，便继续用力去扯白狐抓住冲锋衣女人的手，可是无论他怎么用力，白狐的双手还是死死抓住对方的衣服，就是不松开。

我见状便对白狐小声说道：“白小姐，我是齐天，我们来救你了，如果你能听到就把手松开……”

我说完，就感觉白狐的身体轻微颤抖了一下，好像有了一点意识，抓住冲锋衣的手就慢慢放开了。我和阿来都长出了一口气，这说明白狐只是昏迷了，她还有意识，并没有死。

这时候我发现虽然白狐的手松开了，而抓住白狐手臂和衣领的女人却依然保持原来原状，身体僵硬如铁，显然已经死了。

我问阿来这如何是好，总不能一下子让我抱着两个人女人吧，而且其中一个还好像是那个神秘组织的人。阿来没有说话，眼中杀气顿起，对着冲锋衣女人的两只手臂手起刀落，硬生生斩断了那双手。

断臂女尸瞬间失去了支撑，顺着天坑的石壁直直往下方跌落而去。我扭着身子往下看了一眼，感觉距离坑底只有一百米不到了，就问阿来：“接下来怎么办，是往上走还是往下走？”

阿来没有直接回答我的话，而是问道：“你了解你那个同学吗？”

“你这话是什么意思？”我有些不解地问道。

阿来回道：“如果你无法确定他就是你的同学，或者说不知道他到底有什么目的的情况下，我们无论往哪里走，都可能会没命！”

我愣愣地看着阿来，也不知道该怎么回答，因为我确实无法确定那个人到底是不是佐佑，他看上去实在是太老了，而且好像一直以来都是他在确认我是不是真的齐天，我都没有想过他是真是假这个问题。我只能继续问阿来："你为什么提出了这么奇怪的问题？真的又怎样，假的又怎样？"

阿来解开了他的衣服，对我说道："我在想我会不会被他害死。"

我定眼一看，就被阿来身上的伤痕吓了一跳，他的前胸就像被火焰烤过一样，爆开了一层皮，一片血肉模糊，就问他到底发生了什么事情。

阿来继续对我说道，他在跳下天坑之后，并不是像我和杰克一样有蝙蝠接驾，他是一路攀登岩石下来的，当他到了长满藤蔓的这一段，发现了很多尸体，而且里面很多新鲜的尸体引起了他的注意，认出是那个组织的人。只是当时他跟我的想法一样，断定白狐和杂毛是被那个组织的人给挟持到了坑底，所以并没有在那些尸体的位置逗留，也没有想到白狐和杂毛就在这些藤蔓当中。

等他到了天坑底部的时候，就发现佐佑骑着蝙蝠从天而降追了过来，两人再次相遇，谁也看不惯谁，少不了又是一通厮杀。

两个人来回打了几十个回合，也没分出个胜负，最后阿来为了能够尽快救人，首先提出了停战的建议，告诉佐佑他只想救人，没有要侵犯这里的意思，只要能救回白狐，愿意再回来与佐佑一决雌雄。

在听完阿来的话之后，佐佑最后终于答应了他提议，只不过他在此基础上提出了自己要求，那就是阿来必须配合他做一件事情，否则他绝对不会让任何人离开这个天坑。

佐佑从口袋中掏出一块透明的石头递给了阿来，说想救人可以，他甚至都可以告诉阿来白狐有可能被困的位置，但前提是，阿来必须把这块石头吞进肚子里。

阿来想都没想就照做了，一口吞下了石头，也顾不上去想对方给自己吃的是毒药还是其他什么东西，总之在这件事情上并没有显示出任何的犹豫。

关于阿来吞下石头之后，佐佑对他说了什么，在这里阿来并没有提起。但我知道，他们之间的对话肯定要比阿来叙述的要复杂，绝不仅仅是佐佑告诉阿来白狐有可能被困在藤蔓当中这么简单。

但是佐佑在这之后就消失在了天坑底部，阿来推测他一定是去追那个组织的人了，根据天坑底部的痕迹来看，至少有二十多个人达了坑底，而佐佑十分忌惮有人进入这个天坑，可能这也是他能够答应阿来停止继续打下去的原因。

得知了白狐的位置之后，阿来开始顺着垂到天坑底部的藤蔓往上爬，希望可以尽快找到白狐。可是爬着爬着，阿来就感觉自己的身体开始出现一些不适的症状，好像体内有一团烈火要冲破自己的皮肤钻出来。他解开自己的上衣，就发现自己的皮肤好像在一瞬间被火烧过一样。

阿来以为佐佑肯定是给自己吃了腐蚀性的毒药，觉得自己很有可能会死，于是便想趁着没死之前找到白狐和杂毛。这个过程中，阿来看到我也骑着蝙蝠下来了，所以多少还是有些吃惊，因为在这之前他只看到佐佑一个人骑着蝙蝠下到天坑底部，觉得我和杰克肯定是下不来了，心想如果杰克能够在找到我之后和我一起出去，那也未必不是一件好事。

杰克听到阿来的话后，说道："蓝眼睛，虽然你的眼睛很恐怖，但你是个好人，我和大圣是一定不会放弃你的，如果让我再看到那个白毛老头子，我一定一枪打爆他的脑袋！"

阿来对杰克点了点头，然后说我们这么吊在石壁上也不是办法，还是要赶紧拿个主意。不过现在我们手中有两个昏迷不醒的人，想顺着藤蔓到天坑上面去恐怕不行，唯一的办法就是下到坑底，等白狐醒了再说。

我看了看天坑四周，那两只大蝙蝠已经不见，不知道飞去了哪里，现在只能按照阿来的话去做了。

阿来身体十分虚弱，我还是继续用胳膊搂住白狐，阿来又在我身体上缠了几条藤蔓，把我和白狐绑了个结实。这么近距离贴着白狐，我的心脏怦怦直跳，感觉面部火辣辣的，男人就是这样子，这种便宜一旦开始赚了，就希望能赚多少是多少，虽说这男女授受不亲，可是现在生米已经煮熟一半了，只盼着在下到天坑底部之前，白狐不要醒过来。

下到天坑底部的过程不再赘述，等我和杰克每人都抱着一个昏迷不醒的人下来之后，发现此时我们已经到达之前看到的那一团黑漆漆的东西上。

该怎么形容这一团东西呢？说直接点这就像是一个镶嵌在天坑里的巨大的鸟窝，由无数的藤蔓交织而成，很有厚重感，也可以理解成一张巨大的网铺在天坑里面。这张网看上去十分厚实，边缘处由很多手腕粗细的藤条伸进了石壁内部作为牵引，不知道是天然形成的还是有人刻意利用这些藤蔓结织成了这样一个鸟窝状的东西。

阿来找了一处相对平整的区域，我们安置好了白狐和杂毛。杰克往白狐和杂毛脸上浇了一些水，看着两个人依旧没有反应，就问道："大圣，这种情况掐人中还管用吗？"

还没等我说话，阿来在一旁说道："他们应该是窒息导致的昏迷，最简单的方式就是人工呼吸。"

"哦，好的！"杰克收起水壶说道，又深呼吸一次，"老规矩，大圣你就给白老板人工呼吸，我给杂老板做人工……"

谁知杰克的话还没说完，躺在藤网上的杂毛在毫无征兆的情况下竟突然发出了"我擦"一声叫，手忙脚乱从原地爬了起来，晃晃悠悠往后退了几步，对杰克摆手说道："老外，你要是敢胡来，别怪我跟你急！"

这种突如其来的状况吓了我们一跳，一时间都愣愣地看着杂毛，惊讶得都不知道该说什么了。特别是杰克，看到杂毛以这种方式苏醒，眼珠子都快掉出来，哇哇大叫起来："我的上帝！你怎么自己醒了过来？我还想牺牲自己的氧气去救你……"

我在一旁都看傻了，看了看阿来，用手指了指杂毛，也不知道该说什么好。

阿来对我说道："别管他们了，大小姐还没醒，人工呼吸还得继续。"

“要不你来？”我觉得有些为难，要是白狐也突然醒了过来，看到我在给她做人工呼吸，就她那大小姐的脾气，我还能活着回去么？

阿来走到我身边，一把抓住我的衣领，说道：“你觉得我现在还有力气给别人做人工呼吸么？你再装下去大小姐就没命了……”

我受不住阿来的淫威，蹑手蹑脚走到白狐身边跪了下来，知道此时所有人都死死盯着我，也不敢去看其他人的眼睛，想着当时在老爷庙水底，我的氧气筒泄露，是白狐在关键时刻用同样的方式救了我。

白小姐，我这是报恩，可不是为了赚你便宜……这样想着，我深吸了一口气，对着白狐的嘴部便亲了下去。

一次，两次，三次……我给白狐做了多少次人工呼吸我已经不记得了，整个过程我的脑子犹如锈住，完全没有任何的思考能力，感觉比在水下那次被白狐做人工呼吸难受得多。

耳朵里不断传来不知道是杰克还是杂毛吹出的口哨声，我也懒得去理会他们，等到我忽然清醒过来的时候，是一只手掌啪的一声拍在我的脸上，同时还被人推了一把，脸上火辣辣的感觉让我有如大梦初醒。

白狐终于醒了，这是多么具有标志性的场景，电视看多了，这种结果早在意料之中，只是我没想到被人扇耳光会是这种感觉。

白狐看了看四周的环境，有看了看其他的几个人，咳嗽了几声后喝道：“你们都死了吗，竟然让这个臭流氓给我做人工呼吸……”

杰克一直在跟看笑话一样，对着我竖起大拇指，问我感觉怎么样。阿来低着头不说话，估计他也没法解释为什么是我来做这件事情，因为在他眼中我是唯一的人选。倒是杂毛恢复了一些贱相，嘿嘿一笑说道：“我说堂姐，你还别说，这小子给你做人工呼吸可真卖力，简直就像在看中年大叔猥亵青春少女的限制级大片……”

“住嘴！”白狐打断了杂毛的话，骂道，“你们都不许把这件事说出去，否则我让你们好看！”

所有人还是不说话，我缓了一会儿，觉得必须对这件事表个态，不能因为救人却背负一个猥亵的罪名，于是我对白狐说道：“先说好，你昏迷不醒，是阿来让我这样救你的，你别不领情还乱扣罪名，不信你问阿来……”

这时候白狐已经完全清醒了，干吐了几口唾沫之后，如视仇敌一般看着我，最后终于压制住了怒火，长叹一口气，说道：“每次遇到你，准没好事，我真后悔把你从鬼船中救出来，你离我远点！”

我一听她这话我就急了，心说要不是你让阿来去找我，我才不来这种鸟不拉屎的地方，我好几次都差点死掉，是为了什么？于是我有些愤怒地说道：“那个老外来这里，你还给了人家佣金，我莫名其妙就被你们忽悠来了，我图个什么？事情到此结束了，老子不陪你们玩了，我要回去，就算爬我也要爬出这个天坑！”

白狐听完之后回道：“你以为我会脑子发热让你这样一个人加入我们的队伍？我看你还是不明白自己的处境……”

白狐后面说了很多，但我已经厌倦了，最后只从她的叙述中剥离出两部分能够让我记住的信息。

第一部分的信息是，她最开始说的内容，是跟二十世纪九十年代的一次考古活动有关。她在老爷庙事件之后彻查了我的全部资料，竟然发现在她现在所服务的机构当中，有一份关于那次考古活动的花名册，她在那份花名册当中发现了我的名字。我对出现这样的说法并不感到意外，因为我清楚记得佐佑给我写的那封信中，也提到了相同的内容；

而第二部分的信息是真正让我明白为什么阿来一定要让我跟他来西南的主要原因。白狐在花名册中发现了我的名字之后，便让阿来到云南调查我，在这个过程中，阿来发现对我感兴趣的人，恐怕不止白狐一人。

阿来作为一个旁观者，他在很短的时间内就发现我的处境实际上已经没有表面那么乐观了，仿佛进入了一种完全被监视的状态当中。其中最明显的就是在我的住址附近，已经出现了一些行为十分怪异的人，包括我叫外卖之后给我送外卖的小哥，都显示出了一些并不正常的行为，例如他们会在给我送完餐之后在我家门口的墙壁上留下一些非常奇怪的符号等。这种现象已经渗透到我生活的各个方面，白狐没有全部说出来，只是说我当时的那种接近崩溃的状态下，是无法捕捉到这些异样信息的。

阿来利用自己敏锐的观察力得出结论，这些人很有可能是在监视我，甚至不排除会在一定的情况下将我劫持。他把这些信息传给白狐之后，白狐命令阿来一定要把我带进阿来的第二梯队，虽然他们还不知道这些监视我的人到底想干什么，但是不能让他们得逞。白狐宁愿这是阿来一个错误的发现，也不想我出现任何意外，而最安全的方式就是把我安排在阿来身边。

白狐说完之后，我忍不住啊了一声，心说事情怎么会变得这么复杂，本来还以为我卷进这些事件当中完全是偶然，是对白狐的荷尔蒙冲动和好奇心所致，可是现在看来，我怎么体会到了一种看不见的“阴谋”呢？我又看向了阿来，问道：“我说蓝眼睛，你不地道，为什么当时不告诉我这些？”

“那时候你的状态不太好，我担心你知道了之后会节外生枝。”阿来自从来到这个“鸟窝”之后情况一直不算好，说话的时候有气无力，现在刚说完这句话，我看到他站在那里翻了翻白眼，竟然踉跄了几步倒了下去。

我和白狐距离阿来最近，也顾不上继续斗嘴了，赶紧过去看阿来怎么了。阿来面色苍白，双手紧紧握着拳头，额头上还渗出了汗珠，等我他坐起来，他重新有了一些意识，开始乱抓自己的衣服。

杂毛也过来问道：“阿来发生了什么事情，怎么会出现这样的情况？”

我简单说了一下我们来到西南的大概经过，主要叙述的是跟阿来有关的事情，白狐听到阿来吞下石头的环节之后，便让杂毛和杰克帮忙去解开阿来的上衣，这时候我再次看到了阿来前胸那种如同被灼伤一样的痕迹。

“阿来被火烤了？”杂毛看着阿来的伤口叫道。

“不是火，这是一种古老的印记，阿来接受了印证！”白狐立刻回道，“你们看这片被灼伤的痕迹像什么？”

我不清楚白狐所谓的印证是指什么，但是明白了她的后半句话，就去看阿来胸前的痕迹。刚开始我感觉那就是一团好像被火烤出了皱皱巴巴的皮肉，可是再仔细一看，就发现事情好像不是那么简单，因为在这块被灼烧的痕迹里面，隐隐约约还能看到一个形状非常特殊而又十分眼熟的图形。

那是一条盘曲成半圆形状的蛇形图案，再形象一点，就是一条造型被简化的龙。

这种龙形图案并不少见，很多古代的玉佩便是这种造型，用来辟邪招财。这条龙整体呈现一种半弧形，龙的头部很大，没有五官，只有一个十分夸张的造型；龙的身体上有一些小型的半弧形线条，象征着龙鳞；这条龙只有两条腿，从龙身上延伸出来。

我看着阿来身上的这个痕迹，想起了一种叫炮烙的古代刑罚，心中不由有一股寒意袭来。

佐佑给阿来吃的是什么石头，竟然能够从内而外烧出一条龙的痕迹，他这是要干什么？

正完全摸不透这到底是怎么一回事，白狐突然自言自语道：“石头，石头……”她连续说了好几遍石头之后，又把目光转向了我，问道，“阿来有没有把一块透明的石头交给你？”

白狐的话一下子提醒了我，想起了来西南之前阿来交给我的那块半透明的红色鹅卵石。我连忙点头，开始翻自己的口袋，临行之前我把这块石头带在了身上，因为当时阿来说是白狐要求把这块石头给我的，虽不知道其中用意，但我知道这块石头的来历，觉得意义非凡，所以出发之前便放在了自己口袋里，可是当我再次把弄着这块石头的时候，心里却总感觉哪里怪怪的。

再仔细一端详，我一下子就明白了自己那种奇怪的感觉来自哪里了，脑子里就忽然冒出了地下山庄战神庙中那块可以焕发出七彩光芒的巨石。

我发现，我手中的这块石头虽然小了点，可是看材质，竟然跟战神庙的那块十分相似，用手电光一照，也能发出了一些彩色光晕。虽然我不敢绝对保证这一大一小的两块石头是同一种物质，但是回想起整件事情当中所有关于石头的信息，觉得应该错不了，就算不是完全一样，那也应该是同一类的物质。

不过当下的情形使得我没有更多的时间去思考两块石头之间的关系，我更加迫切需要知道的是白狐要这块石头干什么，或者说她要拿石头对阿来做什么。

白狐接过石头后，望着已经陷入昏迷的阿来说道：“阿来，我知道你不想承认自己的身份，也不想让别人知道你的来历，可是现在我必须用这种方式尝试着救你一次，你可能会因此死掉，但是请你相信，在我心中，你比任何人都真实，你也比任何一个人都更像一个人，而且你是个好人，你应该活着……”

“你要干什么？”我听得出白狐好像要对阿来做一件事情，虽然说是在救他，可是也有可能会因此害死阿来，心中就升起了一股十分不祥的预感。

这时候杰克和杂毛也感觉事情的不对劲，开始过来询问到底怎么回事。

杂毛首先说道：“堂姐，阿来到底怎么了，他是我们的兄弟，可不能死！”

杰克说道：“上帝保佑，蓝眼睛到底怎么了，他为什么会变成这个样子，他要死了吗？不，蓝眼睛不能死，我们是一个组合，以后还要一起上电视……”

“你们是一个组合，那我呢？”杂毛在一旁叫着，我听得出他这次并不是嘴欠，而是在利用他自己的方式改善一下这种压抑的氛围。

白狐看着阿来，再次说道：“阿来，你听到了吗？所有人都在看着你，我们都是你的亲人，所以你一定要挺住！”

这时候，我看到双目紧闭的阿来浑身抽搐了一下，他能听到我们的对话，眼角竟然流下了两道血泪，不知道是因为被我们的对话感动，还是因为体内的伤势加重。我还想说些什么，想问问白狐到底要干什么，却被她一摆手打住了，“按住阿来，不要让他挣脱掉。”

杂毛首先按住了阿来的双腿，然后示意我和杰克分别按住阿来的两条胳膊。我和杰克照做，三个人的注意力全部放在了白狐身上。

白狐把阿来的冲锋衣完全解开，露出了他的整个前胸，我看到那个龙形的印记已经变得十分明显，但同时阿来的整个胸部也都完全肿胀起来，情况看上去十分糟糕。白狐从杰克的背包中拿出一把多功能军刀，打开有锯齿部分的刀片，开始用刀片上的锯齿反复刮手里的石头。

一层层的红色粉末不断落到阿来的胸口，当第一层粉末刚触碰到阿来身上的灼痕的那一瞬间，他整个人都像是受到了电击一般，浑身都开始剧烈抽搐起来，如果不是我们按住了他的四肢，我感觉他能一下子跳起来。随后剧烈的抽搐很快就变成了一种强烈的反抗，阿来开始不断扭动自己的身体，表情极度扭曲，手脚都发出了极大的力量，仿佛要挣脱我们的束缚。

我开始的时候是按住他的手臂的，可是随着他的不断挣脱，我不得不改变了姿势，把他的手臂直接抱住压在了身子底下，可是即使是这样，我还是能感觉到一股难以抵抗的力量在逐渐抵消我的压制力，有些坚持不住了。

这一刻，我不知道这些石头粉末究竟给阿来带来了多大的痛苦，但是我心里明白，如果连阿来都无法忍受的痛苦，那么换作普通人，恐怕连挣扎的机会都没有，便会被这种至极的痛苦给折磨死。

白狐还在重复着刮石头的动作，那些粉末落在那条龙形的痕迹上，好像是跟阿来的皮肤发生了一系列的反应，我看到粉末跟阿来皮肤接触的地方冒起了大量黑色的气泡，一些乌黑色的液体不断从黑色气泡中流出来，顺着阿来的皮肤四处流淌。

我瞄了一眼杰克和杂毛，发现我们三个人的情况都一样，眼看着就要被阿来给挣脱。我一边告诉自己千万要顶住，一边暗骂佐佑干的好事，心说你到底给阿来吃了什么东西，到底做了什么，我们可真是被你害惨了……

正有一搭没一搭地想着，忽然之间，整个过程中从来没有喊叫一声的阿来却忽然发出了一声无比凄凉的惨叫声。这声音几乎是瞬间响彻了整个天坑，在四周的石壁上产生的回音久久都不能散去，震得我的耳膜几乎都要破了。

我该怎么形容这种声音呢，那简直如同野兽一般的嘶叫，而且里面包含了无法用语言形容的悲哀和凄凉。

我们所有人都被阿来的叫声吓了一跳，一时间竟然都慌了神。在不经意之间，阿来整个人都完全挣脱开我们的压制，霎时间就弹跳了起来，瞪着一双血红色的眼睛死死盯住了我们，两行血泪还挂在他的脸上。

那种感觉，就如同看到了一具红眼吸血鬼一般恐怖，我看到白狐也不由自主往后退了几步。

我心说完了，阿来这是着魔了，他的眼睛再次变红，这是要大开杀戒的前兆！佐佑啊佐佑，老同学啊老同学，你人不见了，可是我却被你害惨了……

我脑子里都开始浮现出阿来猛然扑向我们，然后咔嚓一声拧断我们脖子的场景了。特别是杂毛，已经作出了搏斗的姿势，可是我看得出他是多么忌惮红眼睛的阿来，不停咽着唾沫，眼睛的余光还在搜索撤退的方位。杰克也意识到了什么，开始小心端起了枪，而枪口已经对准了阿来。这种时候最冷静的反而是白狐，她对着杰克和杂毛轻轻按了按手，意思是千万不要轻举妄动，继而小心观察着站在我们对面的阿来。此时我的心脏已经跳到了嗓子眼，仅仅是几秒钟的过程，我却好像想了很多的事情，而事实上脑子又是一片空白。

但接下来发生的事情让我意识到，想象的那种残忍的内斗场景并没有发生，阿来就这样跟我们对峙了几秒钟之后，不知道为什么，竟然猛然抬头，对着天坑上方再次发出了一声吼叫。当我听到他的这一声吼叫，我整个人都怔住了，全身上下起了一层白毛汗，原因是他这次的声音不再像上次那样凄惨，而是像一头牛在对天长啸，完全不是一个人应该有的呼叫声。

他在发出这一次的喊叫声之后，便忽然闭上了眼睛，身体往旁边一歪，直直倒了下去。

这种场景的出现，我看到白狐长出了一口气，连续说了好几声："没事了，没事了……"

我们逐步放松了警惕，重新安置好了阿来，发现他现在的表情已经恢复了以往的那种平静，呼吸了顺畅了不少，看来只是昏睡了过去，身体应该是没什么大碍了。

白狐跟杰克要了一条备用毛巾，又从水壶中倒出一些水，开始擦拭阿来胸口的那些黑色泡沫。等到所有的泡沫都被清理干净，我惊奇地发现，阿来胸前的灼痕已经消肿，只留下了那个龙形印记，也已经结痂了。看来，白狐救阿来的方式奏效了，但我也明白了其中的风险。当我们重新坐下来的时候，我已经是满头大汗，缓了一会儿，开始问白狐："你不想解释一下阿来的事情？"

白狐看着我说道："关于阿来的事情，只要他自己不说，我永远都不会说出去，哪怕我相信你心中都已经猜到了一些事情……"

"算了，如果换作是我，我也不想别人拿着自己的身份说事儿。"我回道，"那我们说说关于这块石头的事情吧，如果你还是继续隐瞒我什么，我一定不会再跟你们做任何的事情，我发誓！"

但为了表达我对于我们之间谈话的真诚度，我首先跟白狐叙说了我从神庙中看到的那块被面具人称作"战神种"的透明巨石的情况，并把我从面具人那里获知的关于那块巨石的全部信息都告诉了她。因为我知道，按照当时白狐被J国人挟持的情况来看，他们一定没有机会进入战神庙，所以肯定也没有机会看到那块神奇的石头。我这样做的原因，是想知道这种石头真实的用处和两块石头之间有什么关系。按照面具人的说法，当年J国人千方百计想得到这种石头，这就说明这种石头背后，肯定有着十分特殊的秘密，特别是白狐用这块在壁画中可以杀人的石头救了阿来之后，我已经感觉到了一些不同寻常的讯息。

白狐听了道："虽然我没有看到那块石头，但是我觉得你的猜测是对的，两块石头同一类的物质，但是关于这种石头背后的渊源非常复杂，不是一句话两句话能说清楚的。我只能这样跟你讲，这种石头，包含了非常多的秘密，也是我所有工作的关键，只是现在我们的资料和线索都太少了，还无法完全破解这种石头的全部信息。"

"既然这样，那我们就事论事，换个角度来说这件事！"我说道，"当时阿来把这块石头交给我，说我看到石头一定会加入你们，那时候我就觉得这种石头肯定不一般，只是我不明白的是，这块石头跟阿来有什么关系，为什么会对阿来造成这样的影，还有佐佑给阿来吃的会不会也是这种石头？”

白狐想了想，然后摇头道：“我可以告诉你，这是两码事——我们回到北京后，用各种方法对这块石头做了检测，最终的得出的结论是，这是一种非常奇特的放射性物质，简答来说，就是这块石头具有辐射性。”

“有辐射？”我有些惊恐地问道，不由自主往后挪了挪身子，“那我一直把它放在身边，我会不会被辐射？”

“不会，这种石头只能对一些非常特殊的群体产生影响。”白狐说着把目光投向了阿来。

“阿来？”我问道，几乎猜到白狐想表达什么，被我强压在心底的那个残酷的假设，此时再次从我心底翻滚出来，让我有些难以接受。

白狐点头道：“在老爷庙水底的壁画中，这块石头杀掉了很多奇奇怪怪的人，我现在可以告诉你的是，阿来跟壁画当中被杀死的是同一类人，所以他会受到这块石头的某些影响。”

“什么影响？”我感觉事情好像哪里不太对劲，按照壁画中的情景，如果阿来跟那些人不人鬼不鬼的东西是一类物种的话，那阿来应该会被石头杀死才对，可是白狐怎么会用这块石头救人呢，这未免也太冒险了。

“你的疑惑是对的。”白狐说道，“但是当我看到阿来的身体上出现印记的时候，我就已经猜到了你那个同学的身份和他要干什么了，所以我选择冒险一试，测试一下这种石头除了可以杀人以外真实的作用到底是什么。”

第九章 石头

按照白狐的说法，这种石头最大的特点在于它具有辐射性，他们做过一些针对性的试验，发现石头所产生的放射性物质对于普通人并没有明显的作用，但对于脊椎型动物却有着很明显的影响。

这种影响分为两个方面，一个是这种放射性物质可以让濒临死亡或者是身体受到严重创伤的动物重新展现出短暂的正常生命特征，而另外一种影响是可以改变脊椎型动物的胚胎 DNA 排序。换句话讲，这种石头针对某一类特定的生物，具有一定的生命特征修复功能和基因改变能力。

白狐就是拿着这些结果，尝试着让身份特殊的阿来跟石头的粉末直接接触，企图以这种方式让失去基本行为能力的阿来重新恢复原来的状态。

我听完不由倒吸了一口凉气，白狐告诉我这些，等于是承认了阿来跟正常人不一样这个事实，并同时印证了我的另外一个大胆的假设，那就是白狐这批人，很有可能在寻找一种古老的生命科学技术。

但在这里面有一个很明显的问题，我问道：“你们现在还无法驾驭这种石头所有的属性，所以你们一直在寻找使用这种石头的关键技术，对不对？”

我的这个问题实际上是经过短暂的思考之后才提问的，因为白狐要回答这个问题，就必须引申出另外一个关键性的信息。白狐点了点头，也没等我再继续追问，就继续把她知道的事情都说了出来。但是在这个基础上，她提出我必须答应加入她的特遣队，否则我没有资格以正常人的身份了解这些事情。我想都没想就满口答应了，心说就算我不加入，也已经被他们给威逼利诱来了，还不如先答应着，还能知道更多的信息，否则我真的要被诸多的疑问给折磨疯掉。

白狐最初介入这件事情，是因为她的父亲。

1994 年，白狐的父亲以军人的身份护送一支特遣队到西部参加了一次秘密考古活动，但是后来不知道因为什么原因，一行所有人都没有再回来。

当时的相关部门把这次考古失利归结为准备不足和线索过于单一，于是在接下来整整两年的时间内，相关部门重新组织人员，并重新挖掘线索，开始着手准备第二次考察活动。

然而到了 1997 年，当重新组织起来的考古队准备作为第二梯队重新进入西部的时候，中国内部发生了一件十分特殊的事情，导致整个以西部考古为核心的行动计划被迫戛然终止。这件事情说开了，就是当时考古事件的发起人在这一年去世了，所以整个计划的最终目的，在一瞬间失去了存在的意义。直到两年前，新的契机出现，当时的那个部门又被重新扶持起来，并着手重启了整个计划。但是这一次，新的团队对整个计划所需要的行动做出了调整，他们决定不再直接贸然进入西部，而是对已经掌握的线索进行关系对比，使得整个计划在层层递进的关系中稳步推进。

白狐在这样的背景下，为了寻找自己父亲失踪的原因，从原来的单位申请调入了特遣队，不得不承认，白狐是一个优秀的女军人，她在特遣队展现出来的能力，使得她很快就成为其中一支特遣队的队长。现在，白狐的队伍已经是整个计划的先头部队，属于“敲门砖”的角色。

听到这里的时候，我心中对白狐等人的目的已经有了一个大概的了解，不过我不能直接说出来，只能是心领神会。

再后来就说到了我，在白狐等人看来，甚至包括我自己，都认为我介入到这件事情完全是出于偶然，只是等白狐无意间去调查我的时候，却发现实际上在我的大学时期，恐怕就已经跟整个事件有了联系，这也是她一定要让我加入的其中一个理由。

这些信息其中很大一部分我已经知道了，在我的提示下，最后白狐把话题重新回到这种石头本身上来。

实际上，白狐也是第一次接触到这种石头。在这之前，特遣队所做的工作，都是在搜集一些相关的信息，或者说是在确认一些传说性质的历史事件是否真的发生过，这也是整个计划在被重新整理之后所需要的铺垫性工作。

直到老爷庙水底事件之后，白狐把那块石头带回北京，有人拿着石头做了相关的试验之后，整个计划的铺垫性工作才终于宣告结束，这意味着那个计划从此不再是一种假设，而是有了十分重要的依据。

从此，白狐的工作由原来既庞大又复杂的线索搜集工作，转入了有针对性的行动计划当中，她现在要做的事情就是到这种石头在历史中有可能出现过的地方进行确认，并在可能的情况，找到使用这种石头的方法。

只不过，白狐的工作现在受到了一种十分意外的阻碍，直到老王叛变，暴露了自己的身份，她才意识到，原来还有另外一股身份不明的人也在进行着类似的工作。

我跟白狐交换了一些我知道的关于那个组织的信息之后，她脸上就露出了十分不安的神色，说那个组织隐藏得恐怕比她想象的还要深，而且对于这件事情的准备工作远远超过了我们，现在他们不惜暴露自己的身份大批量出现在西南，很有可能那个组织的人也意识到，这件事情已经到了十分关键的环节，双方的较量也进入了透明化和白热化。

我跟白狐分析，在老爷庙的时候，老王，也就是中村正源暴露了身份却没有任何收获，这让那个组织明白这种单一的渗透可能无法再有效果，他们只能亲自出动队伍参与到这件事情中来，所以我们在西南遇到如此多的J国人，并不能完全算是意外。

而且J国人在抗战时期就已经来到过这里，他们掌握的信息绝对超过我们，所以接下来白狐如果不想在这件事情当中处于下风，就得赶在那些人之前找到斑斓雪山里面隐藏的秘密，否则按照我们现在的状态，就算这里真的藏着什么，也会被那个组织的人捷足先登。

白狐看了看阿来，皱着眉头摇了摇头，说道：“阿来现在昏迷不醒，我们不能抛下他独自行动，但是我确实是在担心那些人会不会已经找到了斑斓雪山的关键，如果是那样，那我们的损失无法估量……”

我看她面露难色，便安慰道：“倒也不是完全跟我们想的一样，我那个同学肯定去追那些J国人了，凭他对这里边环境的熟悉，想必那些人不会太好过。”

白狐无奈地点了点头，说道：“事到如今我们也只好寄希望于你那个同学了，只是我实在没想到，当年参加西部考古的人当中竟然有人活了下来。”

“我也有很多问题想问他，可是一直没有找到机会，不过我相信我还是可以见到他的，到时候我什么也不干，也得让他说说当年的考古队到底遭遇了什么，还有关于你父亲的下落。”

“谢谢你！”白狐叹了一口气，轻柔地说道。

“不客气，应该的。”我下意识回道，看着白狐娇小的身躯裹在一套紧身冲锋衣里面，这样柔声细气地跟我说谢谢，之前憋在心中那股无法理解她甚至想骂她的冲动一下子就没有了。我不知道这叫不叫“狗熊难过美人关”，但总之，我对白狐的看法发生了一些变化，特别是当我知道了她作为一个女人参与这种行动，其实并不是为了争名夺利，也不是为了证明自己有多强悍，而是为了寻找自己父亲下落的时候，我对她原来的印象已然崩塌，发生了根本性的转变。

可能我还是站在一个正常人的角度来审视这个女人，或者说我对这个女人的未来充满了某种希望。

在继续等待阿来醒过来的这段时间内，我们四个人分销了杰克包里最后一份牛肉干，简单吃完之后，开始两人一组轮流休息。

因为白狐和杂毛的身体状况，我们决定先让他们姐弟俩休息，我和杰克开始沿着藤蔓巨网的边缘巡逻。在我和白狐对话期间，杰克为了节约手电，便狠心拆了自己从美国带来的打火机，这种打火机是野外生存专用的，火油量很大，从里面倒出火油，然后用藤条和衣服碎片做了两支简易的火把，我和杰克每人拿了一支，分别在不同的方位警戒着。

说是警戒，实际上也是为了寻找下一步要走的路线，因为根据现在的情况来看，这只由巨大的藤蔓交织成的网基本上塞满了整个坑道，除了可以往上走，别的地方似乎成了死路。但是我知道事情绝对不会如我看到的那样，因为无论是佐佑还是挟持白狐和杂毛的J国人，到了这里之后都消失了，所以我相信在这张网的下面，肯定还有空间。

我现在已经逐渐适应了在无路可走的时候主动找出一条路，因为这就意味着继续生存。

但很奇怪的是，我和杰克花了接近两个小时的时间，围着藤网转了三圈，最后也没有发现一个可以走出这张网的出口。在藤网的边缘，密密麻麻的藤条都伸进了石壁内部，偶尔有一些缝隙，也无法让一个人钻下去，这就让我开始纳闷儿起来，佐佑到底是怎么从这里消失的。

我不知道白狐到底有没有睡着，总之两个小时的时间到了之后，她就醒了过来，顺便叫醒了杂毛，过来问我和杰克有没有什么收获。我摇了摇头，说这个地方好像是封闭的，除了可以顺着藤蔓往上爬，似乎再也没有其他的出路。

这个时候杰克就提出了一个问题，他问道："为什么这些藤蔓没有继续缠住我们，是不是机关就藏在这些藤蔓当中？"

杂毛回忆了一下，说道："还真是怪了，当时的情况是，挟持我们的人有一部分最先下到了这张巨网上，我和堂姐一直被人羁押着，没有看到最先下来的人到底做了什么事情。总之忽然之间，我们攀爬的藤蔓就好像一下子活了一样，瞬间把我们给卷了起来，所以我猜测这些藤蔓肯定是在守护这个地方，一旦有人到了这里触动了某种机关，那么这些藤蔓就会试图把入侵这里的人给困死，从这个角度来看，这个地方肯定有机关。”

“你们先休息，我和杂毛继续找找看，这个地方并不是复杂，我觉得我们一定是忽略了什么地方。”白狐说道。

我实在是看不出有什么不对的地方，就按照白狐的意思，和杰克一起挨着阿来躺了下来，开始闭目养神。虽然很疲累，也很想好好睡一觉，可是当我闭上眼睛，才发现自己根本无法静下心来，脑子里总是不停浮现出各种乱七八糟的事情，什么戴着面具的老人、能托住一个人飞行的蝙蝠、须发全白的佐佑等等。我努力数着一二三四五，想排除掉这些画面，可是翻来覆去之后发现，唯独那张带着狗皮面具的怪脸始终出现在我的眼前，怎样都挥之不去。

先不说这个人是好人还是坏人，就他出现和消失的方式，对我来讲都是十分虚幻的，我始终觉得这个看上去一股风就能被吹倒的老叟，绝对不会是一个简单的人物，他甚至比那些背景复杂的J国人都神秘莫测。

也不知道过了多久，这张脸就逐渐开始模糊了起来，我终于进入了一种似睡非睡的状态，耳朵里只能听到一旁的杰克不断发出的呼噜声。

我是被人给拍醒的，当我睁开眼睛，就看到阿来坐在我身边，正在盯着我看，此时他已经醒了过来，但是脸色依然苍白，浑身都被汗水给湿透了。

看到他在看我，我就想问问他你到底是不是人类，但是又一想这样问实在是太蠢了。他怎么可能会直接告诉我“老子不是人”这样的话，于是就把话给咽了下去，转而问道：“怎么样，能不能活动？”

他点了点头，说道：“放心，这次不用你再背我了。”

想着在老爷庙水底我背着他走错路的情形，我苦笑了一下，问他什么时候醒的，我睡了多久。

“你睡了多久我不清楚，我也刚醒不多时，不过为了节约时间，我只能叫醒你了。”阿来指着巨网中心回道，“大小姐让我们去她那边。”

杰克应该早就醒了，我看到他们都在巨网的中心位置，好像在谈论着什么，因此我爬起来和阿来一块走了过去。

巨网的中心有点凹陷，我原本以为是重力所致，但是当我走到网的中央位置，杰克就指着那一大片凹陷对我说道：“你快看这些痕迹，这不是自然形成的，白老板说这是有人睡出来的痕迹！”

杰克的汉语虽然已经很好了，但是对于有一些事物的表达偶尔还是让人不明白他想说什么。他看着我满脸不解，便用双手比画了一个手势，继续说道：“有一个巨大的东西在这里睡觉，压出了这个坑……”

“什么玩意儿？”我有些似懂非懂地看杰克说的地方，过了那么几秒钟，忽然明白他究竟想说什么了。

我跟杰克要过火把，再次仔细看了看巨网中心的那些凹陷痕迹，就有些难以置信地倒吸了一口凉气：这一片所谓的凹陷，实际上非常像一个人形的图案。要么是有人在这里刻意制作了一个这样的痕迹，要么就是有一个身高最起码得有十几米的巨人长期在这里睡觉导致的。

但是当我蹲下身子摸了摸这些凹陷下去的藤条就发现，后者的可能性会更大，因为如果是有人制作了这么一个人形的痕迹，那么这里的藤蔓就只能是凹陷，绝对不会个人那种经过长时间磨损才会形成的光滑感。

这时候白狐让我看这个人形图案的上半身，我注意到了一个细节，这个人形凹陷竟然有四条手臂！看到这个现象我心里不由一惊，一个人物的名字瞬间脱口而出：“蚩尤？”

阿来也点头，说道：“如果这里是蚩尤当年栖息的地方，那他的真身哪里去了……”

“这不可能！”我立即否认了这个猜测，“那都是传说，怎么可能真有这么一个远古的巨人存在过，这都是无法证明的事情。”

“我的存在就是证明！”阿来猛然说了这么一句，瞬间让我有些措手不及，忽然意识到他话中的意思，脊背就有些发凉起来。

“都别争了，这没有意义！”白狐说道，“虽然我们无法见到蚩尤的真身，但根据我们掌握的史料来看，蚩尤确实在这里出现过，而且我相信这里一定会留下许多相关的痕迹。在我们的任务当中，确认蚩尤曾经在历史中真实存在过是其中的重要一环，更何况J国组织的人也来到了这里，想必有着跟我们一样的目的，总不至于两边的信息都是错误的。现在最大的问题是，J国人知道这里有什么，而我们却不知道，所以当务之急不是争论蚩尤存在与否，而是赶紧找找这里到底隐藏了什么！”

说话间，杂毛蹲在人形痕迹的头部位置对我们打了一个呼哨，我们听到他说道：“终于让老子给找到了！”

听到杂毛的叫声，我们所有人都先是一震，然后就赶紧跑到他那边，问他发现了什么。

杂毛指着人形凹陷痕迹的头部说道：“你们看这个人形痕迹中间的这根藤条跟其他的有什么不同？”

被杂毛这么一提示，再经过火把那么一照，我们果然就看到有一条十分特殊的藤蔓夹杂在组成人形痕迹的藤蔓当中，竖着穿过了整个图案，两端都延伸了天坑的石壁里面。

这条藤蔓之所以能引起杂毛的注意，是因为它的颜色。几乎所有的藤蔓都是灰黑色的，但是这一条却不一样，只见这条藤蔓整体呈现出一种绿幽幽的颜色，被火把一照还能反光。

杰克用步枪小心触碰了一下这条藤蔓，我们惊奇地发现，在步枪刚刚碰到藤蔓的那一刹那，整条藤蔓忽然抽动了一下，给人的感觉像蛇一样。杰克被吓了一跳，以为遇到了什么怪物，下意识就对着这条藤蔓开了一枪，我们想阻止都来不及。

藤蔓被打了一枪之后，弹孔处流出了很多墨绿色的液体，同时伴随着一股令人作呕的腥臭味。我们都不约而同地捂住了口鼻，而且这时候，我看到整条藤蔓都如同活了一般开始扭动起来，完全不是植物应该有的反应，一股不吉祥的预感一下子就涌了上来。

我心中愕然，刚想问这条会动的藤蔓会不会就是机关所在，谁知话还没说出口，又忽然感觉脚底板也好像有藤蔓抽动了一下。我赶紧低头去看，就发现在我脚下的藤蔓当中，竟然也有这种绿色的藤蔓在迅速抽动着。这都是在一瞬间发生的，我们都还没来得及思考到底是怎么一回事，紧接着整个巨网都开始剧烈摇晃了起来，而且直觉告诉我这种会动的藤蔓在巨网中应该夹杂了不少，刚才杰克那一枪只怕是惹下事端了。

果不其然，窸窸窣窣的声音不断从四面八方传来，随着巨网中的绿色藤蔓的不断抽动，四周石壁上的一些藤蔓也开始扭动了起来，而且都不约而同地朝着我们的方向伸了过来。

我几乎是在瞬间就明白了这是怎么一回事，心说这就是一个陷阱，这些会动的藤蔓根本就不是什么植物，它们只是看起来跟周围的藤蔓十分相似的冒牌货，可能真实的情况是：这些东西是活的！

明白过来之后，我刚想跟所有人喊一声大家要当心，却忽然感觉自己的左腿好像被什么东西个缠住了，然后一股极大的力量一下子把我拽倒在地，拖着我就往石壁方向滑去，仅仅是过了几秒钟，我就被拖出去十几米远。

杰克反应十分迅速，看到我被假藤蔓缠住之后，对着我身后就是一连串射击，紧接着大量汁液喷到了我的头上和脸上。这种时候我也顾不上恶心不恶心了，感觉腿部一松之后，我立即打了一个滚，站起来就往杰克的方向跑去。

我一边跑一边大叫："掩护！掩护……"

杰克的抱着枪不断朝着我脑门两边射击，很多子弹几乎都是擦着我的耳边打过去的，我只能祈祷杰克的玛利亚能保佑他打准一点。

阿来和杂毛对着不断伸过来的藤蔓不停挥动着火把，这些东西好像很怕火，在被火把燎了之后，就不敢继续攻击，只是不断扭动着身子像蛇一样围着我们，一点一点压缩包围圈。

看到我跑了回来，阿来对我喊道：“到我们中间来！”

我们只有两只火把和一杆枪，因此只能是阿来跟杰克和杂毛组成了一个简易的三角队形，把我和白狐挡在了他们中间。可是这终究不是什么长久之计，那些伸向我们的藤蔓不下几百条，而且两只火把都快烧得差不多了，等到火把熄灭，就凭杰克的一杆枪，怎么着也不可能顶住这么多藤蔓的进攻。

情急之下，我对不断开枪射击的杰克喊道：“老外，你包里还有没有能烧的东西？”

杰克也没来得及想，一下子把背包甩给了我，说道：“我忘了……”

我心里念着佛祖保佑，就拉开了杰克的战术背包，把里面的东西全倒了出来开始翻找。

白狐见状问道：“你要干什么？”

“这些东西怕火，我要点一把火烧死这些王八蛋！”说话间我从倒出来的东西里面发现了一瓶高度的洋酒和一瓶医用酒精，然后开始观察四周的情况，想着引一把大火烧掉这些藤蔓。

除了这些能动的藤蔓我不确定是什么东西之外，其他的藤蔓都是植物的，而且里面的水分并不多，还含有油脂，如果有引火的东西，我有信心点起一把大火来。

可是白狐却阻止道：“你有没有想过你要是点了火，我们也会被烧死？”

“现在管不了那么多了，我宁愿被自己点的火烧死，也不想被这些藤蔓勒死，又没有人给我做人工呼吸！”我回道。

杂毛听到后喊道：“这些活的藤蔓都从网中抽了出来，肯定有缝隙，点火之后找个缝隙钻下去！”

“到底点不点？”我又对着阿来问道，觉得关键时候，还是听取一下他的意见。

“我怎么知道！”阿来挥动着火把说道，“事到如今，我们只能赌一次了，希望杂毛判断正确，点火之后迅速寻找缝隙，以最快的速度钻下去……”

听到阿来也这么说了，我也就心安了，心说这是唯一的办法，要是都被烧死了，做了鬼可怪不得我。于是我三下五除二脱下了自己的冲锋衣，把杰克的洋酒洒向了四周，又把酒精全部倒在冲锋衣上，对阿来喊道：“点火！”

阿来应声接过我的冲锋衣，用火把一燎，然后整件衣服瞬间就燃起了火苗。杰克包里的酒是高度数的伏特加，助燃效果十分理想，阿来拎着烧成火球的衣服往四周抡了一圈，那些一直想要缠住我们的藤蔓就全部往后退了一段距离。

但是我看到这些火苗只能管一秒钟的作用，冲锋衣抡不到的地方，藤蔓还是接着就重新涌了上来。我对阿来提醒道：“脚底下洒了酒精，赶紧把这张网引燃，不然酒精就要挥发掉了……”

阿来把冲锋衣往我们脚底下一扑，被我洒了酒精的藤蔓就一下子被引燃了。虽然火苗不是很大，但是我们现在正处在人形凹陷里面，这里的藤蔓大多都已经干枯了，反而十分容易被引燃，被火苗一烧就发出了噼噼啪啪的声音，仅仅是过了十几秒钟，我们几个人脚底的附近就开始有大量火苗出现。

这些逐渐燃烧的火苗对不断进攻我的藤蔓起到了威慑作用，我明显感觉到脚底下的巨网中开始有越来越多的抽动感传来，这是有无数的藤蔓在逃离被火烧的节奏。

而且随着这种东西不断被抽走，我看到巨网上面已经有了一些比较大的缝隙。事到如今我总算明白，看来织成这个鸟窝的藤蔓肯定有相当一部分并不是真正的藤蔓，而是一些跟藤蔓长相十分相似的东西，想必这里机关的核心就是这些会动的藤蔓，只要方式正确，就能够驱动这些藤蔓从巨网中抽走，从而可以穿过这张网到达下面。可惜的是，我们没来得及找到驱动这种藤蔓的方式，杰克就一枪打爆了其中一条，把这些东西给惹毛了。

杰克不断地射击，需要稳定身体，所以没有来得及避开脚底的火苗，我看到他的裤脚已经被烧了起来，自己却还没感觉到，于是我对他大叫：“杰克，你被烧了！”

杰克一听就停止了继续射击，两三步靠到了我们这边，直接用手拍灭了裤脚的火苗，急得哇哇大叫。

杂毛就近找了一个比较大的缝隙，对我们喊道：“不能再等了，赶紧钻下去，我可不想被烧熟……”

“下面是什么，能不能直接跳下去？”阿来问道。

“漆黑一片，什么都看不到，管不了那么多了，我先下去了！”说完杂毛用手把缝隙旁边的藤蔓使劲往外掰了几下，头朝下就一下钻了下去。

这时候的火势已经不像刚才那样了，原本还比较分散的燃烧区已经开始连成一片，有很多围着我们的藤蔓躲避不及被点燃了，它们扭动着细长的身躯开始四处乱抽打，同时还引燃了另外一些藤蔓。浓重的，蛋白质被烧焦的气味开始弥漫起来，我心里不由一惊，难道这些会动的藤蔓还是某种动物不成？这真是闻所未闻，就连我这个搞生物研究的都不知道还有这种半拉子生物体，这回算是长见识了！

我们已经被火烤得十分难受，杰克对着杂毛钻下去的缝隙喊了一声，没听到什么回应，但老外是杂毛的死党，他喊了一声上帝保佑，也头朝下栽了下去。

也不知道下面会不会是万丈深渊，如果杂毛判断失误，那接下来我们所有人都得摔成肉泥。可现在的情况也不容我想那么多，只听阿来喊道：“你和大小姐先下，我断后！”

我看了一眼白狐，说道：“你先来！”

“你们也当心！”白狐说着就要往缝隙那边跑。

我紧跟在白狐后面，想着等她钻下去我也紧随其后，可是还没等白狐弯腰往下钻，一条已经被火点燃的藤蔓不知道抽了哪门子的风，竟然不顾我们周围的大火，瞬间扭动着身躯盘旋到了半空，然后重重砸向了白狐。

我大叫一声小心，猛然把白狐往旁边一推，就见她一下子摔倒在地，我心里感觉事情不妙，白狐摔倒的地方是火势比较旺的地方，如果躲避不及可能要毁容……正想着上去赶紧把白狐拉起来，却又看到那条打空了的藤蔓竟然再次扭动了起来，犹如一条手腕粗细的火龙一般迅速冲向了白狐，竟然把她一下子给卷了起来。

我哎呀一声，心说这条藤蔓跟白狐有世仇啊，怎么就盯上她了呢？阿来在我身后五米远的地方，看到这样的情况发生之后，就想着去救白狐，可是现在的局面是我距离白狐最近，我下意识的反应就是赶紧扑上去救下白狐，不能眼睁睁看着白狐被藤蔓给拖走。

于是还没等阿来跑过来，我就一个箭步冲了出去，三步并作两步追赶上缠住白狐的藤蔓之后，一个饿虎扑食就扑了上去，正好抱住了白狐的腿部，随即对她喊道："不要放弃，我来救你……"

燃烧的藤蔓瞬间吃了力，加上本身就被火烧了一圈，用力往前挣扎了半米之后就一下子停住了。我心里不由一喜，心说这次我大发了……可是刚提起的兴奋劲还没完全升起来，就看到缠住白狐的藤蔓突然松开了，继而盘着圈儿伸向了压住她腿部的我。

几乎就是一瞬间，我的脖子感觉一紧，同时一股刺痛的灼烧感从脖子一下子传遍全身。我心说完了，这种藤蔓还真有智商。

藤蔓缠住我之后就再次发力，但这时候白狐一把抓住了我的胳膊，死死把我拽住，像拔河一样把我扯了起来。我的肺里没有储存空气，被藤蔓勒住之后又被这么一拉，一股强烈的窒息感瞬间让我脑子嗡的一声响起。

好在这时候阿来也跟了上来，一把抓住缠在我脖子的藤蔓用力一扯，就把这条藤蔓给扯断了，然后拉起我和白狐就往缝隙那边跑去。

我用眼睛的余光看了一眼周围，发现四处涌动的藤蔓至少有一半都被火点燃了，这些富含蛋白质的东西体内肯定也含有脂肪，几乎见火就着，被火烧了之后便四处拍打，很多正常的藤蔓也逐渐被点燃，所以不但是巨网被点燃了，四周石壁上也燃烧着一团一团的火苗，现在的天坑里面，场面可谓是壮观。

整个天坑就像是一根巨大的烟囱，火势增长的速度比我当时预想的要快很多，我们三个人身上都出现了不同程度的烧伤，裤腿基本上都快烧没了，放眼四周都是一层火苗，完全没有可以站脚的地方，我们几乎是凭着感觉找到了那条缝隙，也没管下面到底什么什么地方，拍打着屁股上的火焰就全部跳了下去。

说实话这个时候我脑子里就剩下一个念头，那就是希望我们落地的距离不要太深，否则我们就等于出了狼窝又进了虎口，横竖都是个死。

可是在身体下坠了两秒钟之后，我就发现事情似乎不是我想的那个样子，因为这时候我的身体已经失衡，开始脸朝下继续坠落，我看到在巨网深处的黑暗中，似乎有一些光斑在闪动，心说不会吧，难熬下面有人，而且还点了火？

但这个念头仅仅是一闪之后，看着这些涌动不定的光源所分布的范围，我忽然一下子就明白了，觉得这下面可能有水，而那些光斑是因为上面的巨网在燃烧，从而导致水面出现光线折射。

接下来发生的事情让我心中不由一喜，随着几声扑通的落水声响起，我们三个人全部跌进了水里，一股彻头彻尾的冰凉感瞬间袭遍全身，跟之前在火海中被烧烤的感觉简直一个天上一个地上。

在水中下沉了几米之后，我开始憋着气往上浮，几秒之后我浮出水面，长出了一口气，开始借着头顶传下来的火光看四周，发现天坑到了这里应该是延伸到了尽头，底部的空间不再是一个竖井的形状，而是一个十分宽阔的往两边延伸的洞穴，一条地下暗河从洞穴的深处蜿蜒着通到了洞穴的另一端，水流不是很急，但能感觉出是流动的。

这时候白狐和阿来也浮了上来，我们互相问了一下对方是否受伤，在确认都没事之后，便开始往地下河的岸边游去。

上岸之后，三个人都瘫软在岸边大口喘着粗气，我抬头看了一眼上面还在燃烧的巨网，原来跟个鸟窝一样的藤蔓巨网，已经烧成了一个巨大的火球，一些被烧断的藤条不断坠落下来，落到地下河里之后随着水流漂走了。其实就算我们不跳下来，最终的结果还是要落入这条河流中，只是结果肯定不跟现在一样。

我们的身体上都出现了不同程度的烧伤，我和白狐最严重，围着脖子一圈全是血泡，刚才泡了水，倒不觉得很疼，只是不知道会不会留下伤疤。

休息了一会儿，我忽然想起来一个问题，就问道："怎么不见老外和杂毛，难道被水冲走了？"

"连你都没被水冲走，他们怎么可能应付不了这条河？"阿来说道，"不过你刚才的表现，我挺意外的。"

我知道他指的是我奋不顾身去救白狐的事，但也懒得调侃了，看了一眼白狐，她此时也在看我，搞得我有点不好意思，就简单回道："那种时候，我救人最方便，那没什么，只要大家没事就好！"

白狐接过话说道："你看到了，我们都不是超人，就算是阿来，在这种环境中也难以会丧命，你怪我把你带到西南吗？"

我该怎么回答呢？我不是怪他们把我带到这种地方，我是恨这些人，可是如果这样说出来，又是很矛盾的，因为按照阿来的说法，就算我现在还在云南，恐怕处境也不会好到哪里去，而且我卷入这件事情当中也不像我想的那样纯属偶然，这里面有太多的问题了。

就算白狐问得再深情，我也没法回答，于是便转移了话题："依我看，我们还是赶紧找找他们两个人，现在不是讨论是非的时候……"

"男人就是善变，这才多少时间，你的觉悟就让我刮目相看了！"白狐用一种轻蔑的语气回道，"不过你说得对，我们的活儿还得接着干，如果我们能活着离开这里，出去之后我会好好跟你论一下我们之间的是非。"

我一听她这话，瞬间就感觉到了好几种意思，心说不会吧，她还惦记着我给她做人工呼吸的事情？如果我没记错，最先是她先给我做的人工呼吸，我找谁说理去？

阿来在地下河岸边来后走了两遍，很仔细观察着地面上的泥脚印，过了一会儿我听到他说道：“这里的脚印很凌乱，而且分别往不同的方向延伸，这样我们也无法确定到底往哪边走！”

我走过去看了看，果然就看到在地下的岸边的泥滩上有很多脚印，这些脚印分布的范围很大，一看就不是几个人踩出来的，而是至少有二十几个人同时上岸才会造成这种分布范围庞大而且混乱的痕迹，但是这些脚印最后消失的方向，确实截然相反的，一部分通往了地下暗河的上游，而另一部分则是通往了下游，这就让我们一时间摸不着其中的门道了。

白狐说道:“会不会那些J国人也不知道应该往哪边走，于是便兵分两路，往不同的方向去了。”

阿来点头，说道：“有可能，但是杂毛和老外没有理由不等我们，就算他们遇到了什么事情非走不可，那也会给我们留下一些线索才对，杂毛不会犯太低级的错误。”

我跟阿来想的几乎一致，理论上来讲，杂毛和杰克跳下来之后，如果不是出现了十分危急的事情，那么他们就没有理由不等我们，然而现实的情况是，他却和老外消失了，这就只能说明他们俩在跳下来之后一定是发生了什么事情。

想着我又觉得事情有些不对，这里的环境并不复杂，而且杰克和杂毛跳下来的时间最多比我们早了不到五分钟，要是这五分钟之内会发生一件事情，导致他们俩不但没有机会等我们，而且连留下线索的机会都没有，那么这件事情很有可能是突发性的，而且一定是万分危急。

这样一想，我脑子里就忽然冒出来另外一个想法。

第十章 河底

我对白狐说道：“你们被J国人挟持的时候，杂毛能够留下他的毛作为提示，可见只要有那么一丝的机会，他都不会留不下线索，可是事情偏偏就成了现在这个样子，那我们能不能这样理解，他们认为根本就不需要留下什么线索，或者说，他们根本就没有来过这里！”

“嗯？”阿来若有所思地说道，“你的推测有那么点儿意思，但你最后那句话是什么意思？”

“我知道他想说什么。”白狐接过话说道，“这种猜测是有依据的，我们在老爷庙也遇到过这种事情，当时我在不经意间触动了壁画上的机关，之后我们所有人都出现在另外一个地方，齐先生的意思是要么杂毛和杰克认为没有给我们留下线索的必要，要么就是他们从上面跳下来的过程中，发生了什么事情，导致他们并没有跟我们一样掉到河里，而是去了另外的地方。”

我继续解释自己的想法：“在我们之前到达这里的J国人还有我的老同学佐佑，应该都是使用了正常的手段，所以他们会到达巨网底部，使得我们看到了这么多的脚印。但是杂毛和杰克下来的时候，正好是整个巨网被破坏的初期，假设那些假藤蔓都是一些有生命的物质，同时也是一种机关所在，那就不能排除机关在遭到暴力破坏的时候启动了另外一种机关，使得他们无法落到地下河里。至于我们三个人下来的时候，无论是真藤蔓还是假藤蔓都已经被火烧得体无完肤了，所以巨网背后的机关失去了作用。”

“你的理由是什么？”阿来看着我问道。

“杂毛说的一句话！”我补充道，“杂毛在巨网上发现裂缝之后，我问他下面有什么，他的回答是下面是一片漆黑。但是我们在坠落的过程中，却能看到水面的火光反射，就是因为杂毛的话和实际中我们看到的场景不一样，才让我有了这种推测。”

白狐听了就说道：“我们现在看到了两条路，分别通向了地下河的上游和下游，如果再加上我们的推测成立，那就说明这里还有第三条路，我认为我们应该找找看这个地方有没有机关，我觉得这隐形的第三条路才是这里的关键。”

“既然这样我们就分工一下，我往上面找，大小姐负责地下河两边，齐天你负责河底。”阿来说道，“不管谁先发现了什么，都不要单独行动，以防发生不测。”

阿来说完之后，开始顺着地下河岸边的岩石往天坑里面爬。岩石上长着很多稀疏的藤蔓，阿来就借用这些垂挂在石壁上的藤蔓一路爬了上去。

白狐问我：“要不我下河，你在上面？”

“这是关心我还是可怜我？如果是关心我，那出于礼节，我肯定不能答应你，可要是可怜我，觉得我怂，那我就更不能答应你了，这关乎男人的面子问题。”说着，我就脱了上衣，开始往河边走，准备下水。

“神经病！”白狐在后面骂了我一句。

我心里却觉得好笑，有种将了她一军的痛快。男人的快感，大多来自女人，是谁说的来着？

入水之后，我适应了一下地下河水的温度就潜了下去，几下子就深入水中四五米。

但水下实在是太黑了，我忽然意识自己根本就没有水下照明工具，当然就算水里真的有什么东西，那我也看不见。这样想着，我就憋着气继续往下潜，心说下来一回，就算什么也看不到，那也得到河底摸一把，不然连自己都有些不甘心，尽管我认为机关隐藏在河底的可能性真的无乎其微。

这条河比我想象的要深很多，根据时间计算，我已经下潜了十米左右，虽说我会游泳，但十米的深度对我来说也似乎是极限了，况且这里的水温实在是太低了，让人难以长时间承受。

黑暗中，我不断用手往下摸索着，我告诉自己，如果五秒之后我还没有触到河底，那就必须立刻上浮，不然我可能会因为无法抵抗周围的低温而造成慢性休克。

可就在这时候，我的手掌却在不经意之间触碰到了什么东西，不由心里一颤，觉得应该是摸到底了。

接下来我胡乱用手一抓，就感觉抓到了一条手腕粗细的东西，滑溜溜的，无法确定什么。刚开始的时候我以为是附着了微生物的铁链，但顺着这条东西摸索了两秒钟，又忽然意识到这并不是铁链，因为它并不具备铁链的基本特征，这条东西没有拼接结构，而是一个整体，像是一根烧火棍子。

这到底是什么玩意儿？就在我思索的这一刹那，忽然感觉到手里的东西一滑，然后竟然从我手中挣脱掉了。

顿时间，一种十分不好的预感一下子从我脑子里钻了出来，我几乎能想到自己摸到了什么，因为抓住这种东西的手感非常熟悉。为了确认自己的猜测，我又用手在河底摸了几把，结果我发现这河底竟然密密麻麻全是这种长条状的物体，基本上用手一抓就能抓到其中一条，而且这些东西瞬间就会从我手中抽走。

这河底，全都是那种会动的藤蔓。

看来杂毛和杰克的失踪并不是偶然，而是很有可能被河底的这种东西给缠住了。

我蹬了几下腿，就开始往回游，几下子就扑到了水面，然后开始对着白狐喊道："河底有东西，感觉像是那些假藤蔓！"

阿来此时还是贴在石壁上，听到我的声音之后，就顺着石壁滑了下来，问我具体的情况。

我把河底的情况跟他们两个人说了一遍，然后两人就明白了，白狐说道："我们得下去看看杂毛和老外是不是被困在水底了。"

"下面太黑了，什么都看不到。"我浮在水面回道。

"用手摸！"白狐说着就开始下水，"既然你没有被那些东西缠住，那就说明没有危险，事到如今救人要紧……"

我已经被河水冻得浑身哆嗦，虽然极不情愿，但看着他们两个已经入了水，就深吸了一口气，再次扎入了河底。

我已经知道了河水的深度，这次我计算着时间，以最快的速度到了河底，开始在那些假藤蔓中摸索。水底藤蔓的密度完全超出了我的预期，在我能摸到的地方，基本上都被这些东西铺满了，这很容易让我联想到了另外一种水生生物体——珊瑚。

难道这些东西也是一种水生生物？

如果是，那这种东西应该有一个共同的母体才对，这么多的分支，那母体的体积得是多么的夸张。

两分钟之后，我除了一直在和这些触手一般的生物体捉迷藏之外，最终还是一无所获，河底的面积实在是太大了，就算杂毛和杰克真被困在水底，那黑灯瞎火的也根本不好找。

可我又总觉得事情有些不对，为什么我两次跟这些藤蔓零距离接触都没有被缠住，反而是每当抓住这些藤蔓的时候，它们都会立刻从我手中挣脱掉，这种不正常的现象让我开始怀疑自己的推断是不是错了，或许杂毛和杰克根本就没有被困在水底。

水中的可视度基本为零，我也看不到白狐和阿来的位置，当我再次到了憋气的极限，就准备重新返回水面。

可是我刚往上游了不到一米，左手臂就突然被什么东西给抓住了，感觉像是一个人的手。

刚开始我以为是河底的藤蔓终于按捺不住对我发难，可是当我刚想着去挣脱的时候，却看到一双泛着血红色光芒的眼睛正在我的左前方盯着我看，而且这双眼睛距离我只有半米不到。

我的第一感觉是遇到了怪物，心里直叫完蛋，因此一口气没憋住，鼻腔里瞬间就是一凉，然后浑身不由开始剧烈痉挛起来，极度的恐慌感顿时覆盖了我所有的思维活动。

慌乱之间，出于本能反应，我开始拼命挥动手臂，想摆脱这双恶魔一般的眼睛和抓住我的那只手，我知道在这种情况下，只要是能浮到水面，那就有生还的希望，可如果做不到，那我就真死在这冰冷的河底了。

可谁知抓住我手臂的那只手力度极大，我发现自己根本挣脱不了，一股绝望感就慢慢占据了我继续抵抗的念头，我心里不断暗叫阿来你死哪儿去了，老子要归西了……

不对！阿来？

几乎就是在一瞬间，当阿来的名字在我脑海中划过的时候，我只感觉自己犹如被闪电劈了一下，似乎想到了什么。

憋住气，要淡定，要淡定！

我拼命告诉自己，那双眼睛不就是阿来吗？我忍住肺部传来的剧烈的灼烧感停止挣扎，再去看那双眼睛，就看到那双眼睛贴着我的脸眨了两下，同时抓住我手臂的那只手也轻轻捏了我几下，好像要告诉我什么。

这时候我已经停止了任何的动作，意思是想告诉对方，如果你是阿来，想干什么就赶紧的，我实在是憋不住了，再这么耗下去我的肺就要憋炸了。对方也明白了我的用意，开始拖着我在水中往一个方向下潜，大概又过了十秒钟的时间，我忽然看到自己前方不远处，出现了一团淡蓝色的光芒，而且在那片光芒的外围，我模模糊糊看到一个人影浮在那里。

很快我就被拉到了蓝色光源附近，这时候抓住我的人是谁也逐渐清晰了起来，确实是阿来正在把我往光源的位置拖动。而我看到的那个人影，竟然是白狐，她手里不知道什么时候多了一个鼓鼓囊囊的东西，在我们接近了之后，她便把手里的东西往我的嘴里塞了进去。

我含住这个东西之后，感觉有一股气流开始往我肚子里钻，忽然意识到白狐塞进我嘴里的很有可能是一个气囊，这里面有空气。

这可是救命的东西，我含住气囊的出气口拼命吸了几下，然后整个气囊就憋了下去，而我的肺里，也再次充满了空气，无与伦比的舒畅干几乎让我昏厥过去，过了良久，我才开始恢复正常的意识，开始看四周的环境。

我们三个人现在所处的位置是一个沉浸在水底的巨大方形石台，而石台的四角又分别有一根雕满花纹的方形的石柱，石柱上缠绕着手臂粗细的金属链条，从金属链条被腐蚀之后的颜色来看，应该是青铜铸成的。青铜链从石柱上一路伸展，最后全部集中到了平台中央一口直径三米宽的竖井内部，井里应该有光源，我所看到的浅蓝色光芒就是从这口井里发出来的。

很奇怪的是，在这四条青铜链上，分别都拴着一些气囊，这些气囊产生的浮力让青铜链在水中显得不再那么笨重，而是在自然重力的基础上，往上漂浮了一段距离。看着这些气囊，我觉得肯定不是建造这里的人留给我们呼吸用的，想了想，觉得有一种可能性比较大，如果有人想在水底操作这些金属链条，那么在金属链条上拴上气囊之后，在浮力的作用下，笨重的青铜链再被操作起来就显得容易多了。

不过我最关心的还是这四条金属链本身出现在这里的用途，因为它们出现在这里的状态，总是给我一种十分奇怪的感觉。我指了指青铜链，做了一个束缚的手势，意思是说：这些青铜链下面会不会拴着什么东西？

阿来又从铁链上分别解下三只皮囊供我们呼吸，期间白狐冲我点了点头，好像是在回应我的猜测，但随之她又做了一个朝下的手势，意思是要下到井里面去。

我游到井口往下看，发现这道竖井十分奇特，从井口往下的位置里面根本就不是普通的水源，而是充满了一种看上去十分特别的东西，这些淡蓝色的光源，就是从这种物质中散发出来的。

我见过这种物质，老爷庙水底的经历还历历在目，当时也是在一口巨大的竖井里面，我们所有人都看到了这种奇幻的物质。

这种物质给人的感觉十分不真实，但它又可以让人看得见，数不清的蓝色光点聚集在井道当中，越看越迷离，始终给人一种只要穿过这些物质，就可以到达另外一个世界的感觉。

想着当时中村正源被那只巨大的手掌抓进井底的场景，还有那些奇奇怪怪的脑袋，我对白狐要进入这口井的决定就充满了强烈的排斥感。于是我对白狐和阿来摆了摆手，意思是不能下去，可是白狐却把手指向了我的身后，然后做了一个皱眉摇头的动作。

看到她的表情，我心里咯噔了一下，心说难道我身后有东西？紧接着，阿来游到我身边，拍了拍我的肩膀，示意我看四周。

我回头往四周一看，那些沉浸在河底的藤蔓竟然在我不知不觉中全部涌到了石台四周，它们横七竖八一般缠绕着扭动着，越来越密集，简直乌压压一大片。

我心里暗叫着，觉得事情有些不对，看着这些藤蔓活动的状态，忽然意识到，它们这是在石台四周结网，想把我们困在石台里面。

阿来见状赶紧再次从青铜锁链上面解下三个气囊，每人分了一个，然后游到井口，不顾我的反对，顺着青铜链条下到了竖井里面，眨眼间就隐没在了那些蓝色光点当中。

看着阿来消失在了井里，我不由倒吸了一口凉气，毫无疑问，我们现在的局面已经相当被动，数不清的藤蔓已经把整座石台都包围了，根本没有可以让我们逃逸的缝隙，如果我们不沿着井道下去，万一这些藤蔓的目的不仅仅是为了困住我们，而是突然对我们发难，在这冰冷的河水中不比在地面，我们无论如何也斗不过这些蚰蜒一样的藤蔓，甚至连反抗的机会都没有。

事到如今，我只好祈祷我们三个能比中村正源的运气好一点，千万不要遇到什么说不清道不明的东西，哪怕穿越到另外一个世界，那也比着跟一群怪物混在一起强。要是被那么一只巨型手掌抓过，就算不死也得全身瘫痪。

话不多说，我更换了气囊，学着阿来的动作，首先抓住一条伸进井道当中的青铜链，然后头朝下把身体一点一点往井口背部移动，在下去大概有一米左右的距离之后，我就接近了这种蓝色闪烁光斑。

我先用手伸进光斑里面，发现这种物质跟河水是完全不同的两种介质，我感觉不到这种物质的密度，就像把手伸进了空气中一样。

不过这样也好，兴许进入之后就不需要靠气囊呼吸了……我这样想着。这时候紧跟在我身后的白狐推了我一把，让我动作快点。

井道里的光斑虽然很亮，但实际上并不刺眼，只是那种闪烁感让人有些眼花缭乱，当我的头部扎进这种物质的时候，下意识闭上了眼睛，顺着青铜链再次往下爬了好几米，很快我的整个身体就全部脱离了河水的包裹。

然而就在这一瞬间，我却忽然感觉自己的身体就如同失重了一样，完全感觉不到之前在水中的那种浮力，反而此时我的身体是处在一种自然悬空状态。

这是我没有预料到的，因为从井道上面看这种物质的时候，我一直以为自己进来之后会跟进入一锅粥里一样，然而这种失重的状态让我顿时意识到，这种物质很可能跟“鄱阳胎”差不多。

我小心翼翼睁开眼睛，想回头看看白狐有没有跟过来，可是刚刚把眼睛眯开一条缝，顿时感到一阵极度刺眼的蓝光刺进了双眼，疼得眼泪都流了出来，不得不重新把眼睛闭上。但这下既无法看清自己进入了什么地方，也不敢随便乱动，我只有双手紧紧抓住青铜链，身体就那样上下漂浮着，感觉自己像一个人形的氢气球，一点重力都感觉不到。

又过了十几秒钟的时间，我心说就这么干耗着也不是办法，就腾出一只手摸了摸含在嘴里的气囊，发现已经快要干瘪了。我估计了一下，气囊里面残留的空气和自己能够憋气的时间，最多不会超过五分钟，也就是说我必须在五分钟之内脱离这口井，然后到达一个可以自由呼吸的地方。

正想着，我忽然感觉自己的肩膀好像被什么东西给拍了一下，我下意识把眼睛一睁，看到白狐正悬浮在我上方。这次没有了刺眼的光芒，周围全是一片浅蓝色的光晕，这里就好像是一个蓝色的琉璃空间。

我看着白狐，发现她把气囊攥在手里了，没有再继续利用气囊呼吸。看到我在看她，她也看向了我，竟然满脸都是惊愕的表情，指着我的斜下方一个角度让我看。

我扭头往下看去，赫然发现，在距离我们下方十几米的井道内，有一个十分巨大而又十分耀眼的圆球状物体悬浮在那里，犹如一个直径十几米的巨卵。

巨卵的表面，不断散发出一阵又一阵的奇异蓝光，而且这种光线就像是一种可见的光粒子一样，散发出来之后在井道内形成了一种接近混沌状的另外一种物质，也就是我们在井口时候看到的那种全部由光斑聚集而成的物质。根据我的猜测，之所以到了底井道里面之后我们的身体能够出现悬浮状态，应该就是这种物质的原因，这跟鄱阳胎的性质十分类似，只是这种物质要比鄱阳胎更高级一些，原因是我发现在这里面人是可以呼吸的，这说明这种空间内含有氧气。

但这些都是我脑海中一闪而过的猜测，此时此刻我不想继续纠结这种物质到底是什么，因为我看到从井道上面延伸下来的四条青铜铁链最后都伸进了这只巨卵当中，这说明在这个圆球内部，一定还有什么东西，之前我的那种青铜链锁着什么东西的预感，在此刻也变得强烈起来。

我和白狐顺着其中一条青铜链慢慢往巨卵的位置爬了过去，现在没有必要担心氧气问题，我们的动作也麻利了很多，但爬着爬着我就忽然想起了另外一个人——阿来哪里去了？

我回头对白狐问道：“怎么没有看到阿来？”

白狐看着我，指着耳朵摇了摇头，意思是听不见。

我心说这个鬼地方真是诡异到了极点，居然可以屏蔽声音，只好不断对白狐重复一个口型：阿来。

白狐领会之后，就指向了巨卵，我也知道她想说什么，按照阿来的性格，他进来之后看到这只圆球，肯定是先过去一探究竟了，他虽然对白狐很忠心，但实际上并不是一个很守规则的人。

可能是阿来给我的印象就是这个样子，此时我看着这只巨卵，脑海中突然冒出来一个念头，阿来会不会钻进了这只巨卵当中……

顺着青铜链链一路爬过去，很快我和白狐就接近了巨卵。我眯着眼睛，尽量适应着从圆球中散发出来的蓝光，而等到逐渐适应了这些光线才发现，我们看到的所谓的巨卵，其实并不是真的有一个圆球状的发光物悬在这里，而是一个巨大的类似气泡一样的球形空间。

这个气泡的表面是一种半透明的物质，青铜链伸进了气泡内部，在圆球中心位置集结，缠绕着一块看上去得有五百斤重的黑色巨石。

巨石形状很不规则，有点像超大号的鹅卵石，但看上去又不像鹅卵石那样平滑，物质表面看上去坑坑洼洼，如同长满了麻子。

我转头看了看身后的白狐，两人面面相觑，又转头看着被青铜链缠住的黑色石头，心中总有一种十分奇怪的感觉，因为按照常理来推测，如果是有人想用青铜链困住这个东西，而且还藏在了如此隐秘的地方，那么很可能这块石头应该十分危险。

想着这个概念，再看着这个气泡，我脑子里忽然闪过了一个念头——表面一层膜，中间一颗芯，这不就是一个蛋么？

等等，这是一个蛋？

在很多的神话故事传说当中，石头在吸收了日月精华之后，是可以孕育万物的，例如孙悟空就是从石头中孕化出来的一只灵猴，只不过这块石头深藏在幽深的井道当中，自然不具备吸收日月精华的可能性，而且传说就是传说，现实中不可能有这种反常理的事情存在。

但是这块石头被青铜链锁在这里，又被一层透明的物质包裹其中，看着就让人有些难以名状的兴奋，我忍不住就想穿过这一层透明物质，跑到石头旁边一探究竟。

可是我的手刚伸出去，还没碰到巨卵的表面，突然之间，也不知道是什么东西，嗖地从我的耳边划过，然后一下子击穿了巨卵表面，撞击到了巨卵中间的石头上，蹦起了一连串的火花。

我被突如其来的状况吓了一跳，下意识觉得可能是有人在背后袭击我们，因为在这种失重的环境当中，还能够产生这种速度和力道的东西，只能是子弹了，而且还是近距离发射的。

身后的白狐也看到了刚才这一幕，我回头一看她，她伸出一只手做了一个手枪的姿势，我心里暗叫不妙，如果真的有人在拿枪打我们，那我们就是活动缓慢的活靶子，难道是那些J国人?

我和白狐还没来得及做下一步的反应，又有两颗子弹射进了巨卵当中。这时候我忽然感觉不太对，我和白狐现在都俯身在青铜链上没动，如果有人拿着枪打我们，那不至于连续三枪都射偏，而且最后这两枪很明显不是打我们，打的是巨卵中间的石头。可是我看了看那块石头，也没见有什么变化，还是如之前一样平静地悬在那里。

问题似乎已经很明显了，有人开枪是其一，而开枪的人目标不是我和白狐是其二，石头没有发生任何变化反而挨了三枪这是其三。我脑子迅速转动着，简单一分析觉得事情会不会是这样，刚才那三枪，目的不是打我们俩，可能也不是打那块石头，而是在阻止我们进入巨卵当中，这是一种警告!

想着我就扭转了身子往井道的下方看去，结果却发现我现在的位置十分尴尬，往下看的时候只能看到身后的井壁，而井道的中间位置被巨卵给挡住了，加上巨卵表面不断散发出蓝色光芒，我无法看到井道下面有什么。

白狐看到我的动作之后，好像知道了我要干什么，竟然一下子松开了抱住青铜链的双手，身体开始缓缓往井道的下方落去。

看到白狐身体能够自然缓慢往井道下方降落，我意识到井道内并不是完全失重的，而是一种半失重状态，就算落到底也不会摔死，想通了这一点，紧接着我也松开了双手，任凭身体开始在井道内缓缓降落。

很快我的视线就越过了巨卵的遮挡，随着白狐往旁边一摆动身体，我看到在井道的底部，站着三个人，其中一个人端着枪瞄准着我和白狐的方向。不过看到这三个人后我瞬间就放松了一口气，他们是早于我和白狐进入井道的阿来，还有跳下藤蔓巨网之后消失的杰克和杂毛。

杰克看到我和白狐逐渐接近了井道的底部，放下枪冲着我们招手，我对他竖起了中指，也不管他能不能听到，破口大骂道："死老外，你差点打爆我的脑袋……"

刚喊完，我就感觉身体降落的速度发生了变化，开始有了一种自然重力落体的感觉。我心说糟糕，浮力剧烈下降，估计要摔了。

白狐比我反应快，她已经调整好了身体的姿势，眨眼之间就以半蹲的姿势落了地，而我却没来得及调整身体，以一种五体投地的姿势直直往井底摔了下去。

我大叫一声赶紧接住我，下面的三个男人也反应过来，七手八脚对准了我摔落的位置，竟然把我给接住了，同时我听到杂毛发出了类似欢呼的叫声。

我被他们扶稳之后，大口喘着粗气，不由感觉颜面尽失，大骂杰克："你为什么对我们开枪，你知不知道子弹是贴着我耳朵飞过去的，你想谋杀吗？"

杰克满脸无辜地看着我，回道："我的上帝，我是在救你，你看——"

顺着杰克手指的方向，我发现在这里井道的底部横七竖八散落着一些似乎已经被烧焦的尸体。它们衣服都烧没了，表面焦黑一片，同时还有一丝烤肉的味道。

“这是怎么回事？”我看着尸体问道，又看了看阿来，他还是老样子，注意力完全不在我这边，而是一个劲儿观察着四周。

“还是让杂老板跟你们说吧，我的汉语无法描述这一切，这里的一切简直太不可思议了，我需要补课……”杰克满脸惊惶地回答道。

白狐问道：“杂毛，发生了什么？”

“这还多亏了老外，不然我们都得变烤乳猪。”杂毛看着头顶的发光巨卵说道，然后跟我们说起了他和杰克跳下巨网之后的发生的事情。

杂毛和杰克从藤蔓巨网上钻下来之后，直直跌入地下河里水底，与此同时，两人发现了沉寂在水底的“藤蔓”集结群。

对于这些东西，杂毛的判断跟我基本差不多，觉得这是一些跟木质生物完全不同的另外一种生物体，而且很有可能的是，这些生物应该还有一个母体。

按照常理，即使有了这个发现，杂毛和杰克也应该返回水面接应我们三个还在火焰中挣扎的人，然而杂毛的听力异于常人，当他还在想着为什么水底会有如此多的假藤蔓的时候，他在水里却听到了一些非常奇怪的声音，而且这些声音就在他不远处。

最初他以为是假藤蔓在水中活动产生的声音或者干脆是藤蔓母体发出的声音，然而等他耐下性子稍微一分辨，就觉得不远处的声音应该是有大量的人同时在划水导致的。

杂毛的第一反应是终于追上了那些J国人，但为了弄清楚他们的去处，他顾不上回水面换气，便拉着杰克顺着声音传来的方向追了过去。

果不其然，两人在地下河水底游了半分钟不到，就看到了一片浅蓝色的光源。这片光源就是来自井道里面的那种特殊发光物质，在透进水里之后被放大，反而映出了一片光源区。

也就是在这时候，杂毛和杰克同时看到，大约有二十几个人潜在水底，此时正在靠近一座石台，那片光源的中心，似乎就在那石台上。杂毛一看到这些人，瞬间就认了出来，正是在斑斓雪山中攻击了第一梯队的那些J国人。

这就叫冤家路窄，杂毛吃了这些人的亏，再次看到仇人的时候，不由怒火心中起，就要去扯杰克的突击步枪，想着来个背后偷袭，灭了这些王八蛋。杰克一边憋住气一边止住了杂毛的动作，用手语告诉他，这突击步枪在水中的威力有限，如果不是在三米之内对中敌人要害开枪，那很难杀死对方，而且杰克还发现在那些J国人当中，似乎还有一个不属于这个组织的人混在其中，虽说水中的视线总不比在陆地上，但杰克还是隐约感觉到那个人看上去似乎有些熟悉。

杰克又往前游了几米，赫然发现那个人的头发很长，而且是一个看上去很干瘦的男性老人，反应了那么一秒半秒的时间，杰克忽然意识到，他确实见过这个人，而且就是我那个神出鬼没的老同学。

此时的佐佑，似乎正在给那些J国人引路，他不断朝着石台游去，过程中还不停打手势让那些J国人跟上。

我听到这里，忍不住打断了杂毛的叙述，问他是不是在放屁，佐佑怎么可能跟那些J国人混在一起？根据之前的判断，佐佑应该是在阻击J国人继续深处天坑内部才对，而且按照我的想象，一旦让佐佑追上那些人，免不了又是一场屠杀，怎么可能会出现佐佑变成引路党的事情？

杂毛被我打断之后，有些不爽，但碍于我之前救过他，又不好意思像以前那样骂我，于是说了句别打岔之后，只好继续陈述。

虽然杂毛不认识佐佑，但杰克却是见过的，在看到这样的情况之后，杰克的反应就比我冷静得多，他上过战场，也受过特殊训练，因此他的逻辑跟我们普通人不一样。他首先想到的是，佐佑很有可能是被没有死掉的J国人给俘获了，毕竟对方的人数太多，硬碰硬真的很难对付得了这些受过神秘训练的杀手。因此很有可能的一种情况是，佐佑在强攻无果的情况下，最终选择了智取，杰克相信只要暗中跟着那些J国人和佐佑，很快就会看到引君入瓮的场景发生。

杰克深知，这种地方，简直就是地狱，随处都有陷阱和机关，如果一个十分熟悉这里的人想要对付一群外来人，其实比我们想象的要简单很多，他只需要把外来人引入危险区，根本就不需要自己动手。

那么，根据我看到那些被烧焦的尸体的情况来看，后面的事情已经可想而知。

很快，杂毛和杰克看到，在佐佑的示意下，J 国人摘取了气囊，不需要浮出水面就补充了氧气，然后全部消失在了井道当中。

杰克和杂毛生怕错过了关键性的线索，因此决定悄悄跟在 J 国人和佐佑之后，看看这些人消失在石台之后会去哪里，又会发生些什么。

有了气囊可以呼吸，杰克和杂毛不但不需要回到水面换气，还可以对 J 国人进行不间断的跟踪，等佐佑和 J 国人潜入竖井之后有半分钟之后，两人也慢慢动身潜入了竖井，那时候几乎所有的 J 国人都被井道种的巨卵给吸引住了，竟然都没有发觉自己的头顶还有两个人跟踪着自己。

接下来的场景，基本上被杰克给猜中了，只见佐佑附身在青铜链上对着 J 国人一阵比画，然后有四个 J 国人就被安排沿着青铜链接近了巨卵，并且穿过了巨卵表面的那一层透明物质进入到两面。

打头阵的几个人进入巨卵之后，回头示意外面的人没有发生任何状况，然后围在外面的十几个人似乎就放了心，也陆陆续续进入了巨卵内部。

这些人的目标很明确，就是巨卵中央被青铜链拴住的黑色石头。

他们有的人开始掏出相机拍照，而有的人则是掏出了一些小型的切割工具，试图把那块石头从青铜链中撬出来。

然而就在所有 J 国人都为发现了那块石头而感到兴奋不已，忙得不可开交的时候，佐佑抓住自己进入了一种被忽视的状态的情况下，双手突然松开了青铜链，身体直直向井道的底部坠落儿去。杰克利用突击步枪上的瞄准镜盯住了佐佑，原本以为他要逃跑，想借此看清楚佐佑的逃跑路线以作备用。

可事情却不是他想的那样，只见他在坠落到井道底部之后，猫腰进入了镶嵌在井道石壁上的一道拱门之内，过了有几秒钟的时间又钻了出来，开始对着上方拼命挥动手臂。

杰克从瞄准镜中的角度看过去，发现佐佑的动作很明显是对着自己和杂毛做出的，也就说佐佑已经知道了有人跟在他后面。杰克和杂毛看到所有的J国人就像是发现了宝藏一样，所有人的精力都放在了那块石头上，丝毫没有人注意到佐佑已经到了竖井底部并不断往上打手势，因此这个信号很明显是给潜伏在井道上方的这两人发出的。

杂毛一看这种情况心里就明白了，然后拉着杰克放开了青铜链，身体也开始往井道下方坠去。等到他们两人的手刚松开青铜链不到一秒钟的时间，杂毛和杰克同时看到，巨卵中间的那块石头忽然发出了一阵又一阵刺眼的蓝光，然后所有进入巨卵内部的J国人就全部如同被雷电击中一样，身上冒着黑色的烟从巨卵内部掉出来，全部摔到了井道底部。

第十一章 白氏家族的秘密

阿来也跟我和白狐一样，差一点就犯了致命的错误，好在杂毛和杰克提醒及时，否则按照阿来的性格，他一定会先想办法钻进去把那块石头研究明白再说。

看着散落在井道底部焦炭尸体，我骂了一句真是罪有应得，然后又觉得好像哪里不太对劲，数了数尸体的数量，发现只有九具尸体，竟然少了许多。于是我问道：“不对啊，既然所有的J国人都被电死了，那应该至少得有二十多具尸体才对，这才多少？”

这时候阿来低声说道：“这些人不是被电死的，而是在瞬间受到了强烈的辐射，我们看到的这几具尸体，应该都是在石头外围的人，那些靠近石头的人，一瞬间就被气化了。”

我抬头看着悬在头顶的巨卵，心里感觉似是而非，随即说道：“那我们会不会也受到了辐射？”

“应该不会。”阿来回道，“这块石头被青铜链锁在这里，肯定是人为的，而且石头的外面包裹了一层胶装的透明物质，也不会是自然形成的，想必一定是有人为了拦截石头不断往外扩散的放射性物质而特意做的，你们不觉得这种透明的物质很熟悉吗？”

被阿来这么一提醒，所有人都不由愣了一下，然后听到阿来继续说道：“老爷庙水底有一种十分奇特的物质，你们应该没有忘记吧？”

我恍然大悟，说道：“你是说‘鄱阳胎’？”

阿来没有直接回答我，而是反问道：“我再问你们一个问题，太岁这种东西你们听说过吗？”

“肯定听说过，我都见过！”我脱口而出，同时脑子一闪，似乎猜到了阿来想表达什么，“你是说我们遇到的特殊物质就是太岁？”

“或者说是进化成功的太岁。”阿来回道。

“那你是怎么知道的？”我问道。

阿来看了看白狐和杂毛姐弟俩，沉默了几秒钟，说道：“我就是知道。”

“你到底什么意思？”我感觉气氛有些怪怪的，又看了看其他人，也都是一头雾水。

“他确实知道！”忽然间，一个人的声音从我们身后传来。

所有人转身，看到佐佑从井壁上的一道石门内钻了出来，他依然披散着脏乱的头发，手里拎着一颗人头。

我几乎一眼就认出了那个人头到底是谁，指着佐佑手中结巴了半天才说出话来：“面具人？你怎么把他给杀了？”

“我没有杀他。”佐佑看着我冷冷地回道。

杰克一把举起枪对着佐佑大叫：“J国人都死了，不是你杀的难道是我们吗？白老板，要不要我一枪打死这个怪物？”

“都不要轻举妄动！”白狐打住杰克，继而对佐佑说道，“我已经知道了你的身份，你参加了十三年前的那次考古，我是你们队长老鹰的女儿，我想我们可以谈谈！”

我一直看着佐佑，本以为他会无视这件事情，可是没想到，他的身体颤抖了一下，然后用手拨弄了一下挡在自己脸上的头发，露出了一张布满褶皱和污渍的脸，一双眼睛眯成一条缝死死盯着白狐，良久才说道：“你怎么证明你是老鹰的女儿？”

佐佑保持着他一贯的警惕，从里到外都流露出一股老子谁也不信的姿态。白狐没有被佐佑的这股气势镇住，苦笑了一声，也没有直接回答佐佑的问题，而是说道：“虽然我不知道你们当年发生了什么，但我真的希望你能告诉我，我的父亲究竟怎样了，我参与到整个计划当中，主要的原因就是寻找真相。”

“真相？你作为领队，想知道的是你父亲失踪的真相还是你们跋山涉水要调查的真相？呵呵，我觉得你们在乎的不仅仅是真相，而是预谋着更加恐怖的计划吧？！”佐佑这样回答道。

“大小姐，我们自己可以寻找答案，这个人并不怎么可信。”阿来在一旁提醒白狐，“万一他不是齐天的同学，或者说他没有站在我们这一边，事情恐怕不能如你所愿。”

白狐回道：“我明白你的意思，但是他是那次考古事件当中唯一活下来的人，我只能选择相信他。”

阿来转向佐佑，说道：“我们的恩怨，总有清算的时候，但是我希望你不要乱来，否则我一定会杀了你，你知道我并不怕你。”

“我本以为可以废了你，没想到你挺过来了，这是命，我认。”佐佑回道，但紧接着话锋突然一转，“可是就算我不杀你，恐怕白小姐最终也不会放过你！”

杂毛一听这话就怒了，在一旁骂道：“放你的屁，阿来是我们的兄弟，你再胡说老子弄你！”

“都给我闭嘴！”白狐喊了一声，然后对佐佑说道，“你能这样说，看来你已经知道很多事情了，既然这样，不如我们干脆结盟，然后各取所需，怎么样？”

白狐没有否认佐佑的话，这让我很意外，我看着阿来，感觉这个人的存在实在是太让人悲伤了，怎么都想弄死他呢？阿来应该是个好人才对，难道白狐最后也会因为阿来的身份跟他翻脸？我想起了白狐的背景，忍不住倒吸了一口凉气，觉得这种可能性还是存在的。

最淡定的是阿来，他听着就跟不是说自己一样，而是盯着佐佑手里的人头在看，而且若有所思的样子。

“想让我相信你，就证明你是白氏家族的人，然后我们再谈是不是有结盟的可能性。”佐佑回道。

白狐跟佐佑对视着，佐佑一动不动，完全没有让步的意思，过了一会儿，我有些不耐烦了，觉得这两人都不像是我曾经认识的那种人，他们身上的秘密，貌似远远不止我了解到的那点，于是我做和事老说道：“我说两位，看在我面子上，咱们能不能不要在这种地方干耗着，要是头顶的石头有辐射，那我们留在这里的时间越长，危险性就越大，要不我们换个安全的地方再讨论你们之间的事情？”

佐佑对我说道：“齐天，不是我不给你面子，你看看我现在的样子，都是让他们那个计划给害的，过了这道拱门，就是鬼头甸子隐藏了几千年的秘密，有些事情不说清楚，我不会让任何人进入这个秘密的核心，因为这个秘密在我看来实在是太危险了！”

白狐眼看着佐佑没有丝毫让步的意思，习惯性地叹了一口气，对身边的杂毛说道：“杂毛，下面我要说的事情，关系到我们整个家族的命运，你要记住了，如果我死了，你也要继续我们家族的事业！”

杂毛抓了抓自己头顶已经被火烧没一半的头发，不解地问道：“咱们家还有什么秘密是我不知道的？目前来看，除了咱们那个失踪多年的大哥，就剩下你和我了，还能有什么秘密可言？”

“齐天，我很幸运遇到了你，如果没有你参与进来，恐怕我们跟你这个老同学早就两败俱伤了，我更不可能提前知晓我父亲的事情，不过事情到了现在，或许坦然一些会更好。”白狐对我说完，又对杂毛说道，“现在看来确实不算什么秘密了，但是这个秘密还有最后一个作用，就是证明我们白家人的真实身份。”

我看到佐佑的眼睛开始放光，能感觉到，我将会得知一个十分不寻常的信息。果然，白狐马上对佐佑说道：“我父亲一定告诉过你，白氏家族供奉的祖先是秦国大将白起战神，乃花忍组织的创立者，花忍者世代遵循的祖训是抹杀一切异人，我的父亲白战鹰是白氏花忍第七十七代传人，我白童舒是第七十八代传人。这些信息只有白家的人知晓，而且只有传人才有资格知道，我能说出这些，足以证明我就是白战鹰的女儿，请问佐先生您还有什么疑惑的吗？”

白狐一席话刚说完，我还没有完全明白白狐说的到底是什么，站在我们对面的佐佑便如同受到了某种力量极大的冲击，一直绷紧的姿态瞬间倒塌，身体站在原地出现了因为激动而产生前后晃动的状态，而且眼睛不再是眯成一条缝，而是彻底瞪大了。

杂毛在一旁更加疑惑了，抓耳挠腮道：“我去，我们的祖先是白起啊，杀人狂魔？什么是花忍组织，我从出生到现在，还是头一次听到有人这么说咱家的事情，你精神没问题吧？”

“不止如此……”白狐继续说着，包括我在内，几乎所有人都被白狐接下来的叙述引入了一个几乎无法用正常逻辑思考的故事当中。

在中国历史上，确实有白起这个人，那是战国时期秦国有名的战将。白狐说，按照祖上传下来的意思，没有战将白起，就没有秦国后来的统一六国。

虽然这种说法有点自吹自擂，但我并不作否认。按照史书的记载，战将白起在服务于秦昭王期间，基本上把其他六国收拾了个遍，导致其他六个国家元气大伤，再也无力抗衡秦国，为后来的秦始皇统一全国打下了基础。我们之所以了解白起这个人物，最著名的事迹便是那史上有名的长平之战，白起领导的秦军大败赵军，坑杀敌军四十万有余，至此被后世封为“杀神”。

当然白狐不是在说历史，她是在跟我们陈述另外一件事。她认为那些史书上对于白起这个人物的介绍和事迹描述，都是秦始皇在焚书坑儒之后新造的历史，而真实的情况并非如此。在白氏家族的内部继承下来的传说当中，他们的这位老宗祖并不是一个纯粹的武夫，甚至他真实的身份跟“打仗”这个词都不怎么沾边。真正的白起是侍奉在秦昭王身边的一个大巫师，主司大型祭祀、王室占卜、炼制丹药和推演兵法等，带兵打仗那其实都是兼职。

历史上真实的白起和后来秦始皇时期被杜撰出来的白起基本上已经判若两人，至于为什么会发生这样的事情，应该说杀神白起并不能算是那个时期的一个异类。秦始皇统一六国后做了很多这样的事情，很多真实的历史就是从秦朝时期出现了严重的扭曲和缺失，而导致这种社会现象出现的一个分水岭，是跟一件发生在秦昭王时期的诡异事件有关。

话说秦昭王四十年之前，那时候还是其母宣太后掌权时期，秦昭王虽胸怀大志却终日苦不堪言，无论做什么事情都得看老太后的眼色，时间久了，就难免展现出一些自暴自弃的行为，比如长时间沉迷花天酒地，四处寻访美女陪侍。在女色这个事情上，这个秦昭王可没少闹出笑话。

一国之君难道缺女人吗？答案当然不是，秦昭王这是在利用“好色”的概念在降低自身的光芒和野心，以迷惑以自己母亲宣太后为核心的整个外戚势力，给自己争取一个相对安全的环境和尽可能多的时间，从而实现藏在自己内心的一个天大的抱负。

这个秘密的起源，是发生在秦昭王二十五年期间。这一年秦国打下了原本属于赵国的两座城池，秦昭王为了鼓励参战的将士，亲临这两座城池犒赏三军，在例行的赏赐活动结束之后，秦昭王命令胁从带着自己四处在刚打下来的地盘内转悠，大概是想告诉所有人，这些地盘属于老子了。

只是没想到，这转着转着，就在其中一座城池中看到了一些被俘的赵国士兵正在被一名秦国刚继任的大祭司驱赶着往秦地赶路。众所周知，秦国打仗基本不留俘虏，杀俘虏已经是秦国攻城掠地的一大手段，过往经历当中，以杀俘虏和屠城的方式对周边国家展开心理战的方式屡试不爽，他这回竟然看到一名大祭司模样的人赶着一堆俘虏往秦国走，那是一件十分不正常的事情。

后面的内容，估计白狐是背的家训，都是一些文言文，我一边听一边翻译，大概听出了这么些个内容。

秦昭王拦住了押着赵国俘虏赶路的大祭司，问道："这是怎么回事？不杀了还留着这些俘虏，难道想浪费粮食吗？再说，你个刚继任的大祭司不在国都给王室祈福，跑到军队管什么闲事，越权办事按律当斩，你不要命了吗？"

这个大祭司看到秦昭王之后，接着就给跪下了，看了看亲王身边的胁从，就说道："大王可否借一步说话？我定给大王一个有力的说法，如果我做不到，你再杀我不迟！"

秦昭王平时活得挺郁闷的，本来到这两座城池犒赏军队，就是按照规矩走个过场，没想到遇到这种新鲜事，一时不免兴起，就回道："那好，本大王就且听你辩论一番，可如果你说不出个所以然，我就要砍了你，我的心情可不算好。"

大祭司把亲王带到了一边，再次跪了下来，说道："大王明鉴，这些赵国俘虏可不是普通的士兵，而是属于赵国的祭司团队，这个事情我还就得管一管，因为这里面牵扯到我大秦国运，更牵扯到大王您的万寿之事啊！"

秦昭王一听大祭司的话，眼珠子立刻就直了，他知道"国运"和"万寿"这两个词重量，这是作为一个王者毕生最大的追求，只是他还在疑惑，国家的发展和自己的寿命跟几个被俘的赵国祭司有什么关系？但是秦昭王不是傻子，他从大祭司眼中看到了一种别样的眼神，这种眼神告诉他，这里没有玩笑，这个大祭司一定是发现了什么，否则绝对不会冒着杀头的危险来做这些事情。

秦昭王扶起大祭司，问道："大祭司可直言，念着你对国家和大王的忠心，我可以把你越权办事的罪过给免了。"

大祭司起身谢过秦昭王之后回道："大王，您还记得当年赵国的那块内有精血涌流的石头吗？”

“当然记得，而且说起来我就来气！”秦昭王听到大祭司的话气就不打一处来，“当年老祭司非得劝我用十座城池从赵国换下那块石头，说那是一块绝世美玉，跟女娲娘娘的补天石齐名，我本想用计得来送给佳人，可是没想到最后还是没有得到，要不是老祭司劝我宁愿不得也不可毁之，我早就把那个拿碎石为由来威胁我的人给杀了。”

大祭司回道：“大王可怪不得老师，那块石头可非玉石那么简单，是真毁不得啊！”

秦昭王急眼了，就问道：“我问你俘虏的事情，你跟我提旧账惹本大王我上火，你到底想说什么？”

大祭司回道：“那块石头回到赵国之后，就被赵国的这些个祭司拿去，从此不知去向。而我的老师在死之前告诉我，赵国之所以宁愿玉碎也不拿来跟秦国换城池，是因为那块石头具有一种十分奇特的功能，只要利用好了，就能打造一支十分厉害的军队，别说是十座城池了，就是吞并六国都不为奇！”

秦昭王问道：“按照你的意思，那块石头岂不是神物，能幻化千军万马？我觉得不太可能，否则我大秦的军队怎么可能这么快就又拿下赵国的两座城池，你的老师肯定是老糊涂了。”

“大王，实在是非也！”大祭司继续说道，“我的老师曾经掌管秦国古籍，众多的上古遗作当中都显示，上古时期人世寿千岁，古之交战，多有异人掺杂在军队当中，就算是离我们比较近的商周大战，多场起了关键作用的大战也都有异人参与其中，老师毕生都是研究这些古籍，当他知道赵国有人发现了那块内含精血的奇石之后，就奉劝大王一定要想方设法得到那块石头，因为那种石头就是异人出现的关键，而异人的寿命必是极长！”

秦昭王听完大祭司的解释之后恍然大悟，想起了老祭司在世的时候曾经对自己说过的话，让自己做过的事情，似乎之前的一切不合理此时都合理了，如果这个现任的大祭司真的不是在欺骗自己，那么他遇到了一件闻所闻问见所未见的事情。

作为一代君王，他距离古往今来所有帝王都想实现的终极目标似乎也没那么遥远了。

但同时他也出了一身冷汗，幸亏秦国掠夺他国城池的节奏比较给力，在赵国还没有使用石头造出异人之前自己就知道了这个秘密，否则别说自己拿下赵国的两座城池，恐怕整个中原大地都是赵国的。于是秦昭王当即授意大祭司不惜一切代价从赵国人手里找到那块石头，举倾国之力实现秦国大运和君王万寿，事情办成可赏大祭司终生服侍君王左右，共享天年。

可是大祭司却在这个时候给秦昭王泼了一盆子冷水，他说道："这些只是线索，但是具体实施起来可能没那么顺利，赵国显然是失败了，否则这些赵国祭司也可能被我们抓住，而且根据现在秦国的情况，还得委屈大王您忍耐一段时间。"

秦昭王回道："大祭司有什么需要我帮助的，尽管直言！"

大祭司回道："现在秦国您说了还不算，如果把这件事情透露出去或者摆在明面上去办，恐怕对大王你更加不利，这也是老祭司到死都没有就那块石头说出真相的原因，赵国只是对外说那是一块玉，想必也知道，一旦这件事情知道的人多了，必定天下大乱。"

秦昭王问道："你说得对，那按照你的意思我该怎么办？"

"必须彻底打垮赵国，估计最直接的资料肯定在赵国当中，我已经初步审问了这些俘虏，跟我的猜测大差不差，只是这些都是被高度保密的事情，不彻底拿下赵国，我们没办法找到那块石头，也得不到相关的资料，因此我需要军队，而且还只能我来带队，因为只有我知道大王需要什么，还能保密。"大祭司说道，"另外我还需要大王韬光养晦，逐步清除异己得到绝对的权力，这样就不怕被人觊觎，以免给他人做了嫁衣。"

听到这里，我也恍然大悟，自己经历的种种事情，似乎都寻到了根源，而且一条很微妙的线索在我脑海中浮现了出来。

杂毛喊了一声，说道：“从此白氏老祖宗成了将军，而秦昭王装成了色鬼，我们家的孩子或多或少都身怀绝技，这都是有原因的啊！简直太牛了，等我回去我得给老宗祖烧烧香，活了这么久，我都不知道家里还有这么一位祖宗，保密工作都做到我头上了……”

佐佑讽刺一般地笑道：“可是无论是秦昭王还是白起，最终都失败了，杀了那么多的赵国人，最终也没得到自己想要的东西，尽管长生不老和打造异人军团是距离秦昭王多么近的一件事情，可这就是真实的规律，历史不允许那种悲剧再次上演，那就是不会了，只是可惜了当今世人还是在执着那个可怕的欲望，害死了那么多无辜的人……”

“那花忍组织又是怎么回事？”我突然想到了这个问题，因为在白狐的陈述中并没有提及这个概念。

“那是后来的事情了。”佐佑说道，“后面的事情我替白小姐说。”

白起几次带兵攻打赵国，目的只有一个，就是寻找那块石头，可是无论他怎么找都找不到，就算偶尔有了线索，得到的也都是一些被赵国人伪造出来的假石头。

而且在这个过程当中，白起率领秦军和赵军作战，发现赵国的军队中开始不断出现一些战斗力极强的士兵，尽管数量有限，但还是给白起进攻赵国制造了不少的障碍，因此他意识到赵国可能发现了利用石头打造异人的方法，虽不敢说是绝对成功，但也不能让这种事情继续发展下去，于是他开始大肆屠杀赵国军队和平民，尽可能抹杀掉一切异人，以免留有后患。也正是出于这种原因，才有了历史上的白起杀人无数，屠杀无辜，被后世称为“杀神”的传闻。

但遗憾的是，秦昭王一直没有等来白起的好消息，自掌权之后，秦昭王日益繁忙，作为一个君王，经历的事情多了疑心便开始无限生长，逐渐对白起失去了信心，又唯恐白起的军权对自己的王权形成威胁，于是便听了奸臣谗言用计除掉了白起，一代名将就此在历史中落幕。

但就在这看似真实的结局背后，却还隐藏着一个不为人知的秘密：白起并没有真的被秦昭王处死，而是在秦昭王的指示下隐退，秘密组建了一个十分特别的组织，这个组织以家族的形式为继承使命，继续执行着秦昭王的命令，只是由原来大军队扫荡的形式，变成了秘密寻访和暗杀。

这应该是历史上第一支忍者组织，所谓忍者，大意为忍耐、隐藏和秘密，是不能为外人知晓的，至于为什么叫作“花忍”，究其原因，是因为秦昭王当年赐给了白起一枚金属打造的优昙花，上面刻有“天赐”二字。在秦昭王的遗训中有这么一条：后来王室继承人，见持有此花者，当需倾力保护，这关系着整个国家的命运和一个属于嬴氏家族历代君王的天大秘密。

因此，白狐作为白氏家族花忍组织这一代的继承者，就应该随身携带这一枚金属优昙花。佐佑言道：“白小姐可否将优昙花给我看看，我也就认定了你是老鹰的女儿。”

“我父亲如此相信你，把我们家族的秘密都告诉你了，那我也就不需要向你隐瞒了，优昙花在我身上！”白狐说着，就从脖子上解下一条金属项链。在项链的末端，一块圆形的白色玉石从她的领口被带出，她把项链垂在我们面前，我看到一朵闪着金属光泽的优昙花造型的金属物件被镶嵌在了这块玉石之内。

然而这时候，半天都没有任何动静的阿来，却说了一句令我毛骨悚然的话，他说道：“我怎么感觉事情有些不太对，我们当中多了一个人！”

“多了一个？多了谁？”杂毛四处环视了一下不解地问道，“你别神经质了，这个地方不大，除了我们不可能有其他人了。”

“只是一种感觉，你们在听故事的时候，我总感觉有一双眼睛在盯着我们，而且就在我们附近！”阿来解释道。

阿来刚说完，忽然之间，一阵十分诡异的“咳嗽”声从佐佑身边传了出来，我们都站在佐佑的对面，听到这声音之后，都不由下意识往后退了几步，只有阿来在那一瞬间死死盯住了佐佑手中的那个人头。

那声音竟然是面具人的人头发出来的，而且我发现那双藏在面具后面的眼睛，依然眯成一条缝在看着我们，好像并没有瞑目。难道，阿来说有人在看着我们，就是这个人头吗？

很快，一连串十分古怪的声音又从人头的嘴部发了出来，沙哑的声音和含糊不清的词语让人听着头皮发麻，杂毛侧着耳朵听了一会儿，几乎跳起来说道："这个头诈尸了，他好像在说话！"

"他在说话，赶紧听听他在说什么！"白狐在一旁焦急地问道。

佐佑把人头提到耳朵边上，模糊不清的声音开始集中起来，我在一旁看着这样的场景，心中泛起一股明显的恶心，但这还不算，很快佐佑就慢慢把人头摆在了地上，并对着人头说起了话，看得我一身鸡皮疙瘩，他说道："你说的话我已经明白，你就安心上路吧。"

"他说什么了？"我有些不敢相信地问道。按理说，人头和身体分离，不出五分钟，脑组织势必会死亡，鼻腔排除少量气体从而导致异声有可能，但如果说人头已经跟躯干分离了还能说话，那真是很难令人置信。

佐佑回道："他说让我帮你们离开这里，人类不应该再踏入这个地方，否则将会天翻地覆。另外，他想让我们帮他彻底死去，否则他的生命特征还会保持至少三年以上的时间，他不想以这样的方式活着。"

我反驳道："佐佑，咱们可是老同学，虽然我的专业能力没有你厉害，但尸首分离不可能还有意识这样的道理我还是知道的，你确定你没忽悠我们？"

"你觉得这个头颅是普通人的头颅吗？"佐佑反问道，随即又指着阿来，"你不信，但是他会信，对不对？"

阿来默不作声，依旧死死看着面具人的人头，眼神又透露出他独有的那种悲凉，给人的感觉好像是在诉说着什么，但又不能说出来，让人看着都跟着心里难受。他对杰克说道："借你的枪一用。"

杰克有些不情愿，他一直用枪指着人头，早就吓坏了，现在阿来跟他借枪，他表现出一万个不愿意，但奈何阿来对他一瞪眼，这哥们儿就怂了，乖乖把枪给了阿来。

阿来接过枪之后，对着人头的天灵盖连射两枪，这么近的距离，两枪就几乎把整个人头打烂了，随即把枪扔给了杰克。

“对自己的同类也忍心下手，看来你真不配做人。”佐佑冷言说道。

“我不想跟任何人争执，但我必须告诉你的是，我是一个人，他也是人，我配不配做人不需要你来说，看看你的样子，再看看你的内心，你又算是一个人吗？”阿来回道。

“看来不跟你做个了断，你是不肯承认自己不是人了。”佐佑说着就摆出了要动手的架子。

阿来毫无惧色，十分藐视地看着佐佑，眼珠子开始慢慢变成红色。

我一看架势不对，这里不是了恩怨的地方，于是赶紧制止道：“你们能不能别再斗了，能不能看在我的面子上咱们先团结一致，做我们该做的事情？都想想来这个地方的目的，我们共同的敌人现在到底还有没有潜伏在这里还不好说，对不对？还有我说老同学，你不是让我来救你吗，我看你的样子也不需要我救你，你到底什么居心？”

“我没有骗你，我根本不能离开这个地方，否则我就会在很短的时间内无限衰老下去，穿过拱门后面的石廊，你们就会明白了！”佐佑回道。

然而佐佑刚说完，从石拱门的深处却忽然传出了一声惨叫，那分明就是人的惨叫声。所有人都不由提高了警惕，就连准备动手的阿来也把目光投向了石拱门入口内。

杂毛跑到石门边上，把耳朵对向了石廊，很快我们就看到他的表情有了变化，同时听到他喊道：“里面有骚乱，好像是有两股人在打架，数量还不少……可是J国人都已经死干净了，不可能还有这么多人，而且就算是J国人，他们又在跟谁干架呢？”

佐佑听了之后又看看已经被打烂的人头，好像突然惊醒了一般，对我们问道："除了那些J国人和你们这几个，还有其他人进入鬼头甸子范围吗？"

我们面面相觑，阿来就问道："大小姐，你的第一梯队还有幸存的人员吗？反正我的第二梯队肯定都完了。"

白狐想了想说道："我不敢确定，我们都被打散了，就算有活着的人，也不可能先与我们找到这里，除非还有其他路线能够进入到这个地方，可是从我们一路过来的情况分析，这里不可能再有其他入口了。"

"谁说没有其他入口了，我当时就是从另外一条路线找到的这个地方的！"佐佑说着就转身就往拱门里钻，"如果不是你们的人在里面，那事情可就麻烦了，J国人可能也是兵分几路潜入到了这里，你们还是太小看他们了，我需要帮手……"

阿来闻声就一个箭步追了进入，同时我听到他喊道："你们保护好大小姐，先不要轻举妄动，我跟去看看到底怎么回事！"

"我们得去帮他们，不能在这里干耗着，我们不能再损失任何人了。"白狐看着我们剩下的三个人用半商量半命令的语气说道。

"那就上吧！"我回应了一声，心说在这种不明就里的复杂情况下，任何人对白狐的关心都是多余的，她绝对不会按照任何人的想法安心在这里等待，哪怕这个井道是眼下最安全的地方。与其被别人理解为懦弱和脑残，那还不如积极表现一回痛快，反正我一个人也不可能出的去，于是我第一个猫腰钻进了拱门后面的甬道内。

这条甬道应该是安全的，我虽然看不到已经跑远的佐佑和阿来，但是我在奔跑的过程中隐约能听到一连串急促的脚步声。

白狐紧跟在我身后，杂毛和杰克断后，在跑了大约不到两百米的时候，我听到杂毛在后面大声喊道："山炮，别只顾着跑，注意听脚步声，前面有转弯！"

我心说到底是谁在这茫茫山体之中挖了这么多横七竖八的暗道，难怪中国人那么擅长打地道战，这都是骨子里面的基因造成的！我应了一声，转瞬间就看到前面的甬道似乎就已经到头了，在我的左手边出现了一条通往另外一个方向的道路。

前面的脚步声此时已经越来越微弱了，这种情况下恐怕只有杂毛的变态耳朵能识别出来，但好在这里只有一条路，前面有人打头阵，我们可以肆无忌惮地追赶，于是所有人也没多想，在黑漆漆的甬道内拼命追赶前面的人。

可是跑着跑着，前面的道路竟然又到头了，然后又是一处转折，到了这个时候，虽然我并没有立刻停止脚步，但隐约当中却已经感觉到事情有些古怪，心说这跟我预想的过程完全不一样，我原以为这就是一条连接井道和另外一个空间的石头走廊，要在山体内开发这样的工程，正常情况下直线挖掘是最合理的，难道古人就真的那么有闲心，非得在山体里面挖出一条迷宫一样的长廊？

此时我们已经到了第四个转折点了，不得不停了下来，白狐就问我："你怎么停下了？"

我喘着粗气，说道："我感觉不对，我怀疑我们走错了，按照当时杰克观察到的情况，佐佑钻进甬道之后，只是在很短的时间内就再次出现在了井道内，同时手里还多了一个人头，这说明连接井道和鬼头甸子核心区域的这条甬道一定不会距离太长，但是我们这都跑了好几个弯了，前面还是甬道，我感觉我们这么跑下去，就算跑死也还在甬道里面，有种被困住的感觉。"

白狐回道："人头也有可能是那个佐佑从甬道里面捡到的，杂毛能听到前面有脚步声，这说明他们就在我们前面才对。"

白狐刚说完，杂毛就啧了一声，说道："可能真的被这个山炮给说中了，我们脚下的路真的出了问题！"

"难道我们又迷路了吗？"杰克叹息道，"中国人的钱不是那么好赚的。"

“不但钱难赚，路也不好走，不想被困住就彻底闭嘴，我现在需要绝对的安静！”杂毛说着就把自己的耳朵往一旁的甬道墙壁上贴了上去，这是他的专长，他总能听到普通人听不到的声音。

我们都屏息静气，等待着杂毛有所发现，然而就在杂毛刚把耳朵贴在墙壁上的那一刹那间，我们却听到他忽然啊了一声，然后闪电一般跳了出去，似乎是受到了某种惊吓。但这种惊吓并没有持续几秒钟，他的反应速度很快，我看到他晃了晃脑袋，竟然又靠近了另外一面的墙壁，只不过这次他的动作完全变了，不再是把耳朵贴上去，而是换成了用手直接去触碰墙壁。

没有人知道杂毛发生这一系列反应的原因是什么，但很显然我们都知道他一定是发现了什么，因此我们也没有继续打扰他，而是仔细看着他下一步的动作。

这一回杂毛的动作十分小心，他的手在接触墙壁的过程中动作十分缓慢，好像在避讳着什么，但是当他将指尖触碰到墙壁的那一瞬间，却又突然加快了速度，触电一般把手臂收了回来，然后发出一声很令人费解的惊叹。

我们都不明就里，但看着杂毛的反应，都不由提高了警惕，杰克下意识就把枪举了起来，摆出了战斗姿势，用枪口对准了前方的黑暗深处。

白狐走近杂毛，问道：“你发现了什么，竟把你吓成这个样子？”

杂毛摇头说道：“这墙壁是活的，它在动！”

“移动迷宫？”我下意识喊了出来，心说佐佑怎么就不交代清楚一点，这回好了，我们再次集体中招。

“要真是迷宫反倒幸运了，我有信心走出任何形式的迷宫，但这并不是迷宫，我的意思是说这四周的墙壁，不是石头的做的，而是一种活的东西！”杂毛解释道，“你是生物学家，你自己摸摸看，看看是不是活的？如果我搞错了你就叫我山炮。”

我对杂毛的话有些半信半疑，信的是他这种人应该不会犯特别低级的错误，他说出这样结论应该是有所有根据；而疑的是我实在想不出什么样的生物可以变成一条甬道的墙壁，这不是扯淡是什么？

我对杰克喊道：“兄弟，借你突击步枪上的战术手电一用。”

杰克把手电拆下来递给我，说道：“节约用电，我怕黑。”

我拿着手电靠近了其中一面墙壁，白狐跟在我身边，小声对我说道：“别怕，我和你一起。”

第十二章 鳞片

我心说我怕了吗？不由就有些叹息，总被人看扁这种感觉毕竟是不好的，但我此时此刻的任务不是去辩驳自己的胆子有多大，要解决的是一个集体问题，所以我得继续大义凛然下去。

战术手电的射出来的光线过于集中，并不利于在甬道这样的环境中近距离使用，于是我调整了一下手电的光圈，让甬道的墙壁上瞬间出现了一个相对集中但又很柔和的一个大光圈，这样基本能够满足我观察墙壁上的大部分细节。

但出现在光圈范围内的景象使得我和白狐几乎是在同一时间怔住了，我本以为可能需要十分细致的观察才能发现点什么，可是事情根本没那么复杂，在战术手电的照射下，我很容易就看到光圈范围内的墙壁上竟然发出了一种十分特别的反光。这种反光不算强烈，但是很有特点，有一种层次感和排列感，像是某种黑紫色的金属片按照某种规律排列在一起，而且这片反光的区域真的呈现出一种缓缓蠕动的状态，给人的感觉是那么的熟悉，我应该不止一次见到过这种状态，可又无法一下子想起来这东西究竟在哪里见到过。

“这是些鳞片，就是这些东西在动。”白狐看着墙壁满脸惊讶地说道。

我正看着这些蠕动的反光出神，几乎有一种被催眠的感觉，正在这时候白狐忽然冒出这么一句话，使得我不由打了一个激灵，如同大梦初醒一般。我想表达自己想到的一些猜测，可一时间的震惊让我无法立刻正常使用自己的语言。

鳞片、缓慢蠕动……这是蛇类生物的特点！

难道堵在我们四周的墙壁是由一条或几条体型巨大的蛇围成的吗？果然有套路！

我一边看着光圈下里面鳞片一样的东西不断蠕动，一边告诉我自己，这个结论太过于仓促了，也很难让人相信，哪里会有体型跟墙壁一样的高大的蛇类生物存在于这个世界上？那么或许这只是某种障眼法，是有人在墙壁上贴上了这些类似于蛇类生物的鳞片，加上手电的光线的不稳定性，因而造成了我们视觉上的错乱？

可是这么想着，另外一个问题又出现了，杂毛是用手去触碰了这里的墙壁之后才说墙壁会动的，这说明墙壁会动这个结论并不仅仅是限于视觉上的推测。我又把手电光照向了我们头顶，经过再三确认，头顶上手电照出来的光圈内没有任何鳞片状反光，凹凸不平的石头材质很容易辨认。

这一回事情大了去了，我回想起我们之前在甬道内似乎永远都跑不出去的整个过程，脑海中不由浮现出一个十分可怕的景象：四个人在黑暗的甬道中想要追赶前面的人，而所谓的甬道，实际上并不是一条固定不变的路线，可能从进入甬道的初期或者是从甬道的某一段开始，我们在不经意之间就已经进入了另外一个空间，这个空间是由某种长满了鳞片的生物围成的，我们跑过的地方，都是这种生物制造出来的，所以很有可能出现的一种情况是，我们四个人无论如何都跑不出这条“甬道”了，因为这是一座活的迷宫，没有一个固定的出口，只要这种长满鳞片的生物体型足够大，那么随着这种生物的移动，我们脚下就可以不断出现新的道路，而且永远都走不完，尽管我们很有可能只是在一个有限的范围内来回打圈。

我把这个结论跟白狐说了一遍，白狐又提出了另外一个问题：“我们明明是跟着前面的脚步声追赶他们的，如果这算是一种机关的话，你那个老同学总不至于跟我们一样也跑不出这条甬道，所以我们从一开始可能就追错了方向。不过问题又出来了，你说出现在我们前面的脚步声到底是谁的？”

白狐的问题也是造成我决定停下来的原因之一，现在回想起来，仅凭前面的脚步声我们就一路就追了过来，实在是太莽撞了。我们听到的脚步声，很有可能并不是阿来和佐佑发出来的，而且很大程度上也不可能是外来人的脚步声，我觉得能把我们引进这样一种局面的，一定是非常熟悉这里的人才能做到。

我摇头表示不知。但毫无疑问的是，我们遇到了一种特别的机关，而且这种机关跟以往遇到的那种靠某种技巧存在的机关有着明显的区别。

我跟他们几个陈述了我的猜测，杂毛就说道：“先不管这个局到底是不是机关，你们研究了半天，到底能不能看出来这些鳞片是什么？”

“应该是巨型蛇类生物身上的鳞片。”我回道，“困住我们的，可能是一条或者几条身体直径达到两米的蛇，这种生物的身体塞满了这个地方，而我们就在这种生物躯干之间的缝隙当中。”

“我去！”杂毛叫了一声，又问道，“那这种蛇吃不吃人？”

“很难说，不过这也仅仅是一种猜测，毕竟谁都没有见过体型如此巨大的蛇类，我们必须求证一下。”我又道，“但是我们得有这个心理准备，我在J国人的军舰里差点被一条水桶粗细的鳝鱼给弄死，鬼知道这些鳞片的本尊会不会跟那条鳝鱼一样是被改良过的品种。”

“妈蛋，它到底吃什么东西能长成这个样子，我都起鸡皮疙瘩了。”杂毛还在骂。

“你的说法不算外行，理论上来讲，体型如此巨大的蛇，所需要的实物无法估量，但还有另外一种可能性，就是这里存在那种可以改变生物基因的石头，不排除这真的是蛇类生物受到了石头的辐射，然后演变成了体型如此夸张的蛇类。”说着我就看向了杰克，此时他手里的枪是唯一能证明我猜测的工具。

杰克虽然一直没有说话，但却听了个模棱两可，认为我们这是遇到了变态级别的狂蟒之灾，看到我在盯着他的枪，以为是图谋他的武器，于是抱着枪后退了几步，说道：“想都别想，在这种地方没有枪我的裤裆会湿掉！”

我拍了拍他的肩膀，对他说道：“兄弟，我不是要你的枪，我只是想借用一下，如果你不想一直被困在这里的话，就得听我的。”

杰克有些不相信，以为我在忽悠他，于是极度不情愿地对着白狐说道：“老板，你什么时候把指挥权交给大圣了，他就是个菜鸟，我们确定要听他的吗？”

我一听杰克的话心说你这也太不够意思了，看来人类在特定的环境下，友谊的小船真的说翻就翻。但我不想跟杰克解释什么，而是对白狐说道：“如果真的是蛇类生物堵住了我的去路，那恐怕只有我能破掉这种机关，现在我们四个人只有我了解这类生物，在这种时候，你们必须相信我一次。”

“我授权了，现在听齐天的，把枪给他。”白狐斩钉截铁地道。

杰克耸了耸肩，把枪递给我，嘴里狂喷：“不靠谱，通通不靠谱，我从来都不相信科学家，你肯定会把大蛇惹毛了……”

“是不是蛇还不一定呢，全部退后，注意观察甬道的变化。”我端着枪走到距离鳞片墙壁之有一米左右的地方，子弹上膛准备开火。

我的想法是，如果这些移动的鳞片真的是蛇类生物身体的一部分，那如此近距离地射击，子弹肯定会在蛇的身体里面产生空腔效应，表面看上去可能只是一些小洞，但皮肉后面可能就已经炸开了。半梭子弹，就算是体型再大的生物也受不住这种创伤，同时也势必会出现作为生物体最基本的条件反射，哪里还顾得上继续摆龙门阵围困我们。可如果不是蛇类生物在围困我们，或者说子弹打进鳞片之后根本没有反应，那事情就得另当别论，怎么走出这个局，就不是我能解决的问题了。

一边想着，我的手随即扣下了扳机，对着黑紫色的鳞片墙壁放手就是半梭子的子弹射过去。

突击步枪的火舌把十步范围内的黑暗数次照亮，犹如一道道闪电划过，在这种狭长的地方，显得尤为壮观。当子弹倾泻在鳞片墙壁上的时候，一股股腥臭的液体瞬间从鳞片内喷了出来，我的身上和脸上全都喷满了这种液体，不由下意识祈祷千万不要有毒。也几乎就是在同一时间，被子弹打中的鳞片墙壁忽然就一下子扭曲了起来，开始以一种极快的速度往一个方向移动而去，同时从甬道的深处传来一声无比凄凉的长啸，听起来像是牛被屠杀时候的惨叫声，让人感觉整条甬道都产生了共振。

于是我大叫道："它已经乱了阵脚，正在收缩身体，不可能再有心情围困我们了，我们得赶紧沿着甬道跑出这个地方！"

在我说完之后，白狐就点了点头，对杂毛喊道："你在前面开路，就往声音传来的方向跑，我要看看这到底是什么东西！"

杂毛喊了一声得令，就沿着受伤鳞片移动的方向追了出去，我和白狐还有杰克紧随其后。随着鳞片墙壁的不断扭曲，甬道里面的空间也变得时窄时宽，我不确定另一面的鳞片墙壁有没有移动，但是被我用子弹扫过的这面墙壁无论是收缩速度还是扭曲的程度都已经十分混乱，失去了原来那种不易被人察觉的状态。

在奔跑的过程中，白狐忽然问了我一个问题，她说道："你这么做有几成把握？"

我先是愣了一下，没想到她在这种节骨眼上还有心情问我这个问题，随即回答道："一成都没有，听天由命！"

我们在巨大的鳞片身躯之间七拐八拐，完全失去了方向，最后我连这样跑下去会不会有结果这个念头都没有了，然而就在这时候，跑在最前面的杂毛忽然停了下来，我差点就一头扑在了他身上。

我不由大叫："怎么回事？"

杂毛指着前面黑暗的夹道让我们看，只见一双闪着红光的眼睛此时正不断朝着我们的方向移动过来，速度非常之快。看到这样的场景，我心里又高兴又害怕，原因是那双眼睛告诉我此时过来的人肯定是阿来，但同时我想起另外一件事情，那就是阿来一般只有在大开杀戒的时候眼睛才会变成红色，可是红眼睛的阿来逃命一般奔跑，我还是头一次见，莫非阿来遇到了他对付不了的东西，此刻正在逃命么？

白狐示意杰克瞄准了前方，杰克举着枪喊道："停车检查！"

很快，两个急速奔跑的身影一前一后出现在了我们前方，除了阿来之外，佐佑也紧随其后。但是两个人并没有停下来的意思，阿来看到是我们堵在甬道里，大声喊道："大小姐，赶紧往回跑，后面的东西我们对付不了……"

正说着呢，也不知道他们身后到底有什么东西，猛然之间，我忽然听到一声刺耳的悲鸣声，紧接着就是一阵掺杂着腥臭味的气流涌了过来，同时一些不知道是什么的物体从阿来和佐佑身后的甬道里喷了过来。

这完全是一个突发状况，我们都来不及躲闪，除了一些恶心得要命的液体喷了我们一身之外，还有一些乱七八糟的东子落在了我们身体和四周。

我定睛一看那些落地的物体，心里不由一阵恐慌，那些碎片竟然都是一些人体的四肢跟各种器官，跟刚刚泡了硫酸一样，都被腐蚀得不成样子，恶心的我直接想晕过去，可是也来不及去想这些东西是怎么喷到这里来的。阿来跑到我们跟前之后，拉着白狐就继续往后跑，根本顾不上其他人，倒是佐佑跑到我跟前的时候没有忘记提醒我一下，使劲推了我一把，让我赶紧跟上去，然后又问我身后的杰克有没有炸药一类的东西。

杰克从背包里拿出一块四方形的物体交给了他，然后只见佐佑迅速越过我们跑了出去。

然而这一切还是发生得太突然，我才跑出去没几步，却听到跑在最后面的杂毛忽然惨叫了一声。我猛然回头，发现杂毛竟然不见了，只有杰克迅速举起了突击步枪，拼命往我们身后射击。我心里暗叫不好，心说杰克这种打法万一伤到杂毛就不好了，于是赶紧上前将枪口朝下压。

谁知道杰克猛地一把推开了我，大声冲我喊道："杂毛是被一个怪物给叼走了，那个怪物的脑袋太大了，杂毛肯定没命了，我必须干掉那个怪物来确保它不会继续袭击剩余的人，这是战场规则，不能感情用事！"

我愣了一下，一时间竟然没明白杰克的话，继续问道："你把话说清楚，杂毛到底哪去了？"

杰克可能发现这种盲射除了浪费子弹外根本就打不到任何东西，就停止了继续射击，哭丧着脸对我说道："我亲眼看到杂毛被一个长着犄角的马脸怪物给一口吸了过去，他被那怪物给吃了！"

我们的掉队终于引起了前方人的注意，我看到阿来折返了回来，但是没有看到佐佑和白狐，想必他们已经跑出甬道了。阿来只看到我和杰克，发现没有了杂毛的影子，脸色顿时就是一沉，本来就虚弱的身子差点没站住，我赶紧上去扶了他一把，同时心里意识到了事情的严重性。

阿来不是一个脆弱的人，能让他有这种近似绝望的表现，只能说明一种情况，他知道杂毛恐怕已经是凶多吉少。

但我还是有些不敢相信，忍不住问他："你和佐佑到底遇到了什么东西，杂毛真的是被那个东西给叼走了？"

阿来阴沉着脸，没有说话，似乎是默认了。

我又问道："到底是个什么东西？"

阿来开口之前明显纠结了一下，并不知道该如何直接回答我，他想了想，说道："样子很怪，第一次见，一时半会我也不敢确定那到底是什么……不过你的佐佑同学告诉我那是两条古蛇，是在很久很久以前被人养在这里的，已经发生了变异，有点邪性。"

"如果真是蛇类生物，那我还是有个疑问，你说这两条蛇都长成这样了，理论上长成这种体型的蛇，早就失去了敏捷的行动能力，怎么可能会有那么大的攻击性，你确定你没搞错？"

阿来摇了摇头，说道：“不是你想的那个样子……”

阿来告诉我们，我们看到的布满鳞片的墙壁，应该是两条发生变异的远古巨蛇的蛇蜕，但又跟普通的蛇蜕有着明显的不同。

佐佑告诉阿来，鬼头甸子的居民认为，这两条蛇是活在蛇茧里面的，所谓蛇茧，也就是两条巨蛇千百年来不断堆积的蛇蜕所形成的蛇皮茧子，都不知道已经存在多少年了，也不知道里面究竟有多少层，两条古蛇一直藏在茧子里，从来没有现过真身。

关于这两条古蛇的来历，在鬼头甸子存在着一种传说，当然这个传说也是伴随着他们那位蚩尤战神而存在的。相传这两条蛇原本是鬼头甸子深山中的邪神，后来被蚩尤战神降伏，然后通过神力将它们封印在了此地，从此两条蛇开始作茧自缚，再也没有出现过。千百年来，鬼头甸子的村民从来没有人主动打扰过它们，任由它们在蛇茧里沉睡。时光如梭，也不知道已经过了多少辈子，蛇茧已经慢慢变得巨大无比。

佐佑来到鬼头甸子之后，生物学科班出身的他对隐藏在地下的两只蛇茧做了详细的研究，他发现所谓的封印，实际上是有人依靠鬼头甸子特殊的磁场结构，将两条古蛇困在了这里。同时他又经过不断的推测和验证发现，巨大的蛇蜕的末端，是连接在井道里面的，因此古蛇的变异很有可能是因为井道里面的放射性石头引起的，同时，他发现了鬼头甸子的核心秘密。

“原来如此……”我听了个大概，这么说我们看到的仅仅是蛇蜕，实际上两条蛇的体型并没有那么夸张。我们看到鳞片墙壁的移动的时候，正好就是两条古蛇刚刚苏醒的时候，古蛇不断拖动着厚厚的蛇蜕移动，也赶巧了我们在那个节骨眼上进了甬道，就发生了被困的局面，实际上那是一个巧合。

阿来继续说原本这两条古蛇是在蛇蜕里面保持休眠状态的，它们本身的能量来源是依靠井道里面的那块放射性石头，而且还被磁场给囚禁着，可是另外一股J国人却破坏了这里的磁场，唤醒了这两条蛇。

当时佐佑意识到了J国人可能已经潜入了这个地方之后，就生怕那些外来者破坏了磁场从而放出这两条古蛇，他当时急急忙忙从井道里钻进了甬道，就是想来制止J国人破坏这个地方的磁场，结果还是晚到了一步。阿来追上佐佑的时候，正好亲眼看到两条水缸一样粗的怪蛇从蛇蜕中钻了出来。

当两个好战分子凑在一块的时候，想法往往是出奇的一致，他们都认为要是这么两条巨蛇被放出来一定会危害人间，于是当机立断，趁着古蛇还没有完全苏醒的时候，先下手为强，联手干掉了其中一条。

但是在这个过程中，另一条却已经完全从蛇蜕中钻了出来，加上当时四周还有十几名J国人不断在向他们两个发难，场面一时间十分混乱，仅凭他们两个实在已经无力对付一条巨蛇和十几名敌人了，所以只能选择暂时避开混乱的局面，可是谁知那条巨蛇就近吞吐了几个J国人之后，竟然又盯上了想要避其锋芒的佐佑和阿来，因此两个人就只好逃命了。

“我提前跟你们俩打好招呼，你们必须有个思想准备。”阿来指着地上的那些残肢断体欲言又止，“这些尸块就是被古蛇撕碎的那些J国人的尸体，所以杂毛究竟怎样了，都不好说。”

“那怎么办？难道就这么放弃杂毛了？或许还有一线希望呢？”我一连问了好几个问题，已经极度抓狂，心说什么妖魔鬼怪还是出来了，我就知道不会这么太平。

“你先别急，听你那个同学说了，这两条古蛇是变异品种，能长成这么大，是因为井道里面的那块放射性石头造成的，现在他已经和大小姐去破坏那块石头了，看看能量源被破坏之后，这种依靠放射性物质变异来的生物生存能力会不会受到影响，或许那时候我才能做最后的判断。”阿来回道。

阿来说完，我只好作罢，但是看着一边就要哭出来的杰克，我脑子里忽然冒出来一个问题，来不及多想就问他：“老外，你不是说杂毛是被一个长着犄角的马脸怪物给叼走了吗，你确定不是蛇？”

杰克一脸委屈，但言语间却很坚定：“我对上帝发誓那就是一个奇怪的脑袋，不是蛇的样子，我没有说谎！”

我抱着一丝侥幸看向阿来，问道：“你们说抓走杂毛的会不会是另外的东西，而不是追赶你们的巨蛇？或许杂毛还活着……”

“老外没得说错，这两条蛇的脑袋就是那个样子，根本不是普通意义上的蛇类生物。”阿来说道，“我之前告诉你了，因为那块石头的辐射，那两条蛇已经变异了。”

也不知怎么回事，听完阿来的一番说辞，我忽然感觉脊背凉了一下，脑海中冷不丁冒出了一个概念——龙。

“难道说了半天那是两条龙吗？”我情不自禁喊了出来，“蛇一样的身躯，马一样的头颅，头上还顶着一双犄角，这不就是传说中龙的样子吗？”

杰克也说道：“我的上帝，原来如此，那个怪物是龙吗？玛利亚圣母啊，这个世界上真的有龙，这真是个爆炸性的新闻……”

“你到底信的哪一个？有点原则行不行？”阿来打住了杰克继续大呼小叫，继续说道，“我认为龙这种生物说到底还是不存在的，就好比这两条古蛇，可能就在很久之前，有人通过一定的方式使得它们基因发生变异，从而导致在这个地方出现了这种十分奇怪的新生物，然后才有了传说中龙这种生物的形象。”

我简单想了想，对阿来的这种说法不置可否，无论是在老爷庙还是在斑斓雪山，我们一路遇到了不少畸形的生物，眼下这些两条古蛇到底是不是龙这个问题并不是特别重要，也没有必要再深究下去，现在问题的关键是，杂毛到底怎么样了。

阿来一直忌讳那条古蛇的攻击性，虽然一时间古蛇没有再次出现，但阿来也不敢贸然带着我们进入磁场区域。我们就这样等了大概有一支烟的时间，直到忽然听到从井道的方向传来了一声巨响，好像是有人在铁桶里点了一个爆仗一般。

同时，我感觉脚下的地面一阵颤动，一股热浪在三五秒后到达了我们这里，几乎要把我们掀飞起来。幸好我们三个互相搀扶着才站稳了脚跟，看来佐佑和白狐那边得手了，他们炸毁了那座井道。

杰克急不可耐，问阿来是不是可以去找杂毛了。他话音未落，我们就看到甬道两边的巨大蛇蜕开始变得塌陷了下去，像是气球撒了气一样，逐渐缩水枯萎起来，一些黑色的液体从鳞片与鳞片之间的缝隙中流了出来，显得十分恶心。

“果然是这样，那块石头在影响着这种古蛇的生存，不过现在井道里的能量场被破坏了，蛇蜕吸收不到能量干瘪了下去，那条畜生肯定也好不到哪里去，不管它是蛇还是龙，都由不得它了，我要干掉它！”阿来说完就往刚才他来的方向走去。

我和杰克也不敢怠慢，一路跟阿来后面，我告诉自己，搞了这么多年生物研究，我一定要看看所谓的龙到底是什么样子。

蛇蜕塌陷之后，我们周围的视线已经开阔不少，我发现其实从井道里面的石拱门出来之后，经过那条并不是很长的石廊，理论上就已经到达了这个看上去就像是一个巨大溶洞的空间里面。

这种山体空间，应该是伴随着山体一起形成的，跟火山活动有关，类似于存在山体里面的气泡。我隐约能看到从溶洞的顶部垂下来很多形状奇特的石头柱子，那是由一些没来得及倒灌回地底的岩浆冷却而成的，场面十分壮观，只不过在龙门阵里面的时候，又是另一番天地。

此时堵在我们两边的蛇蜕虽然萎缩了不少，但是想完全看清楚整个溶洞的全貌还不是太可能，我们必须走出两条巨大的蛇蜕所围成的空间。

往前绕了一段距离，我看到在我们的正前方已经不再是完全的黑暗，好像有光从前方溶洞顶部照射了下来，这说明在这个巨大洞穴的顶部肯定有山体裂缝，光线可以透过这种缝隙照射下来。

我们很快就走到了的蛇蜕尽头，我大概计算了一下，这两条蛇蜕的长度至少在三十米以上，能够形成如此形体夸张的蛇蜕，这里的两条古蛇至少也得活了几千年。

但是这两条蛇蜕很明显又跟普通的蛇蜕完全不一样，看着那些从鳞片缝隙当中流淌出来的黑色汁液，再加上井道被炸塌之后所出现的萎缩情况来看，我反而觉得这种所谓的蛇蜕，可能还存在着其他的功能，而这种功能很有可能是一种孕育功能和进化功能，不过这只能是一种假设，我无法进一步证实。

阿来在我们的前方十几米的地方停了下来，我看到他蹲了下去，用双手从地上揽起了一个人试探了一下呼吸，然后又把那个人给放下了，最后站起来回头看着我和杰克，摇了摇头。

我和杰克三步并作两步朝着他那边走了过去，当我看清楚躺在地上的那个人是谁的时候，心里不由咯噔了一下。尽管我已经作了杂毛可能会遭遇不测的心理准备，可是当真的看到杂毛那已经残缺不齐的尸体的时候，一股前所未有的绝望感瞬间还是让我无法站稳身体。我心里大叫着不可能，只感觉天昏地暗，几乎就要晕厥过去。

杂毛的浑身都裹满了一层腥臭的黏液，脖子已经断了，十分别扭地歪向了一边，而且少了一条胳膊，看样子像是被巨大的猛兽撕咬过，如果不是他的发型是这个世界上独一无二的，我可能这辈子都不会相信我眼前的这具尸体会是杂毛。

怎么可能？我问自己，杂毛虽然玩世不恭，可他也算是高手当中的高手了，这样的人怎么可能会死在一条畜生手里？

但那的确是杂毛，他真的死了。

杰克单膝跪在地上，双手拂过杂毛的脸，合上了杂毛没有完全闭合的双眼，在胸前划了几遍十字，嘴里念叨着什么，并没出现有以往的那种抓狂。

杰克胆子最小，但是他唯独不害怕死亡，这是我永远都做不到的。

我们谁都没有说话，也不知道该说什么，阿来没有打扰杰克，也没有进一步的行动，而是在一边静静地等待着，直到从溶洞的深处传来一阵类似石头摩擦的声音之后才说道：“那畜生把杂毛的尸体留在了这里，并带走了被我们干掉的那一条古蛇的尸体，它是想逃！如果你们想给杂毛报仇，就随我来，我们一起干掉它，或者你们也可以留在这里陪着杂毛。”

“我们一起去。”我拉起杰克说道，“杰克，我跟你一样，内心接受不了这件事情，但是我们不能逃避这个问题，我们所有人，随时都会挂掉。现在，我们去干掉那条畜生，这个仇得报。”

杰克依旧沉默，他解下自己的背包，稀里哗啦倒出了所有的东西，他把突击步枪更换了弹夹，交给了我。我问他用什么，他捡起从背包里掉出来的手雷，对我晃了晃，还是没有说一个字。

此时的杰克，要么是愤怒到极限，要么是悲痛到极限，或两者都是，他跟杂毛相当投缘，我必须尊重他的这种沉默。

杰克胸前挂了十几只手雷，双手分别握着一只，而阿来选择的武器简单又粗暴——一大块插着雷管的C4。

这确实像大片里面的复仇桥段，我苦笑了一声，发现一直隐藏在自己内心的那种深深的抗拒感和恐惧感竟然消失不见了。

我忘记了是从什么地方听来的这么一句话：之所以你还会害怕，那是因为你还不够愤怒。

杂毛的死，让我感受到了这种愤怒，而恰恰是这种愤怒，抵消了我内心的恐惧。

阿来已经对这里的地形很熟悉，他带着我们绕过几根石柱子，我发现这个空间基本是由这种石柱撑起来的，当然这只是一种视觉上的感受，事实上这些石柱的形成是在这个气泡一样的山体空间成型之后。

在这个过程中，阿来不断指着一些石柱让我们看。我看这里的石柱并不是完全一样的，虽然外形看上去都差不多，几乎都是岩浆倒灌的时候形成的那种两头粗中见细的样子，但是石柱与石柱之间的颜色还是有差别的，这其中有一些石柱的颜色是紫红色的，看上去就像是一些巨大的铜柱，摸上去的手感也很不一样，很有金属的质感。

阿来对我们说，这些紫红色的石柱具有非常强大的磁性，虽然那两条古蛇的蛇蜕规模很大，但基本上都被困在这些紫红色石柱围成的范围之内。这些磁性石头形成了一个规模庞大的磁场，可以控制这种蛇活动的范围，井道里面的悬空能量石和山体空间里面的磁性石柱共同组成了圈养这两条古蛇的条件，前者提供能量，后者实现控制，养这么两条蛇并不是一件容易做到的事情，需要很多先决条件。

听阿来说到这里的时候，我突然想起了一个问题，就问他："当时杂毛从井道了听到这里面很混乱，好像有两股人在打架，我之前以为是J国人放出了古蛇，导致了人蛇大战，但是现在想起来，这里面有一个时间差，按理说J国人消除石柱磁性的时候，正好是你跟佐佑到达这里的时候，那时候古蛇还没有完全复苏，那之前的混乱是如何产生的呢？"

阿来听了就摇头，回道："我也不清楚，我和你那同学到了这里的时候，正好赶上了两条蛇要从蛇蜕中钻出来，我们杀掉其中一条的时候，正好有十几个J国人从前面的石柱空隙中钻了出来，可也就在那个时候，第二条古蛇已经完全苏醒，之后场面就混乱到了极点，之后我们逃命的过程你们都看到了，不过……"

"不过什么？"我看到阿来欲言又止，就在一旁催他赶紧说。

"那帮子J国人出现的时候，我注意到他们好像是刚刚经历过了激烈的战斗，正如你提出来的问题，他们好像跟另外一伙人打了一架。"阿来说道，"但是我实在想不通，在这种地方，除了我们，还会有什么人能成规模地跟那个组织的人战斗。"

我摇了摇脑袋，感觉混乱极了，实在想不通在古蛇被放出来之前，到底是谁在跟那些J国人混战，难不成这里又出现了第三股势力？想了想，不能排除这种可能性，不过连阿来自己都不清楚的事情，我也不敢现在就下结论，不过根据当前的这些信息，我大概也能想到，J国人当时应该从鬼头旬子的山民嘴里套出了很多信息，但很明显的是，山民们很有可能摆了J国人一道。

鬼头旬子的秘密肯定不是那两条蛇，而是跟蚩尤的真身有关，那两条蛇充其量是当年蚩尤的遗物。J 国人能够用消磁器消除石柱的磁性，估计情况是这样的，当时 J 国人绑架了山民，想知道鬼头旬子的秘密，而山民把磁性石柱困住的古蛇这个秘密跟 J 国人说了出来，等于是偷梁换柱，用出卖一个秘密从而保住另外一个秘密，这样 J 国人就上当了。

可能鬼头旬子的山民最初的想法是，只要 J 国人放出了古蛇，那很有可能会遭到古蛇的屠杀，从保住了鬼头旬子真正的秘密。

但这一切仅仅只是一种猜测了，可怜那些山民都已经含冤而死。

我说道："我现在基本能想到你们和那些 J 国人在寻找什么了。"

阿来看了我一眼，很诡异地一笑，问道："寻找什么？"

"某种古老的生物技术。"我对这个话题并不避讳，毕竟我已经搞了十几年的生物研究，继续说道，"就好比某个大国在二十世纪八十年代秘密进行的一种生物杂交试验，事实证明只要具备一定的技术，就可以培育出这个世界上没有的新型物种，其实我早就想到了。"

"我就知道你还是只看到了事情的表面。"阿来说着就停下了，他开始看地上的一些黏糊糊的痕迹，然后顺着这些痕迹的延伸，又带着我们绕过了一些小型石柱，之后我们的眼前一下子变得更加开阔起来，最终我们都把目光集中在了我们前方的一根巨型石柱上。

那根石柱可以说是通天彻地，比我们看到的其他石柱要粗很多，两头粗中间细，造型十分像佛经里说的须弥山。不过这种造型也说明这根石柱肯定也是由远古时期的岩浆形成的，我一边看着，心里忍不住想这会不会就是传说中的擎山柱。

阿来指了指石柱的下方，我看到一条水缸粗细，长着一身青黑色鳞片的蛇形生物正趴在巨型石柱的底部。更准确地说，巨大的蛇形身躯是呈不规则形状堆在那里的，一动也不动，不像是活着的样子，也无法看清它的全貌，

我小声问道："这是死的那一条？"

阿来点头，说道："对，活着的躲在石柱的后面，你们看地上的影子。"

果然，从石柱的背面，有一个晃晃悠悠的巨大的影子投射到了地面，如果不是石柱后面的东西一直在晃动，在这种环境下，并不是很容易发现。

“它想干什么？”我问道。

“它把杂毛的尸体留给了我们，又把这条古蛇的尸体摆在这里，可能是想告诉我们，这件事扯平了。”阿来回道，“它们是有智商的，知道自己现在的处境，所以它并不想跟我们硬拼，也在观察当前的局势。一会儿打起来不要太紧张，这种蛇靠吸收放射性物质生存，现在没有了能量来源，充其量就是一条体型大了点的普通蛇而已，怎么对付蛇类生物，你肯定比我更清楚。”

我回应道：“早就做好准备了，打蛇打七寸……”

正说着，阿来忽然一摆手，让我们集中注意力看石柱方向，我看到从石柱的后面差不多中间位置的一侧，探出了一个中号水缸大小的，奇怪的脑袋。我下意识端起了枪，用瞄准镜去观察这个脑袋，随即不由得倒吸了一口凉气，尽管我早就在脑海中想象了无数次我会看到一条龙，可是当真的看到这样一个脑袋，心里不免还是出现了一种十分别扭的滋味，很难把我看到的东西定义成所谓的龙。

首先这个脑袋实在是太丑陋，就是一个巨大的鳄鱼的脑袋，不过青黑色的鳞片覆盖在上面，头顶上有两支往后弯曲的犄角，两个瞪着就像大灯泡一样的眼珠子从眼窝凸了出来，满是凶光。

什么跟什么能杂交出这么一种怪异而又丑陋的生物？我心里嘀咕着，心想会不会是当年的蚩尤大神想培养出两条龙，结果失败了，这“龙”哪有传说中那么威猛……

那个丑陋的脑袋探出来之后，对着我们做了一个龇牙的动作，然后顺着从它嘴里流出来的一些黏液，一条手臂一样的东西也被吐了出来。

当我通过瞄准镜看到那条手臂上面的文身图案，顿时心里就凉了，那正是杂毛的尸体少了的那条胳膊。

此时我完全失去了继续观察它的性质，几乎就是在一瞬间，我对着那个脑袋就是一连串点射。

我亲眼看到至少有五到六颗子弹打在了它的面部，而被打中之后，古蛇猛然把头部缩回了石柱后面，然后发出了一阵长长的悲鸣。

紧接着，我看到杰克熟练地打开了两只手雷的保险，用英文喊了一声“去死吧”，就对着中央石柱斜后方的一根小一点的石柱把手雷扔了出去。

这是一种开挂的打法，因为古蛇躲在大石柱后面，直接抛手雷肯定是无法直接攻击到古蛇的，但是杰克对手雷的使用简直到了一种出神入化的地步，被他抛出去的两颗手雷一前一后，分别击中了小一点的石柱一侧，然后一下子被反弹了出去，角度正好是大石柱后面古蛇隐藏的位置，而且时间把控得也很到位。手雷几乎是在反弹出去的一瞬间，我立即听到连续两次爆炸声，然后大石柱的位置一下子热浪腾起，火光四射，石头碎片绷得到处都是。我的肩膀被炸过来的一块碎石打了一下，用手一摸，血流如注，疼得直咧嘴。

但此时已经顾不上受伤不受伤了，忍住肩膀上传来的剧痛，我看向大石柱，竟发现刚才那两颗手雷并没有炸到那条古蛇，这时候那条畜生已经缠绕着石柱着爬到了石柱的顶部，巨大而又丑陋的脑袋从上往下俯视着我们，张开了血盆大口，摆出了一副随时都会弹向我们的攻击姿势，对着我们发出一阵阵威胁般的低吼。

威力那么大的手雷，竟然被它给躲了过去。情况十分不妙，我再次举枪，想对着古蛇的脑袋开枪射击，但是还没等我瞄准完毕，就见那畜生猛然从石柱上弹了出来，直直扑向了我们这一边，身体腾空的一瞬间，我看到它竟然还长着四只巨型爪子。

此时我脑海中顿时显现出一个令人感到恐怖的画面，同时也明白了那些尸体碎片是怎么一回事了，估计一个人要是被这样一只巨大的爪子给抓住，恐怕只有被撕碎的份。

说时迟那时快，古蛇张牙舞爪地朝着我们凌空扑来，阿来大叫一声：“把四周的石柱当掩体，避其锋芒，择机开火！”

我听罢顺势转身，朝着身后右手边的一根石柱后面躲了过去，一稳住脚跟，就想回头杀个回马枪，可是却忽然感觉一阵阴风瞬间袭来，只听啪的一声，古蛇硕大的尾巴摔在了我面前的石柱上，然后又那么一弹，正好弹在我的胸口，把我顺势给拍了出去。

我的身体几乎是腾空而起，还没等反应过来，就一下子摔在了另外一根石柱上，然后一下子跌落在地。刚才还看到那畜生躲在石柱后面跟个怂鬼一样，谁知道这都是假象，它现在的攻击性依然不可小觑，我只感觉胸口剧疼，头昏眼花，嗓子一痒，一口鲜血就吐了出来。

这种感觉十分不妙，我心说完了，这一下子不死也是内伤，但是也不敢怠慢，只见古蛇在石柱之间疯狂地甩动着巨大的青黑色鳞片身躯，怒吼着调了一个头，然后正好把脑袋转向了我这一边。

它看到我之后，眼珠子死死瞪着我，还眨动了两下，好像是在分辨目标，但是在一秒钟之后，它然后猛地抬起一只巨大的爪子，咔嚓一声扭断了挡住它的一根小型的石柱，根本没有给我反应的机会，迅速朝着我狂奔过来。

我顺手去抓枪，却发现杰克给我的步枪在刚才随着我被拍出去的时候已经不知道被甩到哪里去了，只好咬住牙关迅速起身，想赶紧翻到身边的另外一条石柱后面。

但是我刚要动弹，就感觉肋骨的位置传来了一阵钻心的剧痛，应该是肋骨断了，竟然无法爬起来。

也就在这千钧一发之际，阿来的身影从另外一边闪了出来，然后高高跃起，一下子骑在了古蛇的脖子上。

这就是电光火石间发生的事情，而古蛇估计也是从来没有遇到有人敢骑在它脖子上这种事情，我看到它明显改变了原来的进攻轨迹，竟然停了下来，整个巨大的身躯明显就是一顿。

我趁着这个空当，几乎是用尽了所有的力气，乱滚带爬移动到了身旁的石柱一侧，然后背部贴在石柱上，咬着牙站了起来。

古蛇在愣了那么几秒钟之后，估计是反应过来是有人骑在了它的身上，便开始变得狂躁起来，开始原地扭动自己的脖子。

但无论它怎么扭动身躯和甩动自己的脖子，阿来的双手都死死抓住它头顶上的一对犄角，就是不放手。这样一来古蛇也没了招数，竟然又开始在石柱之间乱窜起来，想靠这种方式把阿来甩掉。

看到这一幕，我想起了在神运号战舰里面阿来斩杀血鳝的场景，直觉告诉我，这条畜生尽管大了一点，但是落在阿来手里，恐怕这一仗下来我们也未必全输。

杰克跑到了我身边，看到我还活着，明显松了一口气，然后从身上摘下两颗手雷，看样子又想用这种方式炸那古蛇。

我赶紧制止他，说这样岂不是连阿来一块炸死了？交代他密切关注阿来那边的情况，找到机会再动手。

阿来的身手也真不是盖的，任凭古蛇怎么折腾，他都始终没有被甩下来，而且这时候我看到他原来两只手抓住古蛇犄角的动作已经变成了一只手，而空出来的那一只手里多了那块 C4 炸药。我一下子就明白了疯狂的阿来想干什么了。

我赶紧对杰克说道："步枪被甩飞了，你赶紧把枪找回来，我们需要用枪引爆炸药上的雷管！"

杰克也看到了阿来的举动，明白了我的意思，答应了一声就跑出去，从距离我十几米远的一根石柱下面找到了突击步枪，然后对着阿来大声喊道："蓝眼睛，我们这边准备好了，你要多保重！"

估计杰克这句话的意思是提醒阿来，炸药安置完了要赶紧撤，不然一旦杰克打中了雷管，被炸烂的就不仅仅是古蛇了，连他都会被炸得毛都不剩。

阿来显然是听到了，只见他找到机会之后，单手拿着炸药往古蛇的角上插了上去，然后趁着古蛇甩动身体的一瞬间松开了自己的另外一只手，这样他的整个身体就被甩飞出去。

杰克一直在瞄准着，在阿来被甩出去的一瞬间开火，一连串的子弹打向了古蛇犄角上的C4炸药，我知道只要其中一颗子弹打中雷管，那么这场人蛇大战就算是结束了。

我对杰克的枪法是毫不怀疑的，在那一连串的子弹打出去之后，还没等到古蛇腾起的身体落地，我就忽然听到轰的一声巨响，然后一团包裹着碎石和灰尘的火焰一下子在整个山体空间爆了开来，因为我提前有准备，身体已经移动到了一根石柱后面，还是能感觉到一股炽热的气浪从石柱的两遍迅速掠过，然后四周的空间就像是被瞬间抽干了一样，一种强烈的窒息感瞬间让我晕厥了过去。

第十三章 他们走了

我陷入了一种半昏半醒的状态当中，这种状态很奇怪，我无法一下子醒过来，但是只要我保持大脑的运转，应该也不会彻底昏死过去。

在我的不远处，传来了一些窸窸窣窣的声音，好像是有人在搬动着什么东西，但是没有人说话，我无法判断发出声音的是阿来还是杰克。

就这样过了一会儿，声音停止了，我感觉有一个人来到了我的身边，而且根据声音判断，这个人在靠近我之后就坐在了我身边，然后我就感觉到耳边传来了一阵气流，好像是有人在我耳边呼吸，而且很近。

我暗自一惊，心说难道是他们看到我昏过去了，要给我做人工呼吸？还是想非礼我？

这绝对不行，老子可是刚直不阿的，如此晚节不保的事情，坚决不能允许发生，于是我就开始挣扎，想尽快醒过来。

但是正在这时候，我耳朵里忽然传来了一个人的声音，但是这个声音让我几乎吃了一惊，原因是这个人不是别人，而是白狐！

她俯在我耳边说道：“齐天，你不要紧张，也不要试图在这个时候醒过来，你现在很安全，至少暂时是这样的，所以接下来，你只需要安静听我说话就可以了，这些话，你要一字不落地记在心里……”

我心说这算怎么回事，她和佐佑去井道里面炸石头去了，然后就一直没有出现，我还没来得及去想这件事情呢，她却在这个时候出现了，难道我这是梦境？但我现在是有感知的，她说话的气流我都能清晰感觉到，不可能是做梦，于是暂且听下去，看她会说些什么。

后面白狐跟我说了很多很多的内容，但是要让我做到一字不落，那还真有点难为我，但是听着她的语气，我感觉到了一种十分严肃的气氛，她能以这样的方式跟我讲话，想必其中的内容也一定非同寻常，因此我只好硬着头皮听了下去，把白狐的话尽可能完整地记在了心里：

我首先要跟你说一声抱歉，后面的路，只能由你自己走完了，能安排给你的帮手，就只有那个老外了。至于原因，我可以告诉你的是，就在这斑斓雪山里面，除了我们这些人和那些神秘组织的人，还出现了第三股势力。如果你足够心细，你会发现他们出现的痕迹，在这里散落的一些J国人的尸体，并不全是被古蛇杀死的，其中有很大一部分是这第三股势力的杰作，实际上当我们还在井道里面的时候，杂毛听到甬道的另一端出现了多方混战，我就已经想到，他们来了。我可以很直白地告诉你，这第三股势力曾经不止一次出现在我们的行动当中，但很奇怪的是，他们的存在要比那个J国组织还要隐秘，我也一度猜测，这第三方势力是J国组织的一部分，但这次他们出手杀了J国人，这就说明我之前的猜测是错误的，他们不属于我们和J国组织中的任何一方，他们就像是一些影子，来无影去无踪，我始终不知道他们究竟是谁。但是唯一可以确定的是，他们在做着跟我们和J国组织一样的事情，就像这一次一样，这股势力趁着混乱期间，取走了鬼头甸子里面原本应该由我们来取的东西。结合佐佑提供给我的信息，我认定他们取走东西之后，肯定会立即赶往南山，然后试图去打开南山的秘密。我和你的同学达成共识，由他带着我和阿来去阻止那些人的阴谋，因此只能先行一步了。当然这样做的原因也是为了保护你，还有那个杰克，这场战争并不属于你们，至于以后怎样，你能否回到你原来的生活中去，我现在还无法向你保证，但是我能保证的是，只要我不死，我们就还会见面；

然后我要告诉你的事情是，我到底在做什么。简单来讲，我、J国人，还有第三股势力，都在寻找一种“可能性”，从古至今，这种可能性在不同的时期，有着不同的侧重点。战争年代，有人希望得到这种可能性，打造一支能力可怕的军队，而在和平时期，有人希望借助这种可能性里面的某些因素，达到自我欲望最大程度地实现。你也许会疑惑，真的有这种可能性存在么？事实上，这是一个很无聊却又让很多人疯狂的问题，我虽然在执行着这项任务，但是对于我自己而言，这个世界发展到今天，就应该是这个样子的，任何人都不应该试图重翻历史，然后去改变这个世界的规律，因此从我父亲开始，我们白家人改变了立场，除了要找到这种可能性之外，还要彻底毁掉这种它。因为对于历史来讲，无论是J国组织还是那股如影随形的第三势力，任何一方得到了这种可能性，对于整个人类来讲，都有可能是一场灭顶之灾。那么对于这种可能性，你作为一个生物学家，想必你已经能够意识到其中一二。是的，用现代人的话来讲，这就是一种古老的、反常规的生物技术，而且这种生物技术跟我们所谓的人皇伏羲之间有着某种必然的关系，不过我们在寻找这种技术的过程中发现，在这种“可能性”的背后，似乎还隐藏着一个更大的谜团，等你醒过来，你会看到一些你之前没有看到过的东西，这些信息，会让你明白我说的这些话到底代表着什么；

最后我要说的是，关于你被卷入这件事情当中，你必须清醒地认识到，你在鄱阳湖坠机和来到斑斓雪山，是完全不同性质的两次冒险。我回北京之后，对你做了一些调查，你的名字出现在了我们单位很早之前的一本花名册当中，但是却没有查到你其他的信息，因此你对我来讲，就像我对你一样，依然是一个谜。当初你坠落老爷庙，我不敢说那纯粹是一种意外，只是我还没有机会详细去调查这件事情，但是我始终认为，你的出现，一定在冥冥之中改变着整个局势的发展，因此我让阿来把你带进了斑斓雪山，一方面是为了监视你，而另一方面，也是为了把你暴露在这次行动当中，看看我们的敌对势力会有什么样的反应，也许你已经感觉到，我们一直在有意无意地保护着你，最大限度地让你活下去。你要知道，包括我在内的所有人，任何时候死亡都是如影随形的，没有人是不可或缺的，我服务的“老板”在这个世界上已经存在了几千年，它永远不会因为某个人的死亡而结束自己的欲望。而在这种情况下，我们还会拼尽全力保护你这样一个来历不明的人，那一定会引起敌对方的怀疑，而实际上你已经引起一些人的注意了，有人会认为你身上可能具备某些十分重要因素，所以不管是J国组织还是第三势力，一定会想办法把你调查清楚，当然这个前提是你本身还是你，而不是另外两方势力中的任何一方安插进我队伍里面的间隙。我想等你出去之后，随之而来的，一定会有人在你身上做文章，到了那个时候，我想事情可能会发生一些变化，隐藏在暗处的人会因此暴露在太阳底下。

白狐在说到这里之后，佐佑的声音从一旁传来：“白小姐，我的时间不多了，就到这里吧。”

白狐好像还有很多话要跟我讲，但是她不得不停下了，说实在的，当听她说完这些之后，我很想一下子醒过来，然后告诉她，我要和你一起去南山，十年前我就应该去那里了。

但是我依然是处在这种昏沉的状态当中，无法让自己彻底醒过来。

“如果有可能，帮我把杂毛的尸体带出去，他是我最后一个亲人了……我是说，如果有可能……”白狐在说完这句话之后，我听到她好像站了起来，然后说道，“我们走。”

怎么，她真的就这样走了？然后大义凛然地去做自己的事情，还把仍然处在云里雾里的我扔在这鸟不拉屎的地方自生自灭？凭什么？

我几乎又要崩溃，使尽浑身解数想彻底清醒过来，但是我不是超级赛亚人，没有超能力，越是这样挣扎，反而让自己彻底陷入了一片黑暗当中。

这种彻底的昏睡，一直持续到我嗓子里传来一阵辛辣的感觉，我浑身抽搐着剧烈咳嗽了几下，然后终于醒了过来。

我用手往鼻子出一抹，全是血，浑身上下也跟散了架子一样。我尝试着想爬起来未果，看来这次受伤不轻，不过全身的剧痛也让我明白，自己果然没有死。

作死一样活着，这原本并不属于我的生活。

杰克看到我醒了，俯下身子看着我，他满脸都是一些石头粉末和不知道是谁的鲜血，两种物质掺和在一起，改变了他的模样。

我问他：“他们走了？”

杰克一愣，“你说谁走了？”

我意识到杰克肯定也被冲击波给炸晕，估计也是刚醒不久，他并不知道白狐刚才出现过，也不知道白狐、佐佑和阿来在我们昏睡期间已经离开这里了，因此我只好换了一个话题，问他：“那畜生死了吗？”

杰克点了点头，好像看出了我的异样，过了一会儿，才说道：“现在我们安全了，没有可以攻击我们的东西了，但是我得告诉你几个坏消息。”

我心里一沉，感觉杰克的话哪里有些不妥，为什么是“几个坏消息”？忙问：“怎么？”

“蓝眼睛不见了，爆炸之后，我就再也没有见到他，哪怕是尸体。”

“他死不了，他是我们中国的雷神。”我让他不要担心阿来，“你刚才说有几个坏消息要告诉我，阿来不见了算一个，那你还有什么坏消息要跟我说呢？”

杰克先是把我搀扶着坐起来，让我靠在一根石柱上，然后才对我说道：“正如你所说，第一个坏消息就是蓝眼睛不见了，而第二个坏消息是，蓝眼睛有可能去找白老板了，但是你得提前有个心理准备，白老板和你的长头发同学，可能已经死了，根据我们听到的爆炸声和井道里面的爆破条件分析，要完全炸毁那块石头，恐怕得最大限度地接近石头，因此执行这项任务的人，不可能活着出来。”

我苦笑了一下，心说你战场上的那些理论，到了那些疯子身上，未必还准确。于是我就理顺了一下白狐跟我说的那些话，然后尽量简练地跟杰克说了一遍，然后就看到杰克瞪着眼睛看我，问我是不是被炸弹给炸傻了。

我解释说绝对没有傻，我说的绝对是真的，让他把心放肚子里，问他还有没有第三个坏消息了。

杰克骂了几声都是疯子，然后说道："第三个坏消息是，我们可能出不去了，刚才的爆炸，改变了这里的空间结构，很多石柱都被炸断了，一片狼藉，没有任何出口。"

我抬头观望四周，确实跟杰克说的那样，很多地方都已经塌方，数不清的石块散落在山体空间的各个角落，而且这时候我看到杂毛的尸体和被杰克丢掉的战术背包都摆在了我们附近，看样子在我们昏迷的过程中，白狐他们做了很多事情。

但我对第三个消息并没有太多的感觉，白狐他们就是从这里离开的，这说明这个地方还是有出口的，因此我并不是特别担心，又问杰克："你那个包里还有吃的吗？"

杰克走到他的背包那里，在里面翻腾了一阵，拿出一包压缩饼干和半瓶水，回来跟我说这是最后一块了。

我吃了几口，嗓子生疼，就算喝了水，也根本咽不下去。杰克不知道是不饿还是跟我一样无法下咽，干脆就没吃，而是把他的那一半塞进了口袋，然后坐到杂毛的尸体旁边，看着周围的一片狼藉发呆。

灌了几口水之后，我终于把压缩饼干给吃了进去，然后就继续靠在石柱上休息。

缓了大概半个小时，我深呼吸了几次，对杰克说道："我感觉好多了，扶我起来，斑斓雪山的活干得不利索，咱们得接着来。"

"你也快疯了。"杰克说了一句，把我扶了起来。

我试着挪动了几下步伐，除了周身很多骨头生疼之外，倒是还可以活动，当下没有比还可以走路更好的情况了。

杰克看到我没有任何回应，似乎有些不适应，嗯哼了一声之后，又一个人自言自语道："为什么会是这样呢？"

我对他的疑惑有些不解，不知道他想表达什么，就问他："你是又怎么了，我这不是已经站起来了么，我和你一起找出口，你别担心，我们一定会出去的。"

话虽如此，可是旁边还有一个杂毛需要我们带出去，我虽然还可以走路，但是肯定无法进行高强度的活动，杂毛的尸体肯定得杰克来背，因此我只能一边安稳他，一边祈祷我们找到的出口一定要人性化一点。

杰克说道："不，我不是这个意思，我是说那些没有被炸毁的石柱实在是太奇怪了，你难道不觉得么？"

我有些茫然，这个山体空间里面的石柱子除了有一些被炸断之外，没有什么其他变化，难道杰克是担心山体会塌陷吗？想着我下意识看了看附近的几根石柱，扫了这么几眼之后，忽然就发现了一个十分奇怪的现象。

一切的问题都源于不久之前的那次爆炸，在此之前，除了过年放鞭炮烟花之外，我从来没有接触过大当量的爆炸物，因此我没有想到，仅仅是那么一小块C4，就产生了那么大的破坏力，很多远古时期由倒灌的岩浆形成的石柱被炸断，而且我也被冲击波给炸晕了过去，不过在这次爆炸之后，仍然有很多石柱没有被炸毁，现在还好端端地立在那里，可是只要仔细去观察这些还立着的石柱就会发现，完整的石柱和被炸毁的石柱之间存在一个在物理学上很难成立的现象。

其中最明显的是，在爆炸区域的中心位置，大部分石柱都被炸断了，但是还有几根石柱却好端端的，而且那些被炸断的石柱并不比还立着的石柱细多少，甚至是更加粗壮；再者是被冲击波击中的区域也出现了这种现象，很多石柱明明更加靠近爆炸区域，可是却依然完好如初，反而是一些更远位置的石柱被炸断了，按理说这些石柱都是相同的成分，大部分是都是岩浆冷却之后形成的，在一次非定点爆破的爆炸当中，怎么可能会出现这种奇怪的现象呢？要知道，炸药和冲击波是不会自主选择破坏对象的，只要在爆炸区域内的，基本上就是一网打尽才对。

我心说这很不正常，这些石柱可能有问题！我拉着杰克换了不同的角度去观察幸存的石柱，很快我心里就有了一种豁然开朗的感觉，心说原来如此，恐怕这是老戏重演。

“这哪里是奇怪，而是太奇怪了，简直怪到让人无法相信……”我心里开始变得不知道是狂躁还是兴奋，觉得这个奇怪的现象，反而让我对这个地方有了一点眉目。

杰克看到我脸色有了变化，以为我开始变得不清醒起来，摇晃了我几下，然后问我：“大圣，你在说什么呢，你是不是也认为我们出不去了而受到了刺激呢？”

“这倒不是。”我一边看着残存的石柱排列的顺序，一边在脑子里回想老爷庙遇到的那种能够让人进行空间转换的诡异机关，然后越看这些石柱感觉问题越明显，就对杰克说道，“杰克，你得帮我做一件事情，可能比较辛苦一些。”

杰克疑惑地问我：“难道现在还有比找出口更重要的事情吗？”

“如果我没猜错，当我们完成了这件事情，出口虽然不确定能不找到，但至少应该能够离开这个地方，而且功劳归你，毕竟是你发现了这些石柱有问题。”

杰克有些不相信地看着我说道：“好吧，你说我该怎么做。”

我用手指了一圈整个山体空间，然后对他说道：“你看一下这些没有被炸毁的石柱，特别是在距离爆炸范围相对较近的几根，看看它们和已经被炸毁的那些有什么不同。”

杰克认为我这个问题没有太大的意义，他认为出现这种情况肯定是因为石柱的密度不一样导致的，但是我坚持让他上去辨认，而且是有选择性地辨认。

我首先指着距离我们最近的一根石柱让他去看，最好是围着石柱左转三圈右转三圈，上上下下打量清楚了，一丁点的细节也不要错过。

很快杰克就回来了，他对我竖着大拇指说道："大圣你真的变厉害了，你说的那根石柱真的不一样，上面有一个奇怪的雕像。"

"扶我过去看看。"我说着，就在杰克的帮助下，来到了那根石柱有雕像的一面。

我一看，发现杰克的中文表达还是有些问题，不过并不影响我对于这件事情的判断。石柱上面不是什么雕像，而是一些被雕刻出来的刻痕，痕迹不算很深，如果不是刻意去看，很容易被石柱上面本身的纹路给同化掉。

我又往后退了几步，就看清楚了整个被雕刻出来的痕迹是什么了，那竟然是一个长着人面蛇身的图腾，虽然这是一种被弱化的象形雕刻，但是那条弯弯曲曲的蛇尾巴，我还是一眼就分辨了出来。

我心里有些惊讶，心说难道这里也出现了伏羲女娲的痕迹么？

但很奇怪的是，整个图腾的头部，似乎在雕刻的时候被刻意做了相应的处理。因为我看到的图腾的脸部竟然没有五官，只是在面部的中央位置，有一个十分不显眼的突起，而且好像还是能活动的。

我走上前去，小心把那个突起按了一下，凭手感觉得自己猜得没错，这应该是一个机关的激发部件，而且如果我没有猜错的话，在这个山体气泡里面至少应该有十六根这样的石柱，因为根据残存的石柱所处的位置来看，一共有十六根这样的石柱围绕在中央的那根大石柱四周，这种类似的结构布局，我在误闯老爷庙的时候经历过，而之所以我在最开始的时候没有发现，那是因为周围还有一些远离爆炸范围的石柱没有被炸毁，它们干扰了我的视线和判断。

有了这个发现之后，我再整体去观察整个山体空间的时候，就对整个空间的布局有了一个相对自信的推断。

中央的巨型石柱很明显是这个空间的中心点，而在中央石柱的左右两侧，原来分别有两小型的石柱，而且是对称排列的，只不过那两根石柱实在也太细了，其中一根已经被炸毁了。再往外看，是对应在中央石柱八个方位上的八根石柱，没有被损毁，而就在这八根石柱的外侧，分别又有八根石柱屹立在那里，只不过在这些有序的石柱空隙中间，还存在着一些损毁或者没有被损毁的石柱，如果不是杰克的提醒和我之前的经历，实在是很难发现这些石柱排列的规律。

古代的数术学我不是很懂，但是我之前有过类似的经历，这些石柱排列的规则，很明显是根据古代流传的：无极生太极，太极生两仪，两仪生四象，四象生八卦，而八卦又可以演变出十六卦乃至万事万物和整个自然界的规律。

看来对于数术的利用，我们现在理解得还是太少了，现在很多人一提起阴阳八卦，动不动就以玄学的名义拿来进行所谓的算命改运，这实在是侮辱了祖宗的智商。至少在我看来，这种数术在古代甚至更早的时候，其真实的作用，很有可能是一种古老的数学文化和建筑文化，这不得不让我想起了探索频道曾经播出过的英国巨石阵，据说那种巨石阵就是按照某种数学规律排列的，但是它出现的时间实在是太久远了，当代人一时间无法弄清楚它们存在的主要作用。

基于这种判断，我和杰克兵分两步，果然在那中央石柱外围残存的石柱当中，定位好了那十六根石柱，而且我们在石柱上面都看到了人面蛇身图腾，也都发现了能够按进去的突起，在我的示意下，这些突起全被我们给逐一按了进去。

等到这些工作都完成了之后，我就有些得意，在等待机关发动，心里默念着芝麻开门，心说这一次我要看清楚这些数术学在应用到建筑学里面的时候，是如何进行空间转移的。

然而我和杰克等了足足有三分钟的时间，整个空间竟然一点变化都没有，搞得我心里都开始焦躁起来，不由怀疑自己是不是想多了。但是转念一想也不对，如果不是这里不存在这种空间转换技术，那白狐阿来和佐佑三个人又是怎么离开这里的呢？还是说，我在什么地方搞错了？

正苦苦思考着，忽然之间，我感受到在自己的脚底似乎传来了一阵阵轰隆隆的声音，这种声音很奇怪，也很熟悉，似乎是海边巨大的轮船在往水里扔牵引船体的抛锚铁链一样。

“有动静了，我们要当心！”杰克被突如其来的声音给吓了一跳，在一旁提高着警惕好心提醒我

“还用你说，我听不到吗，赶紧去背起杂毛的尸体，这里恐怕要变天了……”我话音未落，就看到在我们不远处的那根巨大的中央石柱猛然抖动了一下，好像被什么巨大的东西从石柱的底部给撞击了一下，同时我听到被我们触动了机关的那十六根石柱的底部传来了咔嚓咔嚓的断裂声，那声音在这种环境下给人一种十分不祥的感觉，我不由大叫，难道这里我们真的搞错了，从而导致这些石柱要断裂了吗？我迅速环视空间顶部，发现事情不妙，这些石柱要是再倒塌了，那整个山体空间可就没有多少能承重的东西了，搞不好会发生整体塌陷，到时候我们可就无力回天了。

杰克也慌了，一个劲问我现在应该怎么办，我气急败坏，心说我知道怎么办，听天由命吧，就看到十六根石柱在一种诡异的外力作用下，开始一根一根从山体空间的顶部断裂了开来，断裂的石柱和碎石块噼里啪啦从我们透顶往下掉，我们只好一边尽量去躲避头顶掉下来的石头，一边拖起杂毛的尸体往空间的边缘退去。

总算避开了危险区，再去看那边的场景，简直犹如地动山摇，十六根石柱断裂倒塌之后，不知道牵动了什么机关，只见那根中央石柱都遭到了波及，整根巨大的石柱，竟然也开始出现了咔嚓咔嚓地开裂缝，只不过我看到中央石柱的开裂，是呈现出一种整体的碎裂，很快就有一些碎石块从石柱表面掉落下来。

然而也就是在这个时候，猛然之间，我看到中央石柱剧烈抖动了一下，

然后整根石柱都一下子塌陷了，同时在整个空间里掀起了巨大的灰尘风暴，我被吹了一脸的碎石和尘土，一时间什么都看不见了。

等到四周逐渐安静下来，我抹了一把脸上的灰尘，睁开眼睛就看到手上立即沾满了灰尘和鲜血的混合物。我的脸被一些小石块打了好几下，算是挂彩了，也不知道会不会留下疤痕。杰克在我旁边，他也抖了抖身上的尘土，嘴里大骂着这都是我出的馊主意，差点害死他。

我懒得搭理他，心说真是怪事了，难道白狐他们不是启动了这里的机关出去的？

直到这时，我才逐渐意识到一个问题，白狐跟我说了那么多的事情，却唯独没有跟我讲这里的出口在哪里。首先我排除掉她忘记告诉我这个原因，然后我能想到的是，她之所以没有告诉我，而是让我在一个看上去并没有出口的空间里自己摸索，那她肯定是有着某种理由，从我发现机关并启动机关的这个过重中我可以想象到，发生这样的事情，并不是我在出馊主意，而是事情必然会朝着这个走向发展。

她告诉我，剩下的路，只能是我和杰克两个人去走完，而没有直接说让我们两个人找个窟窿钻出去，所以，她并没有打算让我们马上离开这里，那么，接下来我只需要尊重这些变故，然后见招拆招。

我回头往后一看，冷笑了一声对杰克说道："这里没有馊主意，只有必然导致必然，反正说了你也听不懂，不如你看看那些石柱再下结论，我想我们干了一件大事。"

杰克用一种怀疑的眼神看了我一眼，然后又去看山体空间中的那些石柱，两秒钟之后，我看到他下巴几乎都要掉下来了。

我用了接近五分钟的时间来整理我所看到的东西，那一刻，我的内心深处，整个世界都停止了转动。

中央石柱已经完全垮塌了，但是我实在没有想到的是，在中央石柱垮塌之后，我会看到那样一件东西。

那是一副巨大生物的骨架。

整副骨架通天彻地，目测至少十五米高，我之所以感到一种令人窒息的震惊，是因为那副骨架看上去是那么的熟悉，而且很明显的是，那是一幅人形或者说是准人形骨架。

杰克几乎都要惊呆了，我听到他喊了一声："我的上帝，那是……中国的战神？！"

"蚩尤的真身……"我有些恍惚地补充道。

原本那副骨架是被包裹在石柱里面的，现在骨架表面的石层已经剥落，我能隐约看到一些类似于兽皮和金属甲片编织在一起的碎片挂在骨架的各个部位。我心里暗惊，看样子这具骨架在最初被岩浆包裹住的时候，恐怕还是一句完整的尸体，只是不知道这是后人把这具巨大尸身用岩浆给保存了下来，还是这种现象的形成是这具尸身本身的意愿。

骨架屹立在那里，这让我想起了老爷庙时候看到过的那尊巨大的伏羲雕像，那尊雕像到了最后时刻表层脱落，我在石雕破裂的表层下看到了蠕动着的金黄色鳞片，那一瞬间，我一度认为石像里面的牛首蛇身人面生物复活了。

我回想起在这里经历的种种事情，脑子里开始浮现出一个念头，难道说，这里的一切，是老爷庙水底的翻版吗？

不过当时老爷庙水底的一切似乎要精致得多，相反斑斓雪山里面的种种痕迹就显得比较粗糙，再想到伏羲和蚩尤在中国历史中出现的先后顺序，我就有了一个大胆的假设——假如说老爷庙水底是一种古老的文明建造的，那么斑斓雪山深处的遗迹，就是后来又出现的一种文明，在这里模仿建造了这一切。

再假设老爷庙水底的那尊雕像就是代表着人皇伏羲，而现在我看到的这副骨架就是所谓的战神蚩尤，那蚩尤到底为什么要模仿伏羲呢？他们之间的关系又是什么呢？

我的老天，我到底经历了什么，我到底又看到了什么呢？

蚩尤的真身——白狐拼了命也要找寻的蚩尤真身，难道就这样被我给找到了？

这真是一种如幻如梦的感觉，但我心里头一次出现了这样一个声音：这不是在做梦，这一切都是真实的！

自己什么时候变得这么现实了，我摇头。

“走，我们过去看看。”我对杰克说道，心里却一点头绪都没有，我一度以为自己猜到了那些人在找什么，但我实在想不通他们要找的东西，跟中国古代的那些神话人物有什么关系。

杰克迟疑了一会儿，问我对面的大家伙会不会有危险，我说都化成白骨了，不会有什么危险，再说了，不走近去看看，岂不是白白遭了这么多罪。

我催促着他，一块往巨大骨架的位置走了过去。在这个过程中，我的情绪慢慢舒缓了很多，注意力也开始变得宽阔了起来，注意到这里发生变化的不仅仅是那根垮塌掉的中央石柱，还有另外被我们按下机关的十六根石柱。

被我们启动了机关的那十六根石柱，实际上并没有全部垮塌，而是在一种我无法确定的外力的作用下，石柱全部从山体空间的顶部连接处断裂开来，每一根石柱大概还剩下五分之四的样子。但是在同时，这些石柱整体发生了位置移动，统一往中央石柱的方向聚拢了过去。而最令我感到惊讶的是，在十六根石柱的顶部，竟然分别有一条青铜锁链伸了出来，而这十六根锁链又全部连接着山体空间的顶部，镶嵌进岩石里面之后只有不知所踪。

越往里走，我就发现，原本树立着石柱的地面全部炸裂开了，出现了许多沟槽一样的痕迹，而那十六根石柱就在这些沟槽内，移动的痕迹也是沿着这些沟槽进行的。

我有些骇然，我刚开始以为这个地方是浑然天成的，但是现在看来，曾经有人在这里进行了十分浩大的山体改造工程，而这项工程的核心，一定是围绕着中央石柱里面的巨大尸身进行的。

走到了骨架下面，我抬头看上去，感觉更加缥缈，跟在远处看完全不同，这不是欣赏风景，我竟然有种想要跪下来的冲动。

骨架的膝盖以下还是埋在岩浆石里面，顺着膝盖骨的位置往上看，我看到这具尸骨跟神庙里面的雕像几乎完全一样，有好几只手，具体几只手臂我无法分别，因为它们全部扭结在一起，缝隙里还有很多冷却后凝固的岩浆石，不过这时候我忽然意识到，我在远处看到的那些金属甲片，实际上是一些缠绕在骨架上的青铜锁链，这些锁链围着尸身缠绕了一圈又一圈，密度十分夸张。

杰克看到这一幕，惊叹了一声："战神被绑架了？"

我心说无论是假族长，还是那个面具人，他们说的话都未必可信，如果这副骨架就是蚩尤本尊，那蚩尤在这里的地位，就是一个囚徒，有人把它给绑了，然后利用这里特殊的地质活动，成功把蚩尤给封死在了这里。

肯定不会是蚩尤死了才被封死的，如果是那样，就不会出现这种锁链缠身的状况，而且再看尸身上那些手臂扭结的状态，我瞬间就明白了，那是好多只手臂同时在挣扎造成的。

当年到底发生了什么事情，这具骨架到底是不是蚩尤，我告诉自己还不是下结论的时候。想着我说道："既然我们看到了这个东西，那肯定得发生点什么，现在的一切看上去都太简单了，我心里反而慌得很，先不要管这副骨架是谁了，仔细看看，有没有需要我们冒险的地方。"

"你被蓝眼睛他们传染了，你应该继续做你的胆小鬼，我又没收你的钱，你凭什么让我跟你冒险？我们应该带着杂毛出去。"杰克对我表达不满。

"都说你们美国人自觉性比较高，那是抬举你们了，老板不在，就不需要继续干活了吗？少废话，你注意看尸骨的肩膀位置，好像有东西。"

"什么东西？战神的斧头？"杰克退了几步往尸骨的肩膀位置看去，估计是没看明白，回来对我说道，"看不清楚，像个——人？"

我围着骨架转了一圈，上面挂满了破碎的岩浆石，而且那个东西好像是蜷缩在骨架肩膀上的，如此观察起来很尴尬，站远了看不清楚，站近了看不到全貌，我说道：“最好是爬上去看看，你来还是我来？”

“你来！”杰克都没有犹豫。

我心说我来就我来，试着活动了下筋骨，感觉好多了，体力预计能支撑我沿着骨架往上爬一米到两米。

但是管不了那么多了，杰克态度很坚决，他说战神都快烂没了，肯定活不过来了，让我自己爬上去，他要去找到那两条被干掉的古蛇整点鳞片下来回去卖给喜欢收藏的土豪们，然后就走远了。

我看了一下，尸骨的底部还有一截半垮塌的石柱，有很多落脚点，我很快就顺着这些落脚点爬到了尸骨的膝盖位置，但我必须休息一分钟，因为攀爬运动让我身上的骨头再次疼起来。

过程中，我顺手从尸骨的膝盖位置撕下一块半脱落的岩浆石，发现在石头的内侧粘黏着一些黑乎乎的东西，我对这些东西不难分辨，那是一些经过高温烧灼过后完全干化的皮肉，下意识明白，看来这具尸身并不是因为腐烂而露出了白骨，而是因为黏在尸身表面的岩浆石在崩裂脱落的时候，顺便把尸身上的一些皮肉给扒了下来。至于我之前看到的兽皮，其实也不对，我无法确定那些从青铜锁链和石头缝隙中伸出来的碎纸片一样的东西是什么，我撕扯了其中几片，发现十分有弹性，但是完全撕不坏，显然是一种混合物质压出来的材料，估计带出去分析出来可以申请专利了。

但我的注意力还是在骨架的本身。

体型长成这样，还被给人绑了，最后落了一个炮烙之刑，这事情明显不对，我回想了一下，在那张藤蔓结成的巨网上，有一个同样巨大的凹陷痕迹。当时我们猜测，那是蚩尤潜伏的地方，也就那样一个地方能容得下这样一个庞大体型的生物睡觉了，也就是说，这具尸身没死的时候，是生活在那里的。

但是现在，我却看到一副跟传说中蚩尤战神体型一样的骨架，而且这副骨架是被青铜锁链锁死在岩浆石里面的，沿着这种思路，我想事情应该有两种方向。

第一种可能性：鬼头甸子的传说，只有一半是真实的，当年蚩尤落难到这里，在最开始的时候确实跟鬼头甸子的原始居民相处融洽。但是到后来，原始居民反水，最后把蚩尤给弄死了。至于反水的原因，从生物学的角度来看，人类几乎是最贪婪的生物，可能鬼头甸子的原始居民到了后来，已经无法满足蚩尤带给他们的那些最基本的生存能力，或者说他们发现蚩尤所具备的能力会让这里的人得到更多，因此人性的贪婪彻底爆发，这有点像电视剧里面那些绑匪抓走一个科学家，然后胁迫科学家研究高级武器是一个道理；

第二种可能性：传说都是真实的，这具骨架的原身是一个仿制品，这个被仿制出来的战神，有可能是蚩尤自己造出来的，也有可能是在蚩尤“升天”以后，鬼头甸子的原始居民对蚩尤战神甚是想念，于是就想方设法造了一个蚩尤出来，毕竟在鬼头甸子，流传着蚩尤战神会复活的传说，而且这个地方，种种迹象显示，似乎具备着一种跟老爷庙相同的功能，那就是一种古老的生物实验。

我又继续爬，我四周看了看，没有看到杰克，心说反正你是无法悄无声息走出这个地方，肯定是在某个视觉死角，就没太在意。

过程很艰难，但不算复杂，我在半个小时后，终于顺着一些暴露在空气中的骨头和可以下手的青铜锁链缝隙，爬到了骨架的肩膀位置，只要再坚持半分钟，就可以站在巨人的肩膀上了。

同时，从我现在的位置，我终于第一次看清了趴在骨架上的那个东西。

我的第一反应是：我看到了“潜伏者”。

那竟然也是一副骨架，而且是一副正常人体型的骨架，它犹如一个贼，十分猥琐地趴在巨型骨架的肩膀上，头骨扭向了一侧，跟我四目相对，好像在偷窥着什么。整具小型骨架基本上已经跟巨型骨架融为一体了，虽然已经无法将它们剥离开来，但并不影响我分辨出这原本是一副独立存在的尸骨。从它此时的姿势和位置判断，它应该是顺着战神的后背一路爬上来的，然后一块给封死在了岩浆石里面。

这不就是一个人潜伏在这里吗？

我脑子里浮现出一个十分古怪的画面，有一个“二货”，趁着所有人不注意的时候，偷偷爬上了“战神”的肩膀位置，然后不知道想干什么，可是就在这时候，大量的岩浆突然倒灌下来，一下子把战神连同这个潜伏在这里的人一块给封住了。

谁会做这样的事情呢？这明摆着是找死！我一鼓作气翻上了骨架的肩膀，然后先是看了几眼肩膀上那个巨大的脑袋。遗憾的是这只脑袋被岩浆裹得很严实，竟然没有脱落。我敲打了几下，发现不可能徒手把这些岩浆石给敲下来，只好作罢。

但是在一个瞬间，我的眼睛瞟到了石头脑袋的嘴巴位置，赫然就发现在那个位置上，似乎有一个孔洞。

这个洞不算大，但也不小，看着能够很轻易把胳膊伸进去，而且看着这个洞的形状，我意识到它是怎么形成的了，同时也倒吸了一口凉气，因为这个洞的存在，印证了我之前的一个猜测。

岩浆肯定是一层一层从上面倒灌下来的，因此我推测，在第一层岩浆蔓延到尸身头部的时候，这具尸身还是活着的，它条件反射地做出了挣扎，但是无奈青铜锁链困住了它，因此它浑身上下能动的地方，估计就只有嘴巴了，那个洞，给人的感觉就像是被尸身大嘴巴给吹出来的一样，当然也有可能是急促的呼吸造成的，看着这具骨架的规模，估计拥有那种肺活量不成问题，当第二层岩浆灌下来的时候，第一层岩浆已经固化了，因此这个洞被保留了下来。

果然是活着给弄死的，这是谁干的，也太残忍了吧……脑子里出现了这些画面，我使劲摇了摇头，告诉自己现在不是想这些的时候，我的目的是看看骨架肩膀上的那具小骨架，总感觉这样一件东西出现在这里，绝对不可能是偶然。

我站在骨架的肩膀上，想绕到趴着人骨的那一侧，正在这时候，我的眼睛再次跟那具骨架的两个灌满岩浆的眼窝给对上了，我虽然不害怕这种东西，但是也谈不上就一定很舒服，于是我就尽量把目光转移到石头脑袋长，不去看那副骨架，心想等老子转过去，会好好研究你一番，你别急。

可就在转头的这一刹那，我忽然意识到事情哪里有点问题，而且我脑子出现这个念头的时间，就在我把目光从小骨架的眼窝转移到大骨架头部的时候。

我立即停下，当下又重复了几遍刚才的动作，心里不由惊呼了一声。我的眼睛、巨型骨架的嘴巴和小骨架的眼窝，竟然在一条线上。

难道，那副小骨架扭着脖子在看的，就是巨型骨架的嘴巴位置吗？

又或者说，那副骨架之所以会出现在这里，是被那个洞给吸引了？那个洞里难道有东西？

总不至于有人冒死爬上来，只是为了欣赏一下这具尸身受死过程中留下的一个洞吧？

想着我就起了一身白毛汗，我被自己的这种想法给吓了一跳，但是转念一想，岩浆是逐渐一层一层裹住尸身的，如果每一层岩浆灌下来的时间间隔比较长，那就具备了当时有人会发现这个洞存在的条件。

这样想着，我的手就鬼使神差一般想往这个洞里伸，心说杰克说得对，都烂成这个样子了，还能咬我怎么着，于是就大着胆子一点一点把手臂给伸了进去，有没有东西，那得试了才知道。

第十四章 找到问题

我不知道自己哪里来的勇气，但是自从杂毛死了以后，我忽然就感觉自己之前在意的那些事情，已经变得不是那么重要了。

有人说，无论你以前是一个君子，还是一个小人，当真正需要面对大是大非这个问题的时候，你想要的结果，会抵消你在这之前所建立起来的价值观。

我现在想要的结果是，在没有白狐、杂毛、阿来甚至是我那个多年未见的老同学在场的情况下，我要让自己经历的这些事情有一个我能接受的结果。

我把手伸了进去，然后就像小时候掏老鼠洞一样，在里面胡乱摸索起来。

岩浆石下面的尸身嘴巴是完全张开并且僵化的，在这之后，我的手很快碰触到了一个比较尖锐的物件。

我刚开始以为自己摸到的是一条干化的舌头，因为那个物件是长条状的，但是我用手反复捋了几下，就意识到那应该是一件十分特殊的东西，因为它的手感太奇特了。

拔出来！我脑子里浮现出这样一个声音，心说我不管你是谁了，天下万物死如灯灭，如果我破坏了你的尸身，你也不能怪我，因为我也是受害者，要是你在天有灵，就保佑我以后再也别掺和进这种事情当中来。

顷刻间，我伸进孔洞里面的右手开始发力，只听一声沉闷的咔嚓声，我的手臂末端就感觉一松动，然后就握着那件东西慢慢退了出来。

整个过程虽然出奇的顺利，但潜意识里面的那种紧张感还是在这之后明显消退了不少。

我拿着手里的东西一看，发现自己竟然从尸身的嘴巴里掏出了一件雕刻着奇异花纹的长条状金属物。

我长出了一口气，拿着这件金属物端详着，感觉像是一把一尺长的青铜短刀，层层锈迹下面是一些被雕刻出来的花纹。我反复辨认了一下这些花纹，感觉有点像是一只只的眼睛，只不过这些眼睛每一只都有两个瞳孔，因此我又不敢十分确定这学花纹就是代表着眼睛。

但是作为一把刀，它似乎又不具备刀具的基本概念，它并没有刀柄，整只金属物宽四到五寸，除了那些花纹之外，金属物的两侧都被打磨成了一种水纹状，跟心电图一样，高低错落，互相对称。金属物的顶端逐渐变窄，但依然没有刀具的那种尖锐的刀尖。至于金属物的末端，只有一个圆环，圆环的内侧和外侧都有很明显的磨损痕迹，而且相对光滑，因此我判断这个圆环以前被什么东西给栓过，就好像我们平时用的钥匙一样。

想到这里，我忽然一个激灵，心说等一下！

钥匙？钥匙！有了这样一个念头，我再去看手里的金属物的时候，豁然就明白自己拿着的东西是什么了。

难道这件青铜物件，是一把大型的钥匙吗？

我又想了想，觉得这种可能性很大。钥匙是一种比较隐私的东西，就好比你家的钥匙通常不会随便交给别人一样，再往深了去说，钥匙的背后，往往也象征了某种秘密，就像是我从“神运”号战舰里面拿到的“大秦密署”一样，那里面也藏着一把钥匙，而那把钥匙，最终打开的，是隐藏在老爷庙水底最核心的秘密。

而且这样也就能说得通，为什么这具尸骨的肩膀上，会藏着一个窥视着尸身嘴巴的人。那副骨架活着的时候，一定是知道这具尸身嘴里藏着什么重要的东西，所以他才会冒险爬了上来。甚至有可能的是，如果这确实是一把钥匙，而且这把钥匙背后代表着某种巨大的秘密，那就不难解释，为什么这具尸骨生前会被人给绑了，是有人想得到它的秘密。

我已然有了几分把握，不由就有些兴奋，对着下面大叫："老外，你在什么地方，你看我发现了什么……"

可是我连续喊了几声之后，却没有听到杰克的回应。我浑身冒汗，四周观望了一圈，发现那两条古蛇的尸体在巨型尸骨身体的右侧几十米远的地方，但却没有看到杰克的身影。我心说这没道理，我处于整个空间的制高点，理应能够看清这里的全貌，不可能看不到一个大活人。而且就算杰克在我的视线死角内，也不可能听不到我的喊声，这种情况背后，往往预示着杰克在和我分开之后，一定出事了。

我有些紧张，这事可要比我从战神的嘴里掏钥匙严重多了，因为按照我们之前的观察，这个地方已经没有任何出口，就算杰克误打误撞找到了一个隐藏在暗处的出口，那他也不至于连个招呼都不跟我打就自己偷偷跑掉吧？

一定发生了什么不对的事情！这样想着，我又连续喊了几声，但是依然没有任何回音。于是我顺手把金属钥匙别在裤腰带上，就顺着尸身往下滑，因为过于紧张的缘故，滑到一半的时候，一不留神踩空了落脚点，然后就一下子往地面上跌落了下去。

慌乱间我的手四处乱抓，但是无论我抓到什么，都无法抵消重力的作用，因此一路跌跌撞撞，虽然没有直接摔下去，但落地的时候我还是听到一声闷响，疼得直咧嘴。

缓了好一会儿我才爬了起来，但是当我抬头的那一刻，却愣住了，因为我竟然看到杰克站在我对面，手里拿着几片手巴掌一样大的黑色鳞片，此时正看傻瓜一样在看着我，看到我扭曲着面部肌肉，居然还有点幸灾乐祸，“大圣，你这是腾云驾雾失败了吗？”

“杰克！”我有些不敢相信自己的眼睛，“你刚才死哪去了，老子喊你的时候，你听不见吗？”

这次轮到杰克发愣了，他表现出很无辜的样子，说道：“你不要冤枉好人，你在上面喊我，我一直在下面答应你，可是你就跟没听到一样，还是四处乱看乱叫，然后就看到你这样子了……”

我听了有种想上去揍他的冲动，但是忽然间又感觉哪里有些不对劲，如果杰克没有在跟我开国际玩笑，那么刚才发生的事情就是，我在上面看不到杰克，也听不到他的任何回应，但是他却能看到我。

这算是怎么一回事？我揪住杰克开始“三堂会审”：“你说实话，是不是我刚才喊你的时候，你藏了起来故意吓唬我？”

杰克怒道：“大圣，请你相信游骑兵的人格！我一直在下面清理这些鳞片，你一直在上面爬来爬去，跟个精神病人一样，我还在一直担心你呢！”

不像是在说谎，我看着杰克的眼神就感觉事情可能不像我想象的那么简单。我重新梳理了一遍之前发生的事情，然后就听到杰克在一旁问我：“那你有没有在骗我呢？”

“我要是骗你，会自己摔下来吗？”我有些气急败坏地说，总感觉哪里有些不对。

杰克回道：“那就是你们的战神生气了，我看到你偷了他的东西！”

杰克话音刚落，我也开始犯了嘀咕，心说难道遇到鬼打墙了？不会吧，要是这样一具尸体后面有一个鬼魂，那能叫鬼魂吗？简直就是一只魔兽啊……正心生恐惧之间，我忽然听到从身后巨大的尸身顶部传来了咔嚓咔嚓的声音。我和杰克都下意识往尸身的头部看去，结果就看到尸身上被岩浆石裹住的巨大的脑袋，此时竟然呈现出一种诡异的姿势，把脖子扭向了一边，然后做出了一个斜向下俯视我们的动作。

在上面的时候没有太多的感觉，可是当我在地面抬头看那个脑袋的时候，看到一个不规则的石球上面有一个深深的洞穴，就好像是一只诡异的眼睛一样在注视着我们，这种感觉让我不由脊背发麻。

我大骂杰克："死老外，你不要再乱说话了，它要是真活了，对你我都没什么好处！"

然而还没等杰克说话，我又听到了刚才那种咔嚓咔嚓的声音，然后杰克就好像意识到了什么，拉着我就迅速往后退，还没等我反应过来发生了什么，我就看到那个巨大的石球脑袋猛然从尸身上面断裂开来，瞬间朝着我原来站立的位置砸了下来，仅仅是半秒之后，我就听到了一声重物砸地的声音，随之而来的是一阵石头脑袋在地面翻滚的声音。

我下意识一抱头，心说现世报如影随形，不能干坏事……如果不是杰克眼疾手快把我给拉了出去，这一下子，估计屎都出来了。

老子拿了你的东西不要了，我还给你，犯不着上来就玩命吧！我伸手去抓裤腰带里面的青铜钥匙，拔出来之后就想冲着脑袋落地之后声音停止的方向扔去。可是就在这个时候，我赫然发现，在石球落地的位置，竟然什么也没有。

我提醒了一下自己才稍微清醒了一些，然后就意识到，刚才砸下来的那个脑袋竟然真的不见了！

"那脑袋滚到什么地方去了？"我声音颤抖着问身旁的杰克。

杰克也愣了愣，摇头说道："我只顾着保护你，没看见它到哪里去了！"

我心说不会吧，难道真的有鬼吗？我不信鬼神，但是发生了这一连串诡异的事情，让我的神经开始有些不受自己的控制，总是不自觉就往那方面去靠。我和杰克在附近找了好几圈，就连那石头脑袋的碎片都没看到，我确定那个脑袋在摔下地面的时候是完整的，不可能碎得连毛都不剩。

我努力让自己尽量平复一些心情，然后回想着石头脑袋落地之后滚动的方向，然后顺着那个方向仔细去看地面上的痕迹，之后我就发现，脑袋在落地之后，是冲着十六根石柱的其中两根之间的缝隙翻滚过去的，但是痕迹一路延伸到那两根石后面的时候，忽然就断了，而且我也没有看到石球的影子。

这时候我重新转身，想沿着来时的路线折回去看看有什么发现，心说会不会又弹了回去，然后滚到了某个死角里面去了。

可是就在这个过程中，我的心跳不由开始加速，因为我发现了一个惊奇的现象。

我竟然无法沿着来时的路线返回到原点。

这是一个十分诡异的现象，我明明是从两根石柱之间的空隙中间走出去的，但是当我原路折回的时候，竟然是从对面的两根石柱之间走了出来，而且此时我看到的是杰克的后背，他正伸着脑袋在看我去时候的那两根石柱中间。

我叫了他一声，然后看到他身体猛然抖动了一下，回过头来看到是我，眼珠子几乎都要爆开了，结结巴巴地问道："你怎么……怎么会从我身后出来？还有，刚才你走到石柱后面的时候，我发现你好像忽然隐身了一样，一下子就不见了……"

听到杰克的反馈，我脑子里上来就是一个炸雷，一个大胆的念头犹如一道闪电一般划过我的脑海。

"我知道这里发生什么事情了！"我走到杰克面前，为了让他能听明白，指着周围的十六根石柱，用最通俗的语言说道，"问题还是出在这十六根柱子上，之前我们并没有猜错，这些石柱一定是按照某种古老的数学规律排列的，我们在触动了机关之后，这些石柱都发生了位移，也就是说，当这十六根石柱重新排列之后，这个机关就已经生效了。"

杰克想了一会儿，似乎还是不明白，"你是说这些石柱困住我们了吗？"

"你也可以这么说，但是我认为这些石柱排列在这里，其实是一种障眼法，在这些石柱之间，可能有一条隐秘的路线，可以让我们走出这个地方，就像我刚才那样，明明是从那两根石柱之间穿过去的，但是返回的时候却从另外两根石柱之间走了出来，一定是这样！”我一口气说完，然后就拉着杰克再次走进了我最初穿过的那两根石柱之间。

在穿过刚才那两根石柱之后，我和杰克立即停了下来，我让他站在原地不要动，但是我却慢慢退了回去，但奇怪的是，我发现这一次自己竟然是能够按照原路退回原点的，而且我看到杰克依然站在那个地方，并没有出现他说的那种凭空消失不见的情况。

我想了一下，觉得任何一种机关，要想发生作用，应该都不是单方面的，机关本身和中机关的人作为两种互相作用的主体，要想达到某种效果，就必须具备一种契机，例如，我这一次能够退回来和我能够看到杰克，是不是因为我们穿过石柱之后前进的距离达不到这种契机呢？

我对前面杰克喊道：“继续往前走十米，然后原路退回来。”

杰克听了之后回头看了我一眼，眼神中充满幽怨，然后就一跺脚，继续往前走。

这一次，我终于看到了一个诡异无比的现象，杰克在往前走了大概七八米远的距离之后，忽然就不见了。

但是在这个过程中，我一直保持着全神贯注，所以几乎就是在杰克消失的那一瞬间，我发现了问题的关键，我看到杰克在消失前的零点零一秒，他似乎没有继续按照直线行驶，而是突然转弯了。

如果不是保持绝对的注意力，我肯定发现不了这个现象，现在我基本上已经确认了发生这种变化的关键。

对于我来讲，在一个陌生的地方下这种结论，而且又如此胸有成竹，这还是第一次。

原因是一切都是有根据的，这倒符合我思考问题的习惯。首先，这个地方，能够困住两条龙一样的怪蛇，说明它一定不简单。佐佑说，这些石柱原来是具有磁性的，但是被那些J国人用消磁器给破坏了磁性。不过我认为，要完全让这些石柱失去磁性是很难的，这不是单纯消除某一样物质所具有的磁性，这些石柱和这里的山体是一个整体，就算短时间内消除了石柱部分磁性，也不敢确保石柱会不会逐渐恢复这种磁性。

所以，这里的磁场实际上应该还是发挥作用的，现在想起来，一定是有人在这种复杂的磁场内加入了某种古代数术学的应用，从而使得这个地方的环境变得更加复杂起来，所谓天人合一的境界，这应该是一种造物极限，单纯用眼睛恐怕已经无法理解这里的全部。

有了这个思路，在我看到原本走直线的杰克突然发生转弯现象的时候，就已经确定这里是怎么一回事了。

通俗地说，当一个人穿过这些石柱中间的缝隙，然后继续深入的时候，很有可能就已经走进了一个十分特殊的磁场，而这种磁场能够在不知不觉中影响这个人的身体和大脑，因此这个人会在一种毫无戒备的情况下偏离原来的路线。

我计算着时间，杰克最慢会在三十秒后从我身后的两根石柱之间走出来，前提是他在这个过程中没有发生意外，并且是按照我的指示“原路”返回的。

然而在三十秒的时间一晃就过去了，我竟然没有看到杰克如期从里面走出来。

又等了几分钟之后，我就开始不安起来，心说死老外是没有听我的话，还是中间出了什么问题？这孙子……我骂了几声，不得不动身去找他。

我想了想，必须按照杰克消失的地方去找，我无法确定我从另外的空隙中走进去之后会被绕到什么地方。

可是就在我转身的那一瞬间，忽然看到在那两根石柱后面的阴影里似乎站着一个人。我第一反应就是杰克，因为光线不是特别好，只能大概看得出那是一个人站在那里，但奇怪的是，那个人的脑袋竟然很夸张地歪向一边。

“老外？”我试探性喊了一声，发现不太对，对方没有回应我，而是对着我做了一个手势。

看着那个手势，我心底开始发寒，那是一个召唤的动作。

那不是杰克。我慢慢往前走着，对方没有再发出任何动作，只是歪着脑袋站在哪里，但也不太像是有敌意的样子。如果他想攻击我，直接扑上来会更合适，此时的我没有丝毫搏斗的能力。

距离并不算远，几步之后我就逐渐看清了对方的样子。但是，我立刻就停在了那里，浑身的汗水也开始冒了出来。

从他的体形和发型，我认出了他，那是杂毛。

此刻杂毛站在石柱后面的阴影里，脖子几乎扭到肩膀，那是因为他的脖子早就断了。

他的一条手臂没有了，只剩下一条，我看到他的脸上似乎长出了一些鳞片状的东西，青黑色，贴在他的脸上，貌似他的手臂上也有，准确地说，除了他的衣服底下部分我没有看到鳞片，暴露在空气外面的皮肤，都覆盖了一层鳞片。

“你是谁，杂毛吗？”我有些难以置信，他明明是死掉了，他的尸体就在……我往原来摆放杂毛尸体的地方看了一眼，那里什么也没有。

对方听到我在说话，嗓子里发出一阵咕噜咕噜的声音，然后又对着我招手。

杂毛肯定是死了，这个我不想讨论什么，但是此刻站在我眼前的这个“人”，竟然是杂毛，他又活了，而且他的身体好像发生了一些诡异的变化。同时，他在召唤我。

是不是在做梦？我偷偷捏了自己大腿内侧一把，火辣辣的疼痛感让我明白自己确实是醒着的。

我站在原地没有继续往前，尽管我已经确定站在那里的人是杂毛，尽管我也能感觉到他对我似乎并没有敌意，但我还是不敢上前去。

就在这之前，我还以为自己已经开悟了，已经能够逐渐适应各种诡异的局面，可是当我认出那个人是杂毛，内心刚刚建立起来的防线再次崩塌了。

我并不是惧怕杂毛，而是对于发生这样的事情感到有些难以接受。

我有些颤抖地说："杂毛，我不知道你为什么会变成这样，但我必须告诉你，人死如灯灭，你现在这个样子，是不对的，你已经死了，我们好歹相识一场，希望你不要难为我……"

我还没说完，就看到对方忽然抬起了唯一的一只手，那张满是鳞片的手，竟然对我做了一个竖中指的手势。

我心说都什么时候了，你还跟活着的时候一个德行，但也不知道该如何反应。

不过杂毛的这个动作，反而让我的恐惧减少了许多，我终于鼓起勇气，继续靠了过去。

杂毛看到我跟了上来，开始转身往另外一个方向走去。

我跟在他后面，发现他走的路线十分奇怪，在看似比较宽阔的地方，他走的并不是直线，我看不出任何规律，却发现每走一段距离，我就看到周围的环境如同断片一样在发生变化。

最开始的时候，我们是在十六跟石柱的外围，仿佛在转圈，但是走了大概三分钟之后，杂毛带着我重新穿过两根石柱，然后又从另外两根石柱之间走了出去。此刻我已经完蒙了，这种感觉就像是有人在我头上戴上了一个 VR 眼镜，我虽然是身在一个现实的世界里，但看到的却是虚幻。

就这么绕来绕去，杂毛走得很慢，也许是他身体本身的原因，他已经无法快速移动，这完全不是他以前的样子。大概又过了五分钟之后，他忽然就停下了，然后突然转身，对着我发出一些古怪的声音，同时我看到他用手指了指自己的太阳穴，又指了指自己的眼睛，好像是想对我表达什么。

"你是想告诉我什么吗？"我问道。

杂毛点了点头，然后继续重复自己的动作。

"你是在说你的脑子坏了？"因为他的脖子断了，我只能这样去猜测。

但是杂毛却在这个时候把手指向了我。我有点哭笑不得，心说有没有搞错，就问道：“我脑子坏了？”

杂毛再点头，然后用一只手做出了捂眼睛的动作，而且一直重复。

这一刻，我终于意识到杂毛想告诉我什么了。

我说道：“这里的环境，让我的大脑受到了影响，然后我的视觉也同时受到了限制，是这样吗？”

杂毛终于对我伸出了大拇指，嘴巴还咧动了一下。我打住了他那种惨不忍睹的笑容，继续问道：“那怎么办，老外也不见了，你把我绕到这里来做什么？”

这时候杂毛就走到一根石柱旁边，把自己的耳朵贴了上去，然后又指了指我，让我重复他的动作。

我迟疑了一会儿，但还是照做了，我也走到一根石柱旁边，学着他刚才的样子，把耳朵贴了上去，就在那一瞬间，我忽然听到了什么。

这些声音仿佛来自石柱里面，又好像不是，但是我仔细听了一会儿之后，我就在那些嘈杂的声音里面听到了一种十分特别的声音。

那竟然是杰克在惨叫的声音，他好像一边奔跑一边在大喊着救命一类的话。

“是杰克的声音！”我一下子变得兴奋起来，能听到他的声音说明他应该就在附近，我继续说道，“但是他好像情况比较糟糕，我们得去帮他……”

可是当我去看杂毛的时候，却发现他原来所在的位置，已经没了人影。

我倒吸了一口气，走到那根石柱旁边，四处看了几圈，还是没有看到他，仿佛刚才这一切都只是我的幻觉，他从来都没有出现过。

可是如果我是发生幻觉了，我又是怎么知道趴在石柱上面能听到那些声音的呢？我又把耳朵贴在石柱上，发现还是能够听到那些声音，而且此时杰克的惨叫声更加严重了，而且还时不时喊我的名字，让我去救他。由此我判断，杰克此时的处境应该十分糟糕。

就在这时候，在不经意之间，我的手在石柱上摸到了一些十分奇怪的痕迹，我一看这些痕迹，不是本来就有的那些伏羲造像，而是一行刚刚刻出来的字：投石问路，用心找杰克，再见。

这是杂毛刻下的，刚才他的出现，不是幻觉。我大喊了几声他的名字，一股心酸的滋味让我有些站立不稳，他让我通过听的方式找到了杰克的踪迹，然后他就消失了。

我能理解他为什么会悄悄走掉，他一定比我更清楚，他已经不再属于这个世界，我不知道他会去哪里，也不知道他是不是会一直以那种状态活着，但我知道，他的心性没变，无论变成什么样子，他都是一个好人。

我大喊了一声："杂毛，再见！"希望他能听得见这最后的告别。

我闭上眼睛，继续把耳朵贴在石柱上，杰克的惨叫声在我的七点钟方向。我睁眼看了看那个方向，是两根石柱的中间位置。

我走过去，越过那道缝隙，看了看四周，第一次用眼睛看到了一个诡异的现象，我发现在我前面很多断裂的石柱当中，有很多竟然出现了一模一样的断裂痕迹，就连散落在石柱四周的石块形状都是一样的。

光影幻象——我看到的很多石柱，未必真实存在，而是在海市蜃楼效应下产生的光影折射，我感觉自己到了问题所在，也理解了杂毛刻下那一行字的意义。

这就简单多了，我捡起地上的几块石头，朝着相同形状的石柱扔了过去，结果只有一块石头打在了实物上，而其他的几块石头全部穿过那些光影，消失在另一面。

走虚不走实，我告诉自己，一条隐秘的路线肯定就隐藏在这些幻化出来的石柱之间，然后不断把碎石块丢出去，凡是石块消失的地方，都是我的必经之地。

我在数不清的石柱之间进进出出，很多路线看似反复，但我不去计较这些，因为按照这种方法去走，每当我把耳朵贴在石柱上去听的时候，就会发现我离杰克越来越近。但在视觉上，我却是一直在一个并不算大的范围内东跑西跑。我有些感慨，为了缓解压力，自我调侃道：感情齐天大圣逃不出如来的手掌心是有原因的……

这种状态持续了大概有五分钟左右，我发现自己竟然走上了一条死路，原因我在穿过一根幻化石柱之后，却看到在我的正前方，出现了一块镶嵌在山体空间绝壁上的巨大岩石。

我只是愣了那么两三秒钟，忽然就感觉有些好笑，第一次为自己的智商喝彩，这块石头镶嵌在这里，实在是太突兀了，突兀到毫无道理。

我捡起一块稍微大一点的碎石，对着那块岩石就扔了出去，结果我看到碎石直接穿进巨型岩石里面，然后我几乎是大喝一声，跟着碎石也一头扎进了巨型岩石里面。

我知道这绝对不是穿墙术，进入岩石内部的时间可能只有一秒钟的时间，但是那一瞬间，我能感觉到周围的一切都在扭曲，一切都在陷落，一切都在崩塌，磁场的效应正在消失。

当我眼睛睁开的那一刻，先是被一阵刺眼的光晃了一下眼睛，然后就看到杰克正对着我的位置疯奔跑，一边跑一边喊着一些我听不懂的话。他看到我之后，原来的喊叫声一下子就变成了一种难听的哀号，竟然哭了起来。

我转身已经看不到我刚才穿越的岩石，这里依然是一个四面封闭的空间。然而这里并不是我原来所处的山体气泡空间，而是另外一个地方，没有我们之前所在的空间那么庞大，但里面的场景却十分让人震惊。

我看到在这个空间四周的石壁上，竟然镶满了各种颜色的石头，犹如挂满了水晶。或者说，那就是一些块头巨大的水晶，露出石壁表面的，最大的就像是一个解放卡车头，最小的也有一个电脑主机箱那么大，这些水晶石在各种树根和藤蔓之间若隐若现，而且水晶的内部似乎还有东西，是一些浑浊的影子，看不清到底是什么。

能看得出，这个空间依然是火山活动留下的一个气泡，那些水晶一样的彩色石头，从痕迹上看并不是人为镶嵌在石壁上的，而是貌似随着岩浆从地底被带离了出来，然后岩浆回灌的时候，因为冷却现象，其中一部分水晶没有来得及重新回到地底，就此留在了这个空间的石壁上。石壁上一些开采的痕迹吸引了我的注意，我看到有很多凹陷，那些凹陷里面的水晶应该是被人挖走了。

空间的顶部有一些孔洞，有光束投下来，无数的水晶石就是被这些光柱照应出各种颜色的光晕。但是那些孔洞并不是一些不规则的缝隙，而是一些圆形的小孔，应该是人为挖出来的。

这里已经非常贴近地表了，我迅速扫了一眼那些孔洞，觉得那应该是我们出去的唯一途径。

杰克跑到我面前后，一下子就躲到了我的身后，然后一个劲在哭，同时告诉我这里有魔鬼。

我往远处的黑暗中看去，却什么都没有，于是我把杰克拖到光柱下面，抬起他的头，让阳光照到他的眼睛。我发现他的眼神很涣散，而且浑身发抖。我摇晃了他几下，让他保持清醒，但丝毫不管用，只听他重复说道："石头里面的东西活了……石头里面的东西活了……"

杰克唠唠叨叨的过程中，我刚要告诉他这是幻觉，这里十分安全，让他镇定一点，然而话还没说出口，忽然听到在远处黑暗的石壁上发出了几声石头爆裂的声音。声音停止之后，我又听到了一阵阵窸窸窣窣的声音。

这些声音在如此安静的空间里显得格外刺耳，我几乎立刻就想到了什么，紧接着，我就看到从爆裂声传来的方向，慢慢钻出几个形状诡异的影子。

那几个影子在移动到光柱边缘的地方就停下了，没有继续前进，貌似是怕光，但在这个时候，我借助光线的折射，隐约看清了那几个影子的轮廓。

如果我没有看错，那几个影子最高的超过三米，最矮的只有一米不到，但是无一例外，这几个影子的上半身都是人形，而下半身却显得十分诡异，它们好像没有腿，而是自胸口一下，是一条——尾巴！

人面蛇身？那是……我浑身一个激灵，抬手甩了自己两个嘴巴子，以为自己也产生幻觉了，但是疼痛之后，我还是看到那几个影子在光柱的对面蠢蠢欲动，好像随时都会对着我们扑过来。

那几个影子肯定是已经注意到了我们，它们互相之间发出了一阵阵奇怪的声音，好像是在交流，然后我就看到它们慢慢往后退了回去，隐没在了黑暗当中，不知道是我的幻觉消失了，还是它们并不打算把我和杰克当敌人。

我对杰克说道：“它们离开了，不会有危险，你清醒一点！”

但是杰克的崩溃丝毫没有减少，反而盯着四周的黑暗越发惊恐起来。这时我才注意到杰克的衣服好像不太对劲，都已经被撕成了碎片，肩膀上和手臂上全是血迹，显然是受伤了。我开始还以为那是之前的爆炸所为，但是现在看起来，倒像是被什么野兽给撕咬所致。

一种不祥的预感顿时袭来，我意识到事情可能并没有我想象的那么简单，瞬间警惕起来，开始去听四周的动静，结果就听到在我和杰克四周的黑暗中，好像有数不清的东西在爬动。

看来我们被包围了，刚才那几个影子是在使用缓兵之计，如今我和杰克已经四面楚歌，该怎么办？看那些影子，小的还好说，拼一把或许能打得过，可是那些高大的影子呢？如果打起来，根本就毫无胜算。

但是他们为什么没有直接攻击我们呢，难道是因为此时我和杰克在光柱下面的原因？为了试探一下，我决定冒险一次。

我把杰克放在光柱下面，他倒也很配合，只是惊恐地看着我。我对他说：“千万不要动，我有办法出去。”然后我就一下子走出光柱范围，让自己的身体顿时隐没在黑暗当中，然后就在那一瞬间，我又立即转身，重新跳回到光柱下面，整个过程一秒钟不到。

结果，就在我刚站稳身体的那一刻，我看到自己刚才驻足过的黑暗当中，猛然划过一道黑影，只是我早有准备，让对方扑了一个空。

它们怕光！我暗松一口气，但随即都感觉事情变得十分尴尬，就算是这样，那我和杰克也不能一直站在这些光柱当中，如果我们不能顺着那些孔洞爬出去，那就得直接被困死。我开始懊恼起来，觉得佐佑做人十分不地道，他为什么不把这里的危险都在信里告诉我呢，还是说他也不了解这里的全部？那孙子，把我坑了来，自己却跟着白狐跑了，不讲究……

周围的那种窸窸窣窣的声音还在继续，我能感觉到那是它们在说话，但我完全听不懂，不过我也不在乎它们到底在说什么了，我猜无非是弄死我们之后怎么分的问题，我现在需要思考的是，怎么和杰克走出这个困境。

我看了看杰克，他现在已经崩溃，我必须让他变得正常起来，他应该接受过在被敌人围困的情况下如果逃生的训练，但前提是必须让他在一个“正常”的环境下发挥他的优势，杰克过于神经质，最受不了这些说不清道不明的东西。

大脑转了几圈，顿时有了一个邪恶的念头，我首先借助自己的嘴巴，尽量模仿出哒哒哒的机枪连续开火的声音。虽然并不是特别像，但看到杰克的眼睛明显变化了一下，我觉得有戏，就继续模仿，然后再大声喊道：“杰克，我中弹了，快来救我……注意左翼，注意右翼，有狙击手，有机枪手，赶紧突围……”

杰克忽然打了一个激灵，然后看着我，愣了那么一秒钟，嘴里大骂：“法克，你在乱喊什么？该死的，我以为自己又回到了那个该死的地方！”

看到他清醒了过来，生怕他再次陷入那种崩溃当中，立即跟他说道：“杰克，你听着，这里没有魔鬼，只有虫子，水晶里面的东西都是虫子，我们必须想办法离开这里！”

杰克记起了什么，对我大吼：“你放屁，石头里面的东西不是虫子，那是一些长着尾巴的人！它们会从石头里面钻出来，它们撕碎了我的衣服，它们有着强烈的交配欲望，如果我不跑，就被那些怪物给……”

我看了看杰克的裤子，裆部已经被撕碎了，忽然有种恍然大悟的感觉，同时又有狂笑的冲动，便指着他说道：“你的崩溃，该不会是因为被那个啥了吧？”

杰克欲言又止，惊恐地看着周围，又看了看头顶，对我说道："我有办法离开这里，但是我需要时间，你必须配合我。"

"我怎么配合你？"

"我需要十分钟的时间，你必须到黑暗中吸引他们的注意力，我会在十分钟内利用这里的藤蔓和树根做一条绳索，然后爬上去固定，之后你就可以顺着绳索爬上去。"杰克说道，"但是我必须告诉你，它们不会杀死你，但是会强制和你交配。"

我一听下身就是一紧，回道："还没有别的办法？我怕我坚持不了十分钟，关键是我没有你们美国人那么旺盛的精力啊！"

杰克耸了耸肩道："没有，这是唯一的办法。"

我的腿有点发软，但是我不会做攀登索，这个事情眼下还必须这样，因此我咬了咬牙，脑子全是一些令人恶心的画面，然后就对杰克说道："希望在我被夺去贞操之前，你能把活干利索，我去了！"

杰克坏笑了一下，能看得出他知道接下来会发生什么，但我却没有别的办法，我已经不想再去说宁死也不怎样怎样的话了，这种事情就像打游戏一样，无论前面的 BOSS 多强悍，只要不想挂掉，就得想办法通关。

我一头扎进黑暗当中，这让我想起了我闭着眼睛冲进神运号战舰时候的场景，不一样的是，这一次，我面临的不是干尸，而是一群流氓。

我的动作惊动了隐藏在黑暗中的东西，听到几声怪叫，然后身边开始不断划过一道道犹如闪电一般的黑影，它们没有直接攻击我，而是先进行了试探。我拐着 S 形的弯在黑暗中乱跑，尽可能吸引所有黑影的注意力，给杰克争取操作时间和空间。十秒之后，第一道黑影扑在了我身上，我能感觉到一条蛇一样的尾巴瞬间缠住了我的腰部，然后黑暗中一双手一下子抓住了我的裤腰带，把我摔倒在地上。

第十五章 苍天有眼

我大骂一声："有种别耍流氓。"结果对方一点松开我的意思都没有，只感觉腰部一紧，我的裤腰带就被撕裂了。我甚至觉得不用继续了，光这一下就足够我下半辈子不举了。

必须反抗，不能就范！我大吼一声，然后猛然掐住对方的脖子，心说弄死你丫的。

对方显然吃痛，缠住我腰部的尾巴一下子松开，然后又缠住了我掐住它脖子的双臂。但是这个动作显然是对方下意识做出来的，之后它无法继续侵犯我，而是突然怪叫了一声。

紧接着，又是好几道黑影从四周的石壁上冲了下来，我感觉有一些手开始抓我的小腿，还有一条蛇尾巴缠住了我的脖子。

这是想玩捆绑？我心说这都是些什么东西，在窒息感刚刚起来的时候，我使劲挣脱了一下自己的双腿，开始胡乱踢了起来，也不知道踢中了没有，就感觉抓在我腿部的那些手似乎是暂时松开了。

我顺势爬起来，用手抓住缠住我脖子的那条蛇尾往外一扯，脖子再那么一缩，整个人算是完全挣脱了束缚。黑影很快就再次袭来，一条巨大的蛇尾啪的一声拍在了我的胸口，把我拍出去好几米远。然后我看到一个更大的身影从半空中迅速落下，犹如泰山压顶，我都不知道自己哪里来的力气，几乎闪电一般就地打滚，竟然躲了过去，听到紧挨着我的旁边传来一声闷响。

“我有艾滋，我有艾滋……”我狂喊了几声，然后意识到对方不可能听懂我在说什么，连忙爬起来继续狂奔。

但是刚跑了两步，一阵破风声传来，我的双腿被一条蛇尾扫中，我几乎是凌空摔地，比狗屎吃还要惨。我不敢停留，但也实在顶不住了，就想先跑到光柱之下再说。可是放眼望去，哪里还有什么光柱，不知道外面天黑了还是阴天了，光线已经变得十分阴暗，我有点绝望。

接下来我就被好几条尾巴和好几只手给完全控制了，我能感觉到其中两只手一下子撕开了我的裤子，然后就听到一阵邪恶的笑声，我浑身起了鸡皮疙瘩。

它们把我抬离了地面，然后往一个角落抬去，我大喊杰克：“死老外，你行了没有，我顶不住了，就要入洞房了……”

我没有听到杰克的回声，心里一沉，这是又失踪了还是自己一个人跑了？现实是我冤枉他了，另外一个角落里很快传来了杰克的声音：“对不起，我的方法不行，我也被它们抓住了……该死的，你们这些怪物不要碰我……”

我的心一下子凉到底，心说完了，难道我的第一次要跟这些东西吗？但奈何我怎么挣扎，那些东西学聪明了，早就把我牢牢控制住。

杰克在远处惨叫着，我被按在地上，一条蛇尾巴开始在我身上游动，而且很快就滑到了我的下半身，我强忍住恶心，决定咬舌自尽，总比精尽人亡要强。不然我肯定也会跟杰克一样，直接崩溃掉。

几乎就在我那个念头升起来的那一瞬间，头顶突然传来了咔嚓一声闷响，我下意识缩了缩脖子，却也明显感觉控制住我的东西全部都愣了一下。紧接着又是连续几声轰鸣声，外面竟然开始打雷了，而且很快有雨水从山体顶部的孔洞里流了下来。

雷声绵绵不断，在西南这种天气倒不算稀奇，但是那些人身蛇尾的东西却开始变得惊恐和慌乱起来。他们的注意力已经从我身上移开，我看到我身边至少有七八只那样的影子开始以一种不安的情绪来回游动，几乎所有的影子都退到了石壁下面，捂着耳朵伏在了地上，嘴里发出各种奇怪的声音。

他们害怕打雷？转念一想，也许事情正是这样，他们来自那些水晶石之内，而水晶石又是伴随着岩浆涌出来的，这叫水火不容。

杰克那边的情况跟我一样，他再次哭着来到我这里，问我这到底是怎么回事。我问他攀登索做到什么程度了，他哭着回答说只做了一米。

我有些气急败坏，骂道："老子为了给你争取时间，差点被夺去了贞操，你就不能给点力？"

杰克不以为然，回道："那是因为你魅力不够，我以为你能够把它们全部吸引住，没想到它们在意的还是我——杰克！真是总有刁民想害朕！"

我听到在意这两个字，差点吐出来，"你跟谁学的那么多词，老子又不是在跟你争宠，它们好像很害怕打雷，我们得想办法爬上去，离开这个鬼地方才是。"

杰克点了点头，也没有跟我说什么，扭头就跑。跑到石壁附近的时候他一下子高高跃起，一把抓住了一根藤蔓，然后跟猴子一样顺着藤蔓爬了上去。

我骂了一句，也学着他的样子开始顺着一些树根和藤蔓往头顶的孔洞爬去。我的身体受了伤，无法进行高难度的攀登活动，等到杰克往上爬了二十多米高的时候，我才爬了五米不到。我对着上面大叫："老外，你不打算帮我一把吗？老子不行了！"

杰克回头看了我一眼，说道："你能保证上帝一直打雷，我下去帮你。"

我呸了一口，心说我又不是天使，怎么跟上帝沟通？但迫于无奈，只好说道："只要你下来帮我，上帝会感动的！"

"等我！"杰克终于良心发现，顺着藤蔓滑了下来，那动作简直跟大片里面的一模一样。

杰克滑到我所在的位置，扯着一条藤蔓在我腰上缠了几圈，然后三言两语告诉我一些攀爬动作。之后他重新开始往上攀爬。他每爬几米，就会停下来拉动缠住我腰部的藤蔓协助我攀爬，等把我拉到跟他同样的高度，他会继续往上爬。

外面雷雨大作，越来越多的雨水从头顶的孔洞里倒灌下来，我能听到下面的那些东西已经炸开了锅，各种钻心的喊叫声吵得我心神不宁，同时我祈祷老天爷一定要帮我帮到底，杰克也在上面喊道："让暴风雨来得更猛烈些吧！大圣加油，我们就要出去了……"

大概连续爬了半个小时之后，杰克首先钻出了孔洞，然后伸下手来接住了我的手，三下五除二把我拖了出去。

我翻滚在地上，雨下得就跟泼水一样，但我却没有丝毫感觉，只想昏昏欲睡。

突然，一个冰冷的东西一下子抵在了我的额头上，我以为是杰克在拿东西戳我，下意识睁开眼睛，抹了一把脸上的雨水，却看到一个身披黑色雨衣的人正拿着一杆长杆猎枪抵住了我的头部，而杰克已经非常专业地双手抱头蹲在了一边。

我们被十几个身披黑色雨衣，手持长杆猎枪的人给包围了。

刚出虎穴，又入狼口？这些人是谁？

我听到其中一个貌似是头领的雨衣人用一口西南方言说："检查他们。"

然后好几个雨衣人就七手八脚把我和杰克拉了起来，结果被他们这么一拉，我和杰克的裤子就同时脱落到了膝盖，之前攀爬石壁的时候，我都是一边爬一边用腿夹住裤子不要掉下来，但是现在也没来得及守护住最后的防线。

我看到几个雨衣人脸色顿时变了，看了看杰克，又看了看我，之后他们互相嘀咕了几句，便开始大笑起来。

"误会，误会！不是你们想的那个样子，我们是从地下爬出来的，我们是驴友，我们迷路了……"我喊道，"我们是好人，我们没有武器，我们是良民！”

其中一个雨衣人强忍住笑声说道：“没关系，近几年，像你们这种背德的人，我们见多了……我们是护林员，只要你们不是来偷猎的，我们就不会把你们怎么样……”说着他们再次笑了起来。

他们搜查了我们，发现我们确实没有武器，就问我们需不需要帮助。我赶紧点头，告诉他们我和杰克失足摔进了那些孔洞里，我的肋骨可能已经折了好几根，杰克也受伤了，我们需要救治。

雨衣人头领听了之后，就用当地的土话跟旁边的人说着什么，等对方回应了他之后，头领的脸色就变得很难看，之后走过来用半生不熟的普通话问我：“你知道你在什么地方吗？”

我当然知道，但是不能说，说了他们也未必信，但是看着对方的脸色，我总感觉对方好像在忌讳着什么，心说不如拖延一下时间，看看对方会怎么说，于是我装作什么也不知道，反问道：“啊？这不是斑斓雪山吗？”

首领眉头紧锁，然后继续对我说道：“这座山谷里，有一张巨大的鬼脸，你们是从鬼脸的额头位置爬出来的。从来都没有人进入过鬼脸内部，你告诉我你们到底来这里干什么？”

我听对方说着，心里瞬间想到了很多事情，但是显然对方并不是清楚鬼脸底部到底是什么样子，因此我现在怎么说，那就怎么是了。只是我担心脚底下的东西会不会在雨停之后顺着孔洞钻出来，如果我不如实相报，万一那种局面发生，岂不是误了附近人的性命？

我选择了折中的方式去回答对方的问题：“我可以告诉你我看到了什么，但是我实在顶不住了，我需要治疗和休息，还有……我很饿、很渴……”也不知道是不是心理作用，这样说着，我再次开始浑浑噩噩起来。

首领见状就招呼其他的雨衣人搀扶住我，同时说道：“把他们带回村卫生所，注意他们有一个是外国人，不要破坏了国际友谊，先把他们照顾好，一切等他们休养好再说。”

我什么时候睡过去的已经不记得了，当我醒来，我已经躺在了一个乡村卫生所内，这里没有美女护士，只有一个秃顶的男性赤脚医生。

杰克躺在我临床，被子上有一些火腿肠的外壳，还有几只空掉的方便面袋子，医生看到我醒了，又看了看杰克，摇头说道："这个国外友人，吃光了我们村子小卖部所有的零食，也不知道会不会给钱。"

我手臂上挂着吊瓶，身上缠着绷带，虽然浑身疼痛，但并不是那种要命的感觉，我问道："我的肋骨断了几根？"

医生回道："我摸过了，应该没断，最多是骨裂，静养一段时间就没事了，不过……"

我打了个激灵，觉得医生有什么事情瞒着我，追问道："不过什么？你放心，我付给你钱。"

医生叹了一口气，就说道："我是想说，以后你得去外面的大医院检查一下你那方面，听说外国人得艾滋病的比较多，真不知道现在的人是怎么了，就在发现你们的那片山上，经常有一些你们这样的人在那里胡来，世道算是乱了。"

我想开口大骂，一定是那些雨衣人跟医生胡说八道了些什么，但我又不知道该怎么解释，最后连话都不想说了。

医生给我送来了一些饭菜，我吃了一些，然后继续睡觉。三天后，我的精神算是基本恢复，而杰克早已开始到村里面去挨家挨户串门，说是要传递国际友谊，实际上是去忽悠那些老实的山民把自己家里好吃的东西送给他。我问医生救我们的人是谁，我想见见他，对方说那些人是这一带的护林员，领头的那个叫王六子，但是我今天肯定是见不到他，让我等两天。

我问为什么，医生就说道："下了好几天的大雨，山谷里发生泥石流和山体塌陷。哦，对了，就是你们出现的那个地方，据说有一个山头整个儿地塌陷了，然后被泥石流覆盖，你们真是命大，要是再晚几个小时，估计永远都不会有人发现你们了。"

接下来的几天，我和杰克一直住在卫生所，最开始的时候赤脚医生一直话里话外跟我提钱的事情，后来我告诉他，这个老外非常有钱，等王六子抗险回来，我们就想办法联系老外的大使馆，老外出手都很大方，千万不要担心钱的问题。赤脚医生听了之后，觉得也是这么个道理，因此好酒好肉一直供应着。

王六子来到卫生所找我们，已经是我们被救的第七天，看到我们身体没有大碍了，就带着我们离开了卫生所，直接领到他家里去了。

王六子的老婆做了一桌子菜，都是清一色山里的特色，而且还有一个香辣火锅涮肉。酒足饭饱之后，王六子就开口了，他问我："两位，山里的事情你们也听说了，对不对？"

我点头，但感觉王六子的脸色不对，我说道："听说了，山塌了，还发了泥石流。"

王六子冷笑了一声，说道："我知道你们来山里干什么，不然我早就报警了，还留着你们在这里白吃白喝？"

我心里一惊，感觉事情有点不对劲，难道这个看上去十分质朴的山民知道些什么事情？我没有说话，怕自己言多必失。倒是杰克，听了王六子的话之后有些不高兴，争辩道："你不就是担心我不付钱吗？告诉你，我们是讲诚信的，不会赖账的，你可以把账单给我，然后给我一部电话，我一定可以叫人把钱送来。"

我跟着附和了一句，有点尴尬，不知道这个王六子把我们留下到底想干什么，但应该不会是想着讹诈我们。

王六子继续说道："二十年前，这里来过一批人，当时我只有十五岁，是我给他们当的向导，你们出现在那个地方，真的以为我什么都不知道？"

我后背的冷汗都开始冒出来了，我从王六子的话中听出了许些话外之音，他并不是在招待我们，而是在变相审问我们，而且他说的二十年前的事情，最后的结局一定是不愉快的，否则他就真没有必要这样做，直接报警是最简单的方式。

我思索着说道："我不知道你说的二十年前到底发生了什么，可能你不相信，就连我自己，包括这个老外，我们都不知道自己为什么会被卷进这件事情当中来，我可以告诉你所有事情的经过，但是我有个条件，你也得告诉我二十年前发生了什么。"

王六子听完之后就脱下了自己的上衣，我看到他的胸口有一个疤痕，在心脏的位置，而他的脖子大动脉的位置也有一道疤痕，这两个疤痕，都有些年月了。他说道："看到了吗，这就是当年那些人在我身上留下的，我好心带他们进山，但是到了目的地之后，他们却对我下了杀手，不过他们一定想不到，我的心脏是长在胸腔右侧的，而我小时候因为营养不良得了一种怪病，脖子上的血管又细又深，他们刀刀想要我的命，但是我还是活了下来，你们觉得在那个地方发现你们，我会轻易放过你们吗？"

看着他越说越激动，我倒吸了一口凉气。我不排除他说的都是真话，但是觉得他要是把当年的事情怪罪在我和杰克头上，似乎有点不公，就辩解道："我今年虚岁才三十岁，这个外国的朋友也不过三十出头，二十年前我们都一样，都是十多岁的孩子，我们跟你说的事情真的没有关系。"

"我知道跟你们没有直接关系！"王六子说着就从腰间抽出了一把柴刀放在桌子上，"我想知道，你们到那个山谷到底做什么？我可以提前跟你们透露一下，你们爬出来的那座山，是被人给炸塌的，山体塌陷之后，泥石流失去了屏障，一路冲下去，毁了好几个村子，你还敢说你们出现在那里是因为旅游迷路？"

我惊讶得筷子都掉了，但还没等我解释什么，王六子用柴刀拍打着桌子说道："臭婆娘，把我抽屉里的那张照片给老子拿出来。"

王六子的老婆貌似很怕他，赶紧回到里屋，过了一会儿就拿着一张老照片递给了王六子，然后悻悻地朝着院子外面走去。

王六子拿着照片看了一眼，冷笑了几声，然后把照片反过来，对我说道：

“就是这些人，自称是考古队的，他们来带这里，还跟我们很多村民合影拍照，谁能想到这样一支亲民的队伍会对一个十五岁的孩子下杀手？就因为我听到了他们要炸山的谈话吗？”

我看着那张照片，只是看了一眼，突然意识到那张照片哪里有些不对劲。那不是一张如何诡异的照片，只是一张非常普通的老式相机拍出来的那种黑白照片，里面有十几个人的样子，中间位置站着一个穿着朴素的小男孩，应该就是我面前的王六子。

可是，我为什么会感觉这张照片不对劲呢？

我对王六子说道：“老乡，可否把照片给我一看？”

王六子愣了一下，然后把照片压在了手底下，说道：“你看啥？你想毁灭证据？”

我说道：“不，我觉得这张照片里面，应该有我认识的人。”

王六子这次彻底怔住了，可能他只是想把二十年前发生在自己身上的事情在我们身上发泄一些，但却没有想到，我对他说出了那么一句话。

他冷冷地看着我，说道：“你别跟我开玩笑，我不懂什么王法，我的刀可是砍过活人的。”

我已经看得出他一直在虚张声势，他能把我们救回来，就说明他不是一个冷血的人，很大程度上，这种人是有心灵创伤的，只要我站在他这一边，他就不会害我，因此胆子也就大了起来，说道：“把照片给我看，或许我可以帮你。”

我话音刚落，王六子就浑身颤抖了一下，然后颤颤巍巍把照片递给了我，眼神中还是有些许的不相信，但已经可以忽略不计了。

我拿过照片，看着里面的十多个成年人，有男有女，看着他们的穿着和装备，就知道这是一支考古队不假，至少表面看起来确实是这样。但是在这十多个人里面，我看到了一个十分熟悉的人，熟悉到不能再熟悉，我的那种不对劲的感觉终于得到了确认，我有点恍惚，有种时空交错感。

那是我大学时候的专业课教授——秦龙教授。

怎么会是他？

前段时间我去大学讲课，还跟他见面聊了很多专业课题，他现在已经是我们那所大学的历史学院院长，还有两年就要退休了。在我印象中，他就是一个十分专业的古生物科学研究人员，也是一位桃李满天下的老教授，如果说他年轻的时候出现在一个地方进行过某种考古活动，那我不会感觉意外，问题是，如果说他参加的一支考古队曾经残忍地谋害过一个未成年的孩子，说出来我是根本不会相信的。

王六子看到我脸色难看，就问道："同志，你看出什么了没有？"

我揉了揉太阳穴，感觉不但我参与的事情无比复杂，就连我的人际关系，也出现了问题，我有点吃不消了，说道："可不可以把这张照片给我，我可以明确告诉你，这里面有一个人，我是认识的。"

我话音刚落，王六子顺手就举起了柴刀并架在了我的脖子上，一把夺过照片，恶狠狠地说："你是不是跟他们一伙儿的？你是不是来确认我是否已经死掉了？"

此时的王六子变得十分激动，这是我没有想到的，我以为他会因为的坦诚而跟我交换更多的信息，但是现在看来，他没有那个心理素质。我用眼角给杰克打了一个颜色，然后就看到杰克猛然起身，手里同时抓着一个装羊肉片的盘子，在抓住王六子持刀的手腕之后，反手一盘子打在了王六子的头上，直接把王六子放翻在地。

王六子的刀已经到了杰克手里，他问我怎么办，我回道："不要伤害他，我有话要跟他讲。"

杰克把王六子挟持起来，让他重新做回到座位上，我不去理会王六子充满杀气的眼神，对他说道："王哥，如果我对你有敌意，刚才这个老外可以直接杀掉你，但是请你相信，我不是坏人，我只是认识照片里面的其中一个人，而且我心里也有很多谜团需要解开，我跟你要这张照片，不是为了毁灭什么证据，从某种意义上说，我和你是一样的，我们都是受害者。”说着我拉开自己的衣服，露出缠绕在身上的绷带，我看到他的眼神终于有了一点缓和。

王六子闭着眼睛，不知道在想什么，良久才睁开眼睛，说道：“我们山里的人没有那么多的花花肠子，我知道你想杀我的话刚才就会杀掉我，我根本打不过这个老外，我只是不明白，你们为什么要跑到这里来，而且你们每一次出现，都会给我们带来灾难……”

我长叹一口气，让杰克把刀放下来并还给了王六子，直到这时候王六子才完全垮塌了下来，好像明白我没有对他不利的意思。我把我最近的经历，挑了一些表面的东西跟他说了一遍，但是我没有提我跟秦龙教授的关系，我现在只想安抚住他，把二十年的事情了解一遍，然后拿着照片去找秦龙教授。我现在几乎可以肯定，秦龙教授来到这里，不会是偶然因素，而且王六子提到了他们当年想要炸山，正常的考古活动是不会发生炸山这种事情的，那支考古队不是来考古，而是来这里找东西的。

秦龙教授一定知道更多的事情，当年他的得意弟子之一佐佑的突然失踪，还有我这个学生身上也发生了一连串古怪异常的事情，这些都不是偶然，因为我们的老师本身就有问题，或许他就是一个隐藏在我身边的突破口，或者说，是隐藏在我们身边的一个魔鬼，如果他和当年的考古队真的对王六子干出过那种事情。

我一直认为自己卷进这样一件事情当中，只是因为偶然，但是现在，太多的信息告诉我，在很久很久以前，我已经进入到这件事情当中来了。

我为什么会选择古生物学？我为什么会读研究生？我为什么会成为秦龙教授的学生？我为什么会进古生物研究所？我为什么会被大学聘请为客座讲师？我为什么会乘坐那趟航班经过老爷庙？

想着这些，我忽然发现，自己之前没有在意过的很多事情，仔细想起来竟然都是那么的不可思议，我的人生轨迹，好像早就被囚禁在了一个可控的范围内。在我之前的人生经历中，我有无数次机会可以选择另外一种职业和另外一种活法，但貌似每当我决定改变一些事情的时候，总会伴随着发生另外一些事情，我走到今天，就如同走方程式一样，给我的现实条件，只能让我按照那个轨迹走到今天，这是令人心寒的。

如果我是一个小说家，这些事情写出来，肯定能火……我暗骂着，嘴上却继续跟王六子说道："如果你相信我，我一定会把这件事情查清楚，还你一个公道，当然，还有我的公道。"

"还有我的，白狐老板要给我加钱，这一趟已经超出我们的合同范围了，必须加钱！"杰克在一旁喊道。

王六子思考了一会儿，最后似乎是妥协了，他把照片重新递给我，然后对我说道："二十年前的事情，你还要不要听？"

我知道他什么意思，他还是在确认，我执着的是这件事情本身，还是仅仅是那张照片，我说道："王哥，您说，我听着。"

之后王六子跟我说起了二十年前，一支规模十五人的考古队伍进入这个山村的整个经过。

那不是一个惊心动魄的故事，甚至我在听王六子阐述那些内容的时候，都感觉有些索然无味，但这不是我不去思考那些事情的理由，我听得十分仔细。

在这里，我不去具体阐述当年那件事情的详细内容，但有两点需要记录下来。

首先第一点是，那支考古队并不是一支正常的队伍。虽然只有十五个人，但却有着非常严格的等级划分，王六子的感觉是，那些人里面，有主子，有奴才。按照我的了解，考古队一般都是老师带学生的情况比较多，虽然那是一个尊师重道的职业，但里面的人员一定不是主子与奴才的关系，也有很多是一些大型的专业程度比较高的考古活动，往往会聚集很多业内专家，那种情况往往是地位相当平等，也不会出现王六子说的那种局面。因此只有一种可能，当年的考古队，可能并不是真的考古队，而是一个等级划分十分明确的其他组织。我指着照片问他秦龙教授在里面属于什么级别，对方的回答是：诸葛亮。诸葛亮是军师，我觉得这种说法倒是附和秦龙教授的身份，但是王六子接下来的话让我大吃一惊，他说提出杀掉自己的人，就是我口中所说的秦龙教授；

第二点，是关于那十五个人商讨炸山的事情。当时王六子年龄只有十五岁，他对考古队里面的很多专业性的交谈都完全听不懂，而那些人也不避讳王六子的存在，很多事情都是直言不讳的，或许他们从一开始就决定杀死这个向导。最让我吃惊的是，考古队决定的炸山的理由，听起来真的十分诡异。按照王六子的说法，考古队在进山之后，到达了山谷里面的鬼脸嘴巴的位置，但是那里已经被经年累月的山体滑坡和泥石流完全封死，因此他们选择了另外一条路线，决定从鬼脸的一只耳朵位置进入山体内部。只是在这个过程中，这支考古队里面的氛围突然变得十分诡异起来，王六子听他们说道，自从他们进山，就有一只眼睛在盯着他们，他们对这支眼睛感到无比的恐惧，他们认为，只有把脚底下的山体炸掉，才能破坏掉那只眼睛对考古队的监视。王六子年少无知，一听这些人要炸山，觉得这是在破坏他们祖先留下来的土地，就上前阻止，结果却惨遭杀手。

这是一些非常重要的信息，虽然有些内容我并无法全部解读清楚，但至少我知道了这么一件事情，那就是秦龙教授的身份，很有可能是跟老王属于同一种情况。

这是一个大胆的推测，连我自己都有些难以置信，但通过我对那个组织的了解，他们习惯以一个普通人的身份隐藏在历史的洪流当中。

王六子和我们交流的最后一个话题是，关于那个山谷和山谷里面的鬼脸。

鬼脸的传说，在王六子的村子里并不算是一个主流的传说，他们只是知道那个地方不太平，野兽几乎没有，因为靠打猎为生的山民也就很少去那个地方，他们只知道，鬼脸最然是在近代被人发现的，但鬼脸本身却很久很久之前就存在，鬼脸的两只眼睛，是由两个巨大的天坑组成，天坑里面有瘴气喷出，对山民来讲，那样的地方毫无价值，已经是一个禁地。

这个山村的人，并不知道有鬼头甸子这样一个村落，虽然两个村子在距离上不过几十公里，但对王六子的村落来说，他们从来都没有听说过有鬼头甸子这样一个地方。这让我有点怀疑自己之前的经历是否真实，但这样的念头瞬间就被我打消了，鬼头甸子的秘密，我并没有全部知晓，白狐告诉我第三方势力从鬼头甸子拿走的最重要的东西，到底是什么，我现在知晓了。

到底是谁炸毁的山体，而做那些事情的人到底什么目的，我心里很清楚，他们是在隐藏鬼脸下面的秘密，我意识到，虽然有人在疯狂追寻那些古老的谜团，但也有人在极力隐藏那些谜团，这些理不清的恩怨，我虽有兴趣，却无力解开。

又过了几天，我和杰克的身体已经全然无恙，山里的医疗条件虽然不行，但一些治疗骨伤和皮肉伤的中医偏方却十分见效，我知道是该离开的时候了。

当天下午，我们休养的村子头上来了三辆大切诺基，他们来到王六子的家里找到了我和杰克，对我们说是白狐安排的车来接我们去北京。

我和杰克都喜出望外，调侃着说美丽漂亮的白老板终于想起我们来了，于是我们告别了王六子，并承诺如果我有能力查清当年的事情，一定会回来给他一个交代，又跟来接我们的人要了几千块钱，分别给了赤脚医生和王六子，然后告别了他们，上车开始离开大山深处。

出发的第一天，我和杰克都显得十分兴奋，一来实在不敢相信我们竟然能够活着走出那片魔鬼森林，二来我们途中会路过一些城市，重新进入喧闹的都市，有种恍若隔世的感觉，杰克好几次都激动得流下了眼泪。

第二天我的心情逐渐平复了下来，我决定把斑斓雪山的经历理顺一遍。在王六子的村庄养伤的日子里，我一直强迫自己不要去想那些事情，我必须彻底休养一番，在大脑绝对清醒的情况下再去思考那些事情。

总结如下：

一、斑斓雪山的鬼头甸子村，应该是一个十分古老的村落，历史可以追溯到上古时期，这个村子最大的谜团就是关于蚩尤的传说。山头空间里面的被岩浆封住的巨型骨骸，到底是不是蚩尤真身，我不敢确定，但我愿意相信那就是蚩尤。不过我对蚩尤来带鬼头甸子后发生的事情感到了一丝凉意，很明显，蚩尤最后是被囚禁而死。至于为什么会发生这样的事情，我现在的推测是，鬼头甸子的原始村民一定是发现了蚩尤的秘密，而且想要占有那个秘密，从而囚禁了蚩尤，最后还把他给杀了。这里面最直接的证据就是锁住蚩尤的青铜锁链和他嘴里的那个奇怪的青铜物件，还有那一具趴在蚩尤肩膀上窥视他嘴巴里面东西的小型骨骸，当年一定发生了很多事情；

二、关于那些水晶石。老爷庙水底伏羲手中的那块杀人石和鬼头甸子战神庙里面的七彩石，应该都是属于山头空间里面的那种水晶石。这种石头来自底下，远古时期火山爆发的时候随着岩浆涌入山体内部，在岩浆回灌和冷却的过程中，这些水晶石被保留了下来。但是这些水晶石里面孕育着一种古老的生物，这种生物跟传说中的一类种族十分相似，我不敢确定那些人身蛇尾的东西是不是上古大地上的伏羲和女娲的原形，但就我的种种经历来看，这里面一定有着某种关系；

三、白狐的特遣队和J国的神秘组织，应该都有着同样的目的，他们在寻找一种古老的生物技术，我当然知道这种技术代表着什么。作为一名生物学家，我听说过很多类似的故事，例如北方大国在二十世纪三十年代进行的一种秘密生物实验和J国在二战时期的人体实验，可能都在寻找一种关于生物演变的可能性。理论上，从现代生物科技的角度来看，要实现那种可能性，也并非不可能，但是在这里面，我隐约感觉到他们把目标拓展到了上古时期的一些神话传说和历史痕迹里面，似乎还有另外一种目的，只是我现在还无法知道另外一个目的到底是什么；

四、这一切并不是我最开始认为的双方角逐，根据白狐离开之前的阐述，在两方势力之外，还隐藏着一个似乎不存在的影子组织。我原本以为老王代表的J国组织就已经足够隐秘了，但我实在没想到，这个世界上竟然还会有更加隐秘的团体存在，而且无论是白狐还是J国组织，似乎都无法理解这个组织的存在，那么这个影子组织到底是些什么人呢？他们又有着怎样的目的？

五、我与这些事情的关系。如前面所言，如果我在很久之前就注定要卷入这些事情当中，那又意味着什么呢？我在其中到底扮演着什么样的角色？至少截止到现在我看不出我在整个事件当中的作用，除了拖后腿，我貌似别无他长。老爷庙上空的飞机失事，到现在我也没弄明白那到底是一场梦，还是真的发生了坠机。杰克的存在，让我无法否认那次坠机事件，但是我却没有查询到任何关于那场坠机的信息，除了阴谋，我没有其他的解释。我并不喜欢那些动不动就陷入某种天大阴谋的桥段，但是现在，我不得不承认，我进入了一个凭我自己无法看清全貌的巨大旋涡，而且无法自拔。还有秦教授，我的恩师，他到底是谁，J国人？我不敢下结论，但我已经决定回到云南后找他当面问个清楚；

六、在斑斓雪山，我第一次感受到了生命的无常，之所以拿出来单独写下来，是为了纪念我的好兄弟咱杂毛，他一直不待见我，但最后他的举动告诉我，也许我在他内心深处，也并非一无是处，他只是不喜欢我懦弱和无知的一些缺点，但并不意味着全盘否定我这个人本身。在斑斓雪山的时候，我并没有告诉杰克关于杂毛最后出现的事情，我只是安慰他，我们没有能力把他带出来，他也是一个战士，让他沉睡在那片战场吧。

也许在我接下来的人生中，还要经历很多奇诡莫测的事情，又有着需要花费我毕生精力去追查的真相，但下一场旅程什么时候开始，我不知道……前方又会有什么样的命运在等待我？

（《伏羲密码：天坑遗迹》完，敬请期待“伏羲密码”系列第三季。）

尾声

我们跋涉了三天，终于进入河北地界，一路上吃吃喝喝，让我开始厌倦这种长途奔袭，我只想尽快见到白狐，有很多话要对她讲。

也不知道是不是因为过了几天安稳日子的原因，我的大脑不自觉开始作践起来，总感觉一路上有种怪怪的感觉。

我告诉自己，哥们儿，别乱想了，以后就是谁跑到自己家里去跟我说白狐出事了，我也不会再为了证明什么而四处冒险了。一位哲人的话在我脑海浮现：生命对于我们只有一次……

但是那种奇怪的感觉却始终压制不下去，在某一个瞬间，我忽然意识到了自己为什么会有这种感觉。

问题不在我自己本身，而是在三辆切诺基上的那些来接我们的人。

那些人，说是白狐让他们来接我们的，先不说他们是如何找到我和杰克的，就单凭一个问题，我就可以让自己怀疑这些人的身份。

如果他们是白狐安排来的人，那为什么没有问我们关于杂毛的事情呢?

白狐是知道杂毛已经死了的，而且在我昏迷的时候，还嘱咐我如果有可能，就把杂毛的尸体带出去，但是这些人来到这里之后，却没有提起关于杂毛的任何一句话。

也就是说，他们并不知道杂毛已经死了，而白狐又不可能不告诉他们斑斓雪山具体还落下了几个人，顺着这个逻辑分析，我只能这样认为，这些来接我们的人，并不是白狐安排的。

我被自己的这个想法吓了一跳，这时我和杰克坐在中间一辆大切诺基的第二排座位上，前面是驾驶员和副驾驶，最后排是三个穿着西装的年轻人。

我第一次注意到，如果我和杰克要反抗或者打起来，这种座位排序是最不利于我们俩的，这里面肯定有问题。

一路上，车上的人并没有跟我们说太多的话，但对我们毕恭毕敬，也看不出他们是不是装出来的，我必须验证一下。

我在车队进入一座县城的主干道之后，找了一个机会，问车上的副驾驶："我说，白狐怎么没有亲自来接我们，难道她不想我们吗？"

副驾驶倒也没有表现出任何犹豫，直接回道："白狐受了伤，来不了，只能安排我们这些属下来接你们了。"

我装作漫不经心，回应了一声之后就继续跟杰克调侃，但心里却什么也明白了。

白狐的特遣队，因为任务性质的不同，每次都会组织不同的人，从来都没有什么属下，这是其一；

就连当时的大管家老王和贴身侍卫阿来，人前人后都称白狐为"大小姐"，而刚才那个人，却跟着我喊"白狐"，这是其二。

我虽然笨了点，但也不是傻子，我看着车窗外面熙熙攘攘的人群，脑子里迅速制定了一个大胆的计划，便对着司机喊道："兄弟，停车，我下去买几罐啤酒，你们喝不喝？"

车子立即靠边停下，我挨着问车上的每一个人要不要喝啤酒，喝哪个牌子的，而且全用小纸条记下来，然后拍了拍杰克的肩膀，"老外，我带你去买几罐燕京啤酒，保证你没喝过。"

大切诺基车队停在路边，我看着车外的人流，觉得趁乱跑掉还是有机会的，毕竟城市不是暗无天日的地底世界，对于钻各种小胡同，我没有任何心理负担。

我和杰克下了车，司机就用对讲机呼叫另外一辆车上的人："齐先生要去买啤酒，你们去两个人帮忙拎东西。"然后我就看到从后面的一辆车上跟下来两个人。我不动声色，但心里暗骂这些孙子果然挺专业的。，过他们应该不会想到我已经开始怀疑他们的身份，否则绝对不会只安排两个人，这样做无非只是出于谨慎。

在去往便利店的路上，杰克问我青岛一厂啤酒跟燕京啤酒比起来哪个更好喝，我很刻意地拍了拍杰克的肩膀，大笑了几声，表现得很放松，同时跟身后的两个小哥调侃："老外挺懂行，你们喝过青岛一厂的啤酒吗？"

俩小哥干笑着摇摇头，我对杰克说："个人观点，青岛一厂的要好喝一些，以前去山东的时候喝过一次，口味纯正，但据说假货也多，所以到了河北地界，还是喝燕京比较靠谱。"

杰克说："我都要。"

说话间我们就进了便利店，这是一个面积很小的连锁型店铺，我和身材魁梧的杰克进去之后，收银台前面基本已经站不开第三个人，身后的小哥们儿只能站在门口等我们，但看着他们漫不经心的样子，好像到现在也没有意识到我要干什么。

我让售货员把货架每一种品牌的啤酒都拿了一罐，然后开始掏身上的口袋。我身上是没有钱的，连衣服都不是我的，但我需要这个动作。我在假装掏口袋的过程中，故意一副钱包忘车里的表情，然后很尴尬地对售货员指了指马路对面的车队，说了一声："钱包在车里，我得让朋友去取。"

这时候杰克就很配合地用手比画着门口外面的小哥，意思是要不要让他们去拿钱，但他的嘴里却是在小声问我："齐天，我们根本没有钱包。"

我见杰克已经发现了我的异常，便以极快的语速回道："那些人有问题，我们得摆脱他们。”

收银员大姐见我和杰克行为古怪，就有些下逐客令的意思，“我说两位，钱包没带就回去取啊，在这里唱什么迷魂戏，你们不会想打劫吧？”

我见状立即开口大骂，目的就是为了挑事，我说道：“怎么，瞧不起小爷我还是咱们这位国际友人？告诉你，外面那三辆大切就是我的车队，我会在闹市打劫你这个破小卖部？”

收银员一听就恼怒起来，从座位底下抽出一根鸡毛掸子，指着我的鼻子骂道：“老娘给你拿了这么多货，你到底买还是不买吧？不付钱今儿个你们就别想出这个门，也不打听打听，我男人是这片儿收保护费的，黑社会你懂不懂？”

门外的小哥见我们吵了起来，立即就闯了进来，问发生了什么事情。

杰克指着收银员大姐说道：“说我们没钱，你告诉她，我们有很多钱！”

其中一个小哥就对收银员大姐说道：“车里有，我回去取，这位大姐不用担心，这些啤酒我付双倍的钱。”

大姐一听也就不再说什么，说话的小哥转身出了便利店，出了门口很无奈地用对讲机说了几句，估计是汇报情况，而另一个则是站在了门口，挡住了出去的路。他们不经意间就展现出了盯梢的谨慎和专业，可见一定是经过严格训练的。

我也没有着急立即去做什么，而是开始有意无意扫视便利店里的环境。起初我是想看看有没有顺手能拿起的重物把剩下的这个小哥一下子打晕，然后就可以趁机逃跑，就算等车里的人反应过来，那时候我和杰克也已经跑出一段距离了。

这样想着，合适的重物没有发现，我却无意间看到两排货架后面有个门。

我豁然开悟，这些商店都是统一规划的沿街商铺，一层二层是商业用房，往上是住宅，也就说这个商店的门口实际上是每一个单元门的后门，而我看到的那个门口出去，应该是楼道口，商店的主人下班后会从商店里面锁门，然后从楼道口出去。

想法有了，我就开始继续去撩收银员大姐，我说道："大姐，家里大哥是黑社会，那你就是洪兴十三妹的大姐大了，怎么着，以后弟弟来河北，大姐你不罩着点？"

大姐白了我一眼，"天天来买啤酒，保你在门前这条街上横着走。"

我心里感觉好笑，就顺口问道："好说！那大姐你能不能给弟弟指个厕所？一泡尿十块，怎么样？"

大姐见钱眼开，指了指我看到的那个门，说道："门外有个垃圾桶，不过先说好，你去十块，那老外就得二十，听说老外的那玩意儿都大，得按市场经济的规矩来。"

我心说你个老娘们儿还真是不要脸，放个尿还跟经济扯上关系了，新闻看多了吧？不过好在我不是真要放尿，就对杰克说道："你等我一会儿，我去放尿，不过你就别去了，你占用资源太多，人家收费太高。"

杰克一听故作不乐意状，骂道："你们这是在歧视我，我要抗议！"

我乐呵道："大姐，记好账，我先来十块钱的，一会儿我那哥们儿来了一并付账。"

小哥反应很快，也对大姐说道："我也来十块钱的。"

杰克叫骂着，看似不情愿，却也只好说道："我来二十块钱的，但我会保留控告你的权利。"

我开了门，发现外面是一条公用的通道，但门口被用玻璃隔断给隔出来一个小间，角落里有一只白色塑料垃圾桶，我走出去就解自己的裤子，一阵水流撞击塑料桶的声音响起，我忍不住打了一个激灵。

小哥就站在我身后，见我快完事了，也开始解裤子，也许是真的想放尿。但就在我和小哥交换位置的时候，我忽然听到身后传来一声闷响，回头一看到，小哥正在翻着白眼直挺挺倒地，而杰克手里拿着我从蚩尤神像嘴里拿到的那把青铜钥匙，这东西一直被杰克藏在裤裆里，我都已经忘了它的存在。

我们俩对视了一眼，然后甩开腿就开始顺着公共通道往外跑。

两三步跑出楼道之后，我发现外面是一条小区绿化道，而且隔着几百米就能看到小区的大门口。跑出小区大门的那一刻我回头看了一眼，就看到回去拿钱的小哥从公共通道里跑了出来，但看到我和杰克已经跑远，也没有只身来追，而是拿着对讲机开始呼叫起来。

带着杰克一路混进人群，到了主干道，我学着电影里面的样子用身体作死去拦住一辆出租车，还没等出租车司机开口大骂，我和杰克就钻了进去。司机一看我们俩的状态就知道肯定遇到了事情，担心受到牵连，连忙赶我们下车，说如果不下车就报警。

我指着杰克说自己是这位国际友人的导游，因为遇到点麻烦，所以这位杰克先生必须在天黑之前到达大使馆，所以我愿意出三倍的价格包下这辆出租车。

便利店里小哥的那一招果然好使，司机一听就释然了，看看表，说距离天黑还有一个半小时，不过对他来说足够了，并且还说了一句还是老外的钱好挣，于是一脚油门踩到底，直接往高速开去。

等上了高速，我的心终于放下一半，长长舒了一口气，伸了一个懒腰，就靠在副驾驶的座椅上迷糊起来。也不知道过了多久，感觉只是几分钟，身边的司机突然问我："我说你们俩没惹什么事吧？"

"一个游客和一个导游能惹什么事情？专心开车，保证良民。"我醒了过来，随口说道。

司机说："不可能，你们看外面。"

我一下子就清醒了，杰克正在蜷缩着睡觉，也没有注意到车外的异样，我往车窗外看去，就看到在出租车的正前方，有一辆黑色大切诺基行驶在前面，而在出租车的两边，又分别有一辆同样的车。

我们被包围了。

我叫醒杰克，让他去看车外面，杰克大怒，捶胸质问我："这是怎么回事？他们怎么可能这么快跟过来？”

“我怎么知道……”

我话还没说完，一边的司机却突然打断道：“我能不能停车？这钱我不赚了。”

我想了想，现在的局面是，最好能最大限度让出租车司机不要把车停下。

高速公路上车流量比较大，只要我们不停车，他们就不敢把我们逼停，否则很容易发生大规模的交通事故，到时候交警和公安都会出动，整条路都会被封死，谁也别想跑。

目前来看对方只想控制住我们，一定也不想在高速上对我们动手，于是我对司机说道：“你不知道我们处境，盯上我们这位国际友人的是一些亡命之徒，劫财又劫色，男女老少通吃，你要是停车，指定连人带车全部掳走，而且你晚节不保，不信你就试试。”

“别装了，这种情况，要么是老外上了人家的女人，要么就是欠了赌债……”司机这样说着，却也没停下车。

杰克摇下车窗玻璃，对着并排行驶的一辆切诺基竖中指，然后又吐了几口唾沫，但大部分都没击中，气急败坏连喊好几声 fuck。

这时候，我看到被杰克吐口水的那辆车后排的玻璃就滑下来一些，一双眼睛和半张脸出现在车窗缝隙中。

杰克的位置比较适合跟对方对视，我看到杰克准备好满嘴的口水，刚要吐出去的时候，却忽然停下了，他的咽喉鼓了鼓，估计是咽下去了，我差点吐掉，但却听杰克疑惑地说了一声：“老王？”

我一听脑子一炸，心说怎么可能，就把座椅往后调了调，基本可以看清那半张脸的样子，但我却怔住了。

关于这个人，我曾经不止一次思考过他的结局，但潜意识里面，我从来没有想过我会再次见到这个人，而且是在这种局面下。

找茬不是我的专长，但事情到了这一步，我看出租车司机也是尽力了，一直甩不掉对方的车队，于是一个奇怪的念头忽然涌了上来，我要跟这个人对话。

“我知道是你，我该叫你老王还是徐霸天还是中村正源？你不觉得你的名字很多也很奇怪吗？”能说出这样的开场白，连我自己都有些奇怪，难道不应该是很严肃地问一声：你不是被那只巨大的怪手给抓走了吗？你不应该早就死在那口井里面了吗？又或者跟对方解释一下：我是无意闯入你们的江湖恩怨的，我是无辜的，放过我吧！

我不知道这样的车速下，对方能不能听到我的声音，但看着对方的眼神，好像是听到了，但奇怪的是，他始终只是只把眼睛露出来，眼睛上面的部分被一顶鸭舌帽挡住了，而眼睛下面的部分一直被车窗玻璃挡着。

还挺知趣，知道自己没脸见人，可是追我个屁啊？你应该去对付的是白狐、阿来才对，甚至对付佐佑也行……我们就这样对视着，此刻我脑子里面超级混乱，想了很多无节操的问题。大概过了十几秒之后，我看到老王忽然摘掉了帽子，车窗也被全部摇了下来。我看到他的样子，惊讶之余还没做出任何的反应，就听到身边的驾驶员喊了一声：“我的天，生化危机了吗？我要报警！”

同时他一脚油门踩到底，强烈的推背感瞬间传来，车速在五秒后到了极限，估计不用等到下高速，十个人的驾照也不够扣的了，我强迫自己冷静，对司机说了一声：“很好，违章和扣分，全包了，后面的国际友人会付双倍的钱。”

切诺基的车队很快就再次跟了上来，我下意识把目光聚集到了老王的位置，就再次看到了他的脸，但是我却不知道该怎么形容这个“老朋友”的样子了，因为除了惊讶之外，那实在太可怕了。

他的头发没有了，但是头顶却出现了两个奇怪的圆锥形突起，有点像还没有成型的牛角，而他的整张脸，竟然布满了密密麻麻的青色鳞片，让人看了遍体生寒。不知道为什么，我正看着他出神的时候，他竟忽然裂开嘴，对着我做出一个十分诡异的微笑，我几乎是瞬间就把头缩回了车里，然后慌忙按下了关闭车窗的按钮。

杰克没看清楚老王的样子，看到我的反应问道："老王要开枪打我们？"

"还有枪？"出租车司机脸色煞白，估计是吓坏了，油门踏板都被踩得咯吱作响。他拿起自己的手机，对着一个出租车司机群开始发语音："注意注意，我在荆北高速遭遇生化危机，请求支援，请求支援……"

"你酒后驾驶了吧……"群里有人回应，我替司机点开了那些语音信息，全部在骂他。

"你为什么不报警？"我诧异地问道，觉得这个司机开出租车简直太可惜了，一般人遇到这样的场景，不应该直接崩溃吗？如果有机会，我得把这个人推荐给白狐。

司机回应道："你不需要考验我，我是不会报警的，否则你们肯定得弄死我，不如我自己想想办法，咱们都能脱身！你帮我拍个视频发到群里，然后打开实时定位，然后等到奇迹的发生。"

我也不知道出租车司机为什么会有这样的想法，只好照做，拍完之后我问他还有多久到北京。在我的概念里，只要进了北京城，那基本上等于进了太平盛世，老王再牛也不敢在首都撒野吧？司机却说现在不能去北京了，三辆切诺基加一辆出租车一路严重超速，出口肯定早被特警给封了，就等着抓人扣车呢，所以北京就别想去了。

我一听司机这是要改变路线，就问他到底有什么好办法，对方就答道："我会绕道往回走，这样可以节省时间，我想很快小伙伴们就会出现了。"

说完出租车司机突然在一道岔口改变了方向，我深吸一口气，没有想到意外会来得如此突然，特别是老王以这样的姿态出现，实在是太超脱现实了。

我回头看了看满脸困惑的杰克，对他说道："兄弟，打起精神来，事情还没完……"